U0137538

“百人百组”系列图书

心灵的牧场

李樱桃 著

远方出版社

图书在版编目 (CIP) 数据

心灵的牧场 / 李樱桃著 . -- 呼和浩特 : 远方出版社，2019.8

ISBN 978-7-5555-1336-0

Ⅰ . ①心… Ⅱ . ①李… Ⅲ . ①散文集 – 中国 – 当代 Ⅳ . ① I267

中国版本图书馆 CIP 数据核字 (2019) 第 189998 号

心灵的牧场

XINLING DE MUCHANG

作　者	李樱桃
策　划	董美鲜
责任编辑	孟繁龙
责任校对	秋　生
封面设计	施　烨
版式设计	韩　芳
出版发行	远方出版社
社　址	呼和浩特市乌兰察布东路 666 号　邮编 010010
电　话	（0471）2236473 总编室　2236460 发行部
经　销	新华书店
印　刷	呼和浩特市铭泰精工印务有限公司
开　本	170mm × 240mm　1/16
字　数	348 千
印　张	21.75
版　次	2019 年 8 月第 1 版
印　次	2019 年 8 月第 1 次印刷
印　数	1—3 000 册
标准书号	ISBN 978-7-5555-1336-0
定　价	48.00 元

序 | 草原上的文学天空

张俊平

大约是在去年上半年的时候，我收到李樱桃寄来的报告文学新作《走进最后的驼村》，天蓝色的封面上印着金黄色的大漠与驼队，拿在手里沉甸甸的，似乎承载着一个内蒙古作家对草原和沙漠文化的无限深情。

2016年的春夏，李樱桃曾在鲁迅文学院第二十九届作家高研班就读，我是她的班主任。对她的印象一直是散文作家，却不知彼时她在小说创作上已经取得了不小的成绩，后来知道她还是一位诗人，出版过诗文集。至于她究竟为何给我散文作家的印象，却无从考究了。因为这一误会，当我拿到《走进最后的驼村》时，很为李樱桃在体裁上的创新与收获感到高兴。

惊喜还在后面。今年5月，李樱桃告知我她即将出版一部散文集，并且希望我能做一篇序言。电子版发过来，便是这本《心灵的牧场》，此时距离《走进最后的驼村》出版不过一年时光，我不禁为她的勤勉与高效感到惊讶。在我的印象里，散文正是李樱桃的本色当行，借此机会，我对她的文和人都有了更深的认识。

正像这部散文集的名字一样，《心灵的牧场》内容包罗甚广。从草原文化到历史名胜，从民俗风情到生活点滴，从内大文研班到鲁迅文学院，从莫言到卡尔维诺，从读书到写作，它们既是具体的，串联起李樱桃生活的场域，也是抽象的，勾勒出李樱桃精神世界的轨迹。而在这些文章所传达的情感意蕴里面，我们分明感受到李樱桃对文学的执着，对故乡的依恋和对生活的热爱。

这部散文集里有不少涉及鲁院的篇什，典型的如第四辑中《我的鲁院表达》一篇，记录她在鲁院学习时的情形与思考。我作为当事人或者见证人，读这些文章的时候，也不由回忆起三年前的那段时光。记忆中李樱桃是班上上课最准时、而且几乎从不请假的学员之一。相较于班级42岁的平均年龄，还要长上几岁的李樱桃格外珍视这次难得的学习机会。她不以年龄为碍，也不以体裁为囿，充分地融入一切可能的文学现场。以她沉静的性格，虽然更多的时候是用心的聆听，却也不乏虚心请教的谦逊和表达观点的勇气，她乐于从更年轻的同学身上汲取新知，并在不同观点的碰撞中丰富自己对于文学的思考。如她所说，2016年的那个春天，在北京，她与美丽的玉兰花邂逅，共赴一场文学的盛宴。

其实，在鲁院之前，李樱桃已经有过类似的求学经历。从这部散文集里知道，2009年至2012年，她曾在内蒙古大学文学创作研究班学习三年。我不知道这三年与鲁院的四个月相比，于她有何不同，但我能想象为了这两次学习机会，人到中年的她曾经付出过怎样的艰辛。在第三辑“绿色的呼吸”中有几篇谈到她就读内大文研班时的情景，给我印象深刻的是《真的期待，真的盼望！》，她描述自己文学道路上曾经遭遇的彷徨，“书读着，作品写着，却像泛潮的湿柴，虽点着了，却是不明不亮的火。想着，多会儿才能亮成一根火把，照亮前方的路。”与纯粹的文学渴望针锋相对的是抉择的两难，“工作是我的饭碗，而且不是我一个人的饭碗。文学是我的追求，追求了半辈子，已成了一种生活常态，始终无法离弃。”在文学的道路上，李樱桃艰难跋涉，执着得令人感动，并且我相信，这份执着一定会带给她草原一般美丽的文学天空。

在这部散文集里，李樱桃的文字须臾不离草原文化的底色，她生于斯长于斯的这片草原提供了滋养她文学创作的沃土，也是她魂牵梦萦的精神原乡。在李樱桃的笔下，呼和浩特这片青色的草原不仅有胡服骑射、昭君出塞为代表的灿烂文化，也承载了她对于亲情、童年、故乡的美好记忆。在第一辑“清凉的草原”里，李樱桃用细腻的笔触将以武川、居延海、丰州古城、黑水泉村等为代表的草原文化、历史文化一一呈现在读者面前，像一个草原大地的行者，用脚步细细丈量每一寸纹理和褶皱，言语间满是欢喜和自豪。在《我的老屋》《莜麦情》《端午节的味道》等篇章里，对故土风情的描摹令人神往，也是最吸引我的地方。在这些文章里，李樱桃常常以回忆开篇，童年的美好、亲情的可贵、民风的淳朴，在今昔对比中焕发出不可遏制的魅力，让故乡具有了永远言说不尽的精神内涵。

在另一些篇章里，李樱桃则以小说家的敏锐捕捉生活中的点滴细节，在对现代社会人际关系的处理中传达出守护人间温情的价值取向，这些文章集中在第二辑“记忆的苔藓”里面，篇幅大都不长。如《不要和陌生人说话》呼唤以孩子般的真诚和单纯破除成人世界人际交往的隔膜，《另一种痛苦》反思现代教育制度下孩子成长的得与失，《一份报纸的力量》通过一个意外之举揭示个人之于社会、之于他人的价值所在，传达助人为乐之本的正能量。这些可以看作生活随笔和拾零的短章，在李樱桃的作品中格外带有迷人的光辉，在浓浓的烟火气和人情味中体现了一个作家的社会良知和清醒的责任意识。

李樱桃还在文学之路上不停地跋涉，不断地攀登，让我们姑且在惊喜中等待，等待下一个惊喜。衷心祝愿李樱桃的文学天空更加绚丽多彩！

2019年8月1日于鲁院

（张俊平系鲁迅文学院教学研究部教师）

目　录

第一辑 | 清凉的草原

第二辑｜记忆的苔藓

第三辑｜绿色的呼吸

第四辑 | 飞鸟的庄园

第五辑 | 葱茏的田野

第六辑 | 绵延的山峰

第七辑｜多彩的世界

第一辑

清凉的草原

居延海：一碗诱人的清凉

在这个焦干得没有一抹湿润的地方，在这个烤灼得没有一滴眼泪的地方，上天却捧出了一碗诱人的清凉。这就是居延海，像银河落下了九天，像瑶池倾出的玉液琼浆。在走不到尽头的千里戈壁上，在望不到边际的茫茫黄沙里，面对这个清凉湿润的所在总觉得有些不太真实。

但是，这一汪漾着碧波的水域，还有水波上随风摇荡着灰白身躯的芦苇，更有那一会儿用轻灵的翅膀抚动着水波，一会儿又用热乎乎的身子和芦苇亲密接触的鸟儿，这一切都真实地愉悦着我的眼眸。

这一切告诉我，我所站立的土地是一个真实的所在，而且是一个神秘的所在。

天　鹅

曾几何时，土尔扈特人定居额济纳后，居延的湖面上天鹅飞舞，土尔扈特人便将这个美丽的湖称为天鹅湖。

后来，风沙舔干天鹅湖里的最后一颗水滴，最后一只天鹅也飞离了居延。

现在，当居延再一次泛起银色的水波时，我却看不到天鹅优美的身影了。

站在这一处天鹅曾经站立的地方，我怀想着那一只最后飞离的天鹅。她是留下了怎样的一个告别仪式，是忧郁着眼神洒下一串清泪，还是以一个美丽的舞姿画出一个大大的问号？

“为什么，这一个美丽的所在会把美丽丢掉？为什么，当我飞离时，没有看到哪怕一个挽留的手臂与悲苦的眼神？”

一切似乎都晚了，不管如何惋惜与忏悔，天鹅都一去不回了。至此，天鹅湖成了额济纳的一个美丽传说，也成了土尔扈特人一个永久的怀想。至此，土尔扈特人知道了美丽的脆弱，当美丽受到伤害后，它将永不回头。

现在，我站立在天鹅曾经飞舞的土地上，怀想着天鹅飞舞的从前。但是从前是死去的时间，像永远都无法鲜活的木乃伊。尽管留恋、尽管怀想，一切都无法挪移到现实的阳光里。

从前永远藏身于记忆之库中，抗御着时间风沙的侵袭。有一天，当风沙灌满记忆之库时，我记忆中的天鹅会选择逃离吗？

居延的从前是美丽的，是一个浸润了美丽传说的美丽所在，只是我不能走入从前美丽的居延。

遗憾吗？应该是遗憾的，但是，一切都会变为从前，包括现在我所站立的土地，也将会成为一个曾经的站立。

抬起头，我看到了现在的居延，黄沙包围中，那一汪水域还是清亮着，还有水中静立的芦苇，在微风的抚弄下，还是婀娜着身姿。

虽然没有天鹅，但是，水面上却不乏轻灵着翅膀的鸟儿，这些叫不上名字的鸟儿在水波上忽高忽低地飞翔着。

它们是天鹅派来的使者吗？它们是来探望曾经美丽的居延吗？也许，不久的将来，居延还会成为美丽的天鹅湖，美丽的天鹅还会在居延舞动起着美丽的身影。

太阳

现在，我向着远方眺望，那远方正孕育着一个辉煌的喷吐。这个喷吐是属于居延的，也是居延所独有的喷吐。

此时，天边正显出一点淡粉来，轻轻地浮在遥远的地平线上，轻得像一口气，薄得像一抹纱，好像要即刻散了开、飘了去。

眼眸盯得酸痛了，心儿揪得困乏了，所幸，那淡粉没有消散，而是又红了些、大了些。

之后，那淡粉由模糊的斑块变成了一个半圆，最后又成了一个大圆，这一个淡粉的圆慢慢地向上浮动着、浮动着，像一个粉红的气球，一会儿，这粉红的球体一下子挣脱了地平线的捆扎，赫然跳到空中。

这淡粉的圆球往上升着、升着，慢慢地，粉红在变深、变亮，已不再像一口气或一抹纱，而是红得透亮、红得厚重，像一个臂膀结实的青年，浑身有使不完的力气，又像一个新婚的少妇，成熟了身体，也成熟了心灵。

上升、上升，不断地向上跋涉，这是所有生命的轨迹，也是居延的生命轨迹。额济纳的地是广阔的，天也是广阔的，广阔的天地间任这一颗火热的心儿自由驰骋。

芦苇

我静静地站立在水边，那一枚红亮的圆染红了我的衣衫，也染红了我面前的水，和水中静立的芦苇。

在红亮的光照中，我与水中的芦苇对视着。“蒹葭苍苍，白露为霜，所谓伊人，在水一方。”

此时，我面前的蒹葭已不再是远古的那一丛蒹葭，蒹葭歌者的瘦身影也飘入了历史的烟尘。

我不知道，蒹葭的歌者所等待、期盼的那一个伊人是否出现在他的眼前？现在，我也如当年的歌者一样，向着水面投出我饱含深情的注目，但是，伊人不再，那一个被等待了无数世纪的伊人仿佛只是一个幻梦。

有我之前，那一个蒹葭的歌者拖着瘦瘦的身影站立这里，满怀希望又无比绝望地等待着，等待着伊人的出现。那么，在我之后呢，还有谁会站立此处呢？

这是一个近乎渺茫的等待，也是一个近乎绝望的等待。当年，蒹葭的歌者只想着伊人的美丽，仿佛这美丽可以抵消一切的付出。那么现在呢，当付出与收获不再是等价交换时，还有谁会贸然地把这等待美丽的出现当作一项美丽的事业呢？

现实生活中是一双双非常现实的眼睛，与现实眼睛相匹配的是非常现实的考虑，谁还会傻到让自己的付出成为一江春水，付之东流呢？

美丽尽管美丽，但是当这美丽不能给人们以现实的利益时，便无法吸引现实的眼眸。

于是，我们于现实的生活中进行着非常现实的考虑，既然美丽是一项毫无收益的等待，既然美丽不能给我们以现实的意义，那么我们何必去苦苦的等待美丽的出现呢？

然而，我的眼里为何有了泪水？我依然向往着那一只美丽天鹅舞动的身影，我依然向往着和美丽的伊人进行一次纯洁而美丽的对视。

胡杨林：温暖如阳的记忆

去年的十月，我乘坐着一辆“哐哐”作响的火车，来到了额济纳旗。

歇脚的小镇，像许多我所见过和没有见过的小镇一样，没有太大的不同。

要是没有胡杨林，额济纳也只是许多城市或小镇的翻版，那么千里之外的我便失却了探望的理由。

胡杨林那一个金黄的邀约，让我生出了心动的感觉。于是，我来了，来到了这一个遥远的小镇。

到了这个小镇，我才发现，心动的不仅有如我一样不大出门、见识浅陋之人，还有许多见多识广的来自上海、北京等大城市的游客。

与眼前这一个边远小镇相比，他们所在城市的繁华自不待言，可是，他们同样无法拒绝遥远处这一片金黄的诱惑。

到达小镇时，已是晚上，除了把自己放倒在床上，消减一路的疲乏外，就是在梦里描摹一个有关胡杨林的梦境。

在梦里，我让自己置身于一片美丽的金色光芒中，于是，我感受到了一种从未有过的眩晕。

胡杨林，你究竟蕴藏着怎样的神秘，让我醒时梦时，都想触摸？

第二天，是一个晴好的日子，好像是专为欣赏胡杨林而进行的巧意设计。

于是，在那一片金灿灿的阳光下，我看到了一个金灿灿的世界。我不相信，因为那太过美丽的黄，是我从未见到过的真实，可是，一切都真实地呈现在我的面前，而我似乎坠落在一个金色的梦中。

站在这一片金黄中，会想到辉煌的宫殿，富丽堂皇，还会想到那一个金色的音乐大厅，一片片金色的叶在微风的梳理中，流淌着金色的旋律。

游人们拍照、留影，可是，春风得意的笑容下，那一抹离别的感伤却在暗暗涌动。

几天之后，我们就要和这一个美丽的地方作别，拍照也罢，留影也罢，我们拥有的只是一个美丽的影子。

可是，当“哐哐”作响的火车将我带离额济纳时，那一个美丽的影子却似镶刻在了我的眼里、心里，长长的旅途，有了她的陪伴，即使孤独，也掺了一些美丽的滋味。

我又回到了城市，抬头望去，天空被高楼割成一块又一块的碎片。街上人车如蚁，忙碌是城市独一无二的风景。

我也是忙碌风景的点缀，以奔跑的姿势，在风雨中前行。有时，经历过许多无梦的睡眠，某一天，也会梦到那一个阳光明媚的出行，“哐哐”的火车停下后，那一个遥远的小镇，那一个奇特的金黄世界，那一片随风摇响的叶。

城市曾经是我追寻的梦想，梦想却在追寻中慢慢失去了原有的魅力。钢筋与水泥搭建的家园，坚硬与冰冷总是在所难免。还有被分割成片的阳光，挤在楼房与楼房的空隙间，无法抱团取暖。

我坐在被高楼遮蔽的阴影里，想念着童年生活的那一个小村，低矮的院墙，糊着窗花的窗扇，窗户上映着的亲切面容。那一个装载着快乐的地方，在一日日岁月的淘洗中，渐渐失去了儿时的缤纷与绚丽。

我又看到了那一片胡杨林，那是镶在镜框里的一个风景。还有胡杨林中那一张灿烂的笑脸，我不相信，如此开心的时刻也会被自己拥有。

虽然开心并不是一件艰难的事情，可是，开心却成了许多人不敢提起的话题。生活的沉重，让许多人学会了默默承受，不管能否背负，都将别无选择、义无返顾。庆幸的是，远方还有一片胡杨林，温暖如阳、纯美如画，静静地伫立在那里，等待着每一个疲倦的旅人，在她金黄的覆盖下，舒展身心的劳累。

村庄在城市的前进中一步步退却，曾经的故乡成了一个又一个模糊的记忆。当故乡消逝后，我到哪里去寻找家的安慰？望着那一片金黄的胡杨林，那温暖如阳的记忆又潮水般涌上心头。

阔大宽广的武川

早晨的上班高峰期，汽车无精打彩地爬行在路上，汽车里的人呆望着外面，人和车都无可奈何地把自己交给了前方的拥堵。

公交车似一个个填装密实的罐头盒子，但到站时，等着的人照样一拥而上，那罐头盒子却没有因盛装过度而改变形状。

人似乎是一个弹性物体，有时甚至可以压缩成一张薄薄的相片，严丝合缝、恰如其分地配合着局促的环境。所以，如果别无选择，我们可以只选择一双脚站立的地方，但每个人的内心都有占据一整辆车的欲望。

在拥挤的空间里，我们虽然可以生活，却无法使自己快乐，因为人不仅需要一个安放身体的位置，更需要一个安放灵魂的场所。

那一时，我便特别向往今天要去的那个地方——武川。在我的想象里，武川尽管不美丽不漂亮，但它应该是阔大的、宽广的，对我来说，这就足够了。

我虽然无法占有那样巨大的空间，但我说，请让我做一个阔大、宽广的，无遮无碍、无牵无绊的梦吧，然而，我的这个梦却受到了考验。

四月底本该是树抽绿、花吐蕊的季节，不讲理的老天爷却亮出了它的风枪雪剑。

雪扯着风，风拽着雪，或揉作一团摔在人的脸上，或挤成一堆扔在人的身上，人与雪抗衡着，雪与人较量着。

当我们乘坐的车辆走到出城口时，看到好几辆车停在前方，原来道路封闭，所有车辆都不得前行。

雪继续下着，风依旧刮着，没有通过关卡时，我们都急迫地盼望着，当拦在车辆前面的障碍去除时，我们都默然了，我们的心无法不忐忑、无法不沉重，但是，箭已射出，不管射到哪里，只好听天由命了。

阔大在我的眼前延伸着，宽广在我的眼前铺展着，只是当这些以狂劲的风、漫天的雪为底色时，我一时愉悦不起来。我怕我的浪漫会付出代价，我怕我的欣喜会招来忌妒。我不知道，这风、这雪是不是对我不知足的心的责罚。

车子在撒着白雪的路上滑行着，远处是苍黑的山峦，一会儿塌下去，一会儿又鼓起来，一会儿仿佛凛然的勇士，挺挺地立着，一会儿又似疲倦的老者，软软地坐着。

远处是不见底的深沟，那沟底是一排排一溜溜的房屋。我猜想着，房子里住着的男人和女人，老人和孩子，面对这长年哑然的群山，他们会不会寂寞？

命运把他们扔在这山沟里，他们便在这山沟里一生一世地生活着，和山作伴、与树为邻，看着日升、瞅着月落。

他们像一粒粒随风而落的种子，命运将他们吹到了山上，他们便对抗着凛然的风、狂暴的雨，紧握脚下的泥土，将自己长成挺拔的松、绚烂的花，为脚下的土地增姿添彩。

“心里头想哥哥嘴里头唱，病根根就种在你身上。听见哥哥的说话声，圪蹭蹭打断个头号针。山丹丹开花六瓣瓣红，你是哥哥心窝窝的人。”武川县是爬山调之乡，一路上我的眼前总是幻化出这样一幅图景，蓝天白云下，小伙子在这面山上放羊，姑娘在那面山上割麦，他们你望着她，她望着你，想说一句知心话，却苦于空间距离太远无法让对方听到，于是他们便放开嗓子，把想说的情话唱了出来。

相对于城市，武川人的生活空间太过阔大了，阔大得让他们连情话都无法悄声传递，他们把想要说的情话编成了情歌，扯天扯地、大弯大调地亮开嗓子唱出来。

爬山调是武川人抒发情感、积郁的一个出口，那么我的情感出口在哪里呢，或者说，我们这些生活于逼仄城市中的人们的情感出口在哪里呢？或许我们可以学一学武川人，学一学他们的大气与豪情。

千古绝唱留武川

在与武川县文化名人座谈时了解到，武川不仅是爬山调之乡，还是帝王之乡。因为武川为军事重镇，白道为战略要地。

说到白道，我们不能忘记一个人，那就是历史上著名的诗人王昌龄。王昌龄曾经留下了许多不朽的诗篇，但就是这样一位大诗人，在当时却备受冷落。他虽然写出了不朽的诗篇，可是，科举制度依然要将他拒之门外。

王昌龄是悲愤的，但也只是悲愤而已，文人大多是软弱的，虽然他们的笔可以是刀可以是剑，但是真让他们拿起刀和剑反抗，却没有那样的勇气。

但悲愤总得有一个出口，有一个排解的途径。现代人可以找心理医生倾述，但王昌龄的时代却没有这样的途径。

忘情于山水，是古时许多失意文人疗治精神创伤的最好方法，把愁扔在山上，把闷丢到水里，王昌龄也想到了这个途径，只是他没有选择山清水秀的江南，而是选择了塞外小镇武川，因为他的同窗好友吴吉虎在云中（今托县境内）任职。

王昌龄要找他的好友叙叙旧，更重要的是他要借访友排解心中的愁闷。

那时没有火车、汽车，他的交通工具只能是马。这匹马不需要日行千里、夜行八百，它也许还是瘦怯怯、病恹恹的样子，因为这样才更符合诗人落寞的心境。

王昌龄骑着这一匹瘦马，慢慢悠悠、蹓蹓跶跶地出发了。王昌龄是陕西西安人，塞外草原与他家乡的风貌完全不一样。“刺勒川，阴山下。天似穹庐，笼盖四野，天苍苍野茫茫，风吹草低见牛羊。”他眼前铺展的是粗犷、辽远、阔大。

他一边走，一边欣赏着塞外独特的景观。当他来到好友吴吉虎任职的营帐时，悲愤的心情已经消融在塞外阔大的风景中了。所以，当好友吴吉虎为他设酒置饭，两人开怀畅饮时，他提出要去阴山白道看一看。

王昌龄说，他向闻阴山白道乃历代英雄故事之地，而阴山白道就在武川县境内。

吴吉虎很了解好友的性情和才情，于是带领着一小队骑兵和王昌龄乘着月色赶往白道。

到达后，王昌龄看到了驻守边塞的士兵，也看到了据传是汉代就有的烽火台。睹物、思人，王昌龄思绪飞扬。

汉代就有这样一些年轻的兵士，他们抛开父母妻子儿女，把自己的命运交给了一场又一场的战争，但糊涂的将领毫不怜惜他们的生命，他们便在一场场战争中做着无谓的牺牲。

触情生情，诗人脱口出而：“秦时明月汉时关，万里长征人未还。但使龙城飞将在，不教胡马度阴山。”

于是，在这个月明星稀的夜晚，王昌龄的千古绝唱留在了塞外小镇武川。这是武川的幸运，也是王昌龄的幸运。

假设王昌龄没有落第，或者他的这位叫吴吉虎的同窗不在武川附近任职，那么他会来武川吗？所以，王昌龄的落第非但不是一件憾事，却更像一件幸事，不仅是对于王昌龄，更对于武川。

我们要感谢王昌龄，更要感谢那位同窗吴吉虎，是他的友情让王昌龄选择了武川，把这千古绝唱留在了武川。

马可·波罗眼中的丰州古城

“出边弥弥水西流，夹路离离禾黍稠。山塞入塞动千里，去年今年经两秋。晴空高显寺中塔，晓日平明城上楼。车马喧闹尘不到，吟鞭斜袅过丰州。”这是元初名臣刘秉忠当年过丰州时对丰州城的描述。

美丽的丰州城不仅引发了诗人刘秉忠的诗情，许多文人骚客也都把目光投向丰州城。“五更骑马望明星，细草坡坨迤逦行。一片长川天不尽，荞花如雪近丰城。”这是元代诗人魏初创作的《丰州》对于丰州城和丰州滩的赞美。

丰州城的遗址位于呼和浩特东郊十七公里处白塔村北，此城建于辽太祖神册五年（920年），自建城之后，历经辽、金、元三代，长达四百五十余年。丰州城内建有大明寺，为了存放华严经卷，修筑了白塔，即万部华严经塔。塔高五十六米，为八角七层楼阁式砖塔。

诗人笔下的丰州城是美丽的，金代重修万部华严经塔捐资碑的记录却让我们知晓了当年丰州城的繁华与兴盛。六块捐资碑上记录着捐资修塔的三千三百四十名捐资人的姓名和四十多个村庄、三十多条街巷。三十多条街巷以行业名称命名的有牛市巷、麻布巷、染巷、酪巷；以居民姓氏命名的有斐化裕巷、唐家巷、张德安巷、刘大卿巷、张居柔巷。塔内现存辽、金、元、明游人题记近二百条，除一百六十余条汉文题记外，还有古波斯、古叙利亚、八思巴、回鹘、蒙古文等题记数十条。

四十个村庄、三十条街巷，我们可以想象当年丰州城是如何繁华、如何兴盛。街巷里开着各种铺子，这条街巷一溜排开都开着染房，那条街巷里挤挤挨挨都开着牛市，还有麻衣巷、酪巷。街巷上来往穿梭的行人，这边瞅瞅、那边瞧瞧，叫卖声不绝于耳，伴随呼儿唤女的声音高低错落，到处是喧嚣繁华的景象。逛得身体累了，看得眼睛花了，离开喧嚣与繁华的所在，走进那几条相对安静的街巷，那是居民居住的唐家巷、张德安巷，在这里，老人怡然地喝茶，孩子们快乐地嬉戏。

信步走出城门，首先映入眼帘的是围绕着丰州城繁盛地开着的一片连一片的荞麦花，白得像雪一样的花朵挨挤着、簇拥着，如翻滚的雪浪向前奔涌着。再往远处看，便是一个个排列有序的农家小院，蓬勃的绿树、袅袅的炊烟，勾画出一幅恬静的田园风光。

元代的丰州城，不但是繁华兴盛的城市，而且是中原地区通往漠北的交通枢纽。

元太祖十六年（1221年），长春真人邱处机西行到中亚大雪山谒见成吉思汗，东返时路过丰州城，在丰州宣差俞公家小住，应俞公之请写了一首养生诗："身闲无俗念，一宿至鸡鸣。两眼不能睡，寸心何所萦。云收溪月白，气爽谷精神。不是朝昏坐，行功扭捏成。"

马可·波罗于元世祖至元九年（1272年）从凉州（甘肃武成）前往元朝上都朝拜忽必烈时，路过天德州即丰州滩。马可·波罗在他的游记中写道：天德是向东的一州，境内环以墙垣的城村不少，主要之城名曰天德。此州国王出于长老约翰血统，名曰阔里吉思。州人并用驼毛制毡者甚多，各色皆有。并恃畜牧农为生，亦微做工商。游记中描述的阔里吉思治理下的天德是一派有城有村的繁华景象，丰州人饲养牲畜也种着庄稼，还做着各种买卖，还说丰州人用驼毛制作毡子的人也很多。

五路村的元朝灵塔记载，丰州城内除了有万部华严经塔的大明寺外，还有很多寺院，寺院的规模不亚于后来归化城的召庙。报国寺除了讲经、监座、知客，走动官府和保管钱粮由专人负责，另外还有四个管理庄园的庄官。大永安寺奉门王法旨举行讲经活动时，每天吃饭听讲的僧众多达一千多人。

归化城有七大召、八小召，七十二个免名召，是一座地地道道的召城，那么不亚于归化城召庙的丰州城也应该是寺庙林立、香火缭绕。一次讲经活动，每天听讲吃饭的僧众就能有千人之多，或许是佛祖的感召力，但更为重要的则是，兴盛繁华的丰州城赋予了人们平和安宁的生活，才使得人们生出了崇佛向善的心境。

《元史》上说，丰州滩最高长官阔里吉思，于大德三年（1299年）因征西北部的叛部被擒时，家中置有万卷书斋。丰州城的最高长官读书万卷，这样的忠臣儒将治理下的丰州又能差到哪里？元朝前期的丰州城没有战乱，而治理丰州城的长官又是一位儒雅的文化人。丰州人耕田种地、做买做卖，过着怡然自乐、相当富足的生活，使得丰州城到处呈现出繁华兴盛的景象。

旅行至此的马可·波罗不由得发出惊叹，他看到这里的人都有着美丽白净的皮肤，丰州人成了他此次漫长旅行中所见到过的最漂亮的人。或许，当时的丰州城没有战乱，安康幸福地生活的人们脸上总绽着笑容，所以马可·波罗眼中的丰州人才都那么可爱，那么漂亮。此外，从题记上可以看出，丰州城是一个各民族杂糅并居的地方，从人种进化的角度来看，这或许也是丰州人美丽漂亮的一个原因。

丰州城内的万部华严经塔中发现的元朝中统元宝交钞，使用时间约为至元十三年（1276年），是世界上迄今发现的最早的纸币实物。这一发现在震惊中外的同时，也让丰州古城与千年白塔进入人们的视线。现在，我们虽然不能目睹丰州古城的兴盛，却依然可以仰望千年白塔的雄姿。

关于丰州和白塔的传说还有很多，传说土默川上的丰州城经常显灵，拉骆驼的驼夫有时会看到白塔莫名其妙地耸立在草原上。有时夜深人静之时，会感觉置身于闹市之中，鸡鸣狗吠声不绝于耳。还有传说高耸入云的白塔顶上住着一只金色的大公鸡，这只金色的大公鸡每天都站在塔尖上打鸣。

草原天池秘境岱海

一

汽车驶离呼和浩特市区，来到凉城境内时，天下起了小雨，打开车窗，久违的乡间气息扑面而来，那是泥土混合着青草的清香。

抬头望向窗外，翠绿的青山，红瓦白墙的农舍，悠闲吃草的牛羊，戴着草帽静立的农人，这是许多城市人梦想中的田园风光。

一股淡淡的凉和咸自远处飘来，这是不是岱海的咸，岱海的凉呢？或许是我太想见到岱海，才有了这样的幻觉吧！

到达岱海时已经接近黄昏，迎面是一个飞珠溅玉的巨大喷泉，转过喷泉，一米多高的芦苇在微风中摇曳生姿，抬头远望，浩浩荡荡的绿浪汇聚成了芦苇的湖、芦苇的海。芦苇丛中有我儿时见过的一种草，叶上长着参差不齐的刺，顶上开着小朵淡紫的花，望着这叫不上名的亲切的草，儿时的记忆如潮涌来。我想起了打碗碗花、染指甲花、喇叭花……花和草的后面是我梦一般的童年、少年的美好时光。

一阵好听的鸟鸣响起，柔细脆亮，这是属于海的鸣叫，这和着海的韵律的鸣叫，把我从记忆中拉回现实。

抬头望去，我便看到了那一片苍苍茫茫、如梦似幻的海了。烟雨朦胧中，岱海像一片薄而凉的冰，天水相接间笼着一层似轻纱般的雾，远远望去，颇有烟波浩渺之感。

二

岱海在历史上文字记载甚详，汉代称诸闻泽，北魏叫葫芦海，宋元时代称鸳鸯泊，清代蒙古人称为岱根塔拉，后称岱海沿用至今。据史书记载，岱海四周原为水草丰盛的游牧之地，每年春、夏、秋三季，岱海两岸绿草如茵，牛羊遍地，湖面上鸳鸯戏水，鸿雁成群，堪称塞外明珠。

我想象着，当年这个有着可爱葫芦形状的岱海，波光鳞鳞的海面上一对对鸳鸯绕颈嬉戏，一碧千里的空中是排成人字形的大雁和亮白翅膀的天鹅，而海的两岸则是肥壮的牛羊在如茵的绿草上悠闲地吃草。

正是有了这样的美景，古往今来，岱海吸引着无数游人，尤其是达官贵人和文人墨客，他们相约而来欣赏岱海的美景。巡游四方的康熙走到岱海边上，望着这一片苍苍茫茫、如梦似幻、薄凉如冰的大海时，身心顿感舒爽无比，他觉得，这个地方是一块风水宝地，称为“凉城”当之无愧，而那一汪像葫芦的海子称“天池”也毫不为过，于是就有了御封的“凉城”和“天池”。

三

现在，我站在康熙皇帝曾经站立的岱海岸边，体验着当年康熙看到岱海的激动。贵为一国之君的康熙，每天案牍劳形、日理万机、身心俱疲，巡边既是工作又是一个可以走出深宫适度放松的机会。当康熙巡边走到岱海时，他被岱海凉爽怡人的景致陶醉了。可是，他又无法久居于此，享受这一份清凉舒爽的生活，于是他把自己的行宫建在这里。此后，凉城的岱海便成了康熙抽身政务、放松身心的地方。

岱海温泉又名马刨泉，位于岱海附近的三苏木乡中水塘村，因传说康熙皇帝巡边时，坐骑在此刨泉解渴而得名。过去这里一直是喇嘛、贵族沐浴和疗养的场所。温泉以北的山中，有一睡佛，近看是山，远看是佛，眼、耳、鼻俱备，极为形象。

欣赏了岱海的美景，品尝了岱海的鲜鱼，再到温泉里泡澡，在蛮罕山上观佛，疲累的身心得到修养的康熙，又精神百倍地回到京都，这美丽悠静的岱海便成了康熙恢复元气的地方。

虽没有看到史书描写的排成人字队形的大雁，我却看到了许多亮白翅膀的水鸟，它们一边在水上翱翔一边“啾啾”鸣叫。风涛大作，浪高丈余，若林立，若云重，这是古代文人描写的岱海的景致，而我眼前的岱海始终像一面光滑明净的镜子，偶尔有小风吹过，水面泛起一层细细的波纹，像柔软丝绸抖动出的漂亮折皱。

在十年九旱的北方，岱海真的是上天赐予我们的神水，我想，当年康熙赐名岱海为天池，或许也有这一层意思吧！

俄国著名旅行家波兹德涅耶夫考察凉城后留言，“凉城的灵魂是海恋，它的感人魅力也是海恋。”

北方有宽广的草原、茂密的森林、无边的沙漠，岱海让雄浑壮阔的北方有了柔媚的一面。

四

踏上游轮，进到岱海的深处，与岱海融为一体的我，似乎感受到了岱海的温度、脉搏和心跳。穿越无数岁月烟尘的岱海还是当年的样子，可是当年那一双双停驻的脚，那一双双眺望的眼，又在哪里呢？“海上生明月，天涯共此时。”明月常有，而能共此时的有几人？

匆匆忙忙的脚步，匆匆忙忙的人生，执着于前行的我们，往往忘记了路边的风景。当年，案牍劳形的康熙来到岱海，恋恋不舍岱海的美丽，在凉城盖了行宫。现代的交通工具，让来去岱海变得更加便利，可是观海景、赏明月的闲情雅致依然是忙碌的现代人奢侈的享受。

烟波浩渺中，我看到远方一处若隐若现的建筑，像宫殿、像庙宇，远远望去，飘渺的云雾为它蒙上一层神秘的面纱。

那是不是传说中的海市蜃楼？看着这若隐若现的建筑，我想到康熙在此所建的行宫。

康熙的行宫后来改名为汇祥寺，曾为内蒙古规模宏大的召庙之一，不幸于1939年毁于战火。

我想象着规模宏大的汇祥寺，它或许像呼和浩特的大召一样宏伟，也像五塔寺一样的秀丽。要是这或宏伟或秀丽的汇祥寺还存在的话，那对于凉城来说是何等的宝贵。可是不管宏伟如大召，还是秀丽如五塔寺，它最终都没能幸免于战火。

所幸还有岱海，这御封的天池在岁月的磨洗中，还是那么一碧如洗，那么妩媚动人。

站在游轮上，想象着当年古人观海会是怎样情景：像李白一样“把酒邀明月，对影成三人”；像苏轼一样“明月几时月，把酒问青天”；像一般文人墨客一样，乘一叶扁舟，扁舟中置一个酒壶，放一碟小菜，或是一人在明媚的月光下一边饮酒一边赏月一边看海，或是三五好友谈天说地，酒酣耳热之时击节歌唱？

岱海环山的山指的是蛮汉山，蛮汉山是《山海经》里的钟山，已经有几千年的历史了。那些文人墨客在观过海、看过湖后，也会爬上山，去观望一番吧！

穿越千年，文人墨客眼中的岱海美丽依旧、清凉依旧，如今这美丽的天池又添加了许多现代的元素，摩托艇、游轮、文艺栈道……岱海的右边还种植了万亩鲜花，红得热烈、粉得淡雅、黄得高贵，这是另一种海——花海。现在的岱海不仅拥有了碧波荡漾，还拥有了鲜花飘香的景致。

云中古郡演绎黑水泉传奇

“赵武侯自五原、河曲筑长城，东至阴山。又于河西造大城，一箱崩不就，乃改卜阴山河曲而祷焉。昼见群鹄游于云中，徘徊经日，见大光在其下，武侯曰：此为我乎！乃即于此处筑城，今云中城是也。”

两千多年前，五原、河曲筑长城的赵武侯，被一群灵光异现的天鹅带到美丽神奇的托克托，蒙古高原上第一座城云中便在这里傲然崛起。

如璀璨明珠般镶嵌在大青山南麓与黄河北岸的托克托县名，由土默特首领阿勒坦汗的义子名字脱脱转化而来。在托克托县境内，除云中古城以外，还先后修筑过黑水泉古城、阳寿故城、沙陵故城、桢陵故城、蒲滩拐古城、东胜州古城、云内州故城、碱池村古城、双墙村古城、东胜卫故城、镇虏卫故城等十三座古城，是内蒙古境内古城遗址最多、保存最完好的地区之一，而云中古郡下属武泉县古城，就位于托克托县的黑水泉村。

站于村口，黑水泉村高大门楼上镶嵌的“武泉”两个大字和门楼两侧的楹联“武泉古县逢盛世，晋蒙驿站换新颜”，格外醒目。走进村子，两棵苍劲的垂柳树干粗壮、枝叶婆娑。垂柳的正面是关帝庙，南面是戏台。据关帝庙前原来矗立的石碑拓印记载，这座关帝庙重修于乾隆四十年，据此推算，此庙建于两百多年前。

可以想象，两百多年前的黑水泉村，已是一个繁华兴盛的所在。虽然垂柳尚小，庙宇与戏台尚新，可是，庙宇已经香火旺盛，戏台也是丝竹长鸣、锣鼓铿锵，一派热热闹闹的景象。

古老的黑水泉村，因为一眼神奇的泉水而得名。当地传说，这眼泉水与归化城（呼和浩特）玉泉井的泉水水脉相通，更为神奇的是，在玉泉井打水时失手落入水中的水斗子，竟然会在黑水泉井里飘然而出。因与玉泉水水脉相通的黑水泉泉水甘甜清冽，云集于武泉县的商贾们纷纷开起豆腐坊，如今，经过千年传承的黑水泉豆腐已经远近闻名、家喻户晓。

黑水泉村的民俗博物馆里，陈列着汉代的陶罐、明清的战车，以及近代所用的犁、耧、耙等农具。这些浸染着岁月风尘的珍贵藏品，默默地述说着黑水泉村世世代代的兴盛与衰落。

黑水泉村至今还保留着一座明清古建筑——卢家大院。院子南墙为砖灰砌就，左边小门的门楼覆着瓦、雕着花，正面的拱形门楼上镶刻着“崇实”两个大字，石雕的“太公在此”四个小字分列大门两旁，小字上面是两个似鸟如凤的铁艺造型，尖尖的鸟嘴上是悬挂灯笼的铁环。

两扇木头大门隆隆开启之后，迎面是一个青砖照壁，四角雕花围绕着中间的大红福字。房子左右屋脊雕刻有花，中间回廊木刻有形，镂空的木格窗扇上，贴着红朵绿叶的艳丽窗花。

站在这古老陈旧的大院里，想像着卢家先辈从山西忻州来到黑水泉村后，也像许多走西口来到黑水村的山西人一样，在村子里住下来的他们，靠着租种当地人的土地养家糊口。日升日落、春种秋收，几十年的早出晚归、省吃俭用，慢慢地有了自家的耕地。

清朝时期就成为著名驿站的黑水泉村，历来都是商贾云集之地，村里也不乏做买做卖的经商之人。靠种地积攒起微薄银两的卢家后人，慢慢地跻身商贾行列。几经跌宕起落，寻求发家之道、致富良机的卢家后人，终于在商海中打拼出一片天地。他们用经商挣到的银两，在黑水泉村买下一处院落，这就是由薄姓人家历经多年修建，此后远近闻名的卢家大院。可以想象，住在这座地标性建筑中的卢家，当年是何等得荣耀、何等得显赫。

卢家大院分为南北两个大院，虽同属一个院落，可南院与北院的建筑风格迥然不同。南院雕花的飞檐、照壁，呈现的是中国农村的古朴凝重，北院拱形的木窗、木门，显示的是西方城市的简洁明快。此院现为卢家后人卢大印与弟弟的住所，北院居住的卢大印的妻子，是托克托剪纸非遗传承人王桃女。走进屋内，热炕、锅台、躺柜，最显眼的是墙上红彤彤的剪纸。岁月的交替更迭、生活的酸甜苦辣，在王桃女的剪刀下升华为一个个奇美的造型。

村里的平安社不知始于哪朝哪代，只知道按方位被称为东大社。每年元宵社火节时，龙舞、狮舞、阁舞、旱船、车车秧歌、高跷、皇杠、跑驴、大头人、哑老背妻等社火轮番登场，寿阳鼓乐作为黑水泉村独有的鼓乐，是世世代代传承下来的。

寿阳鼓乐有完整的鼓谱，打奏器具有鼓、铙、钹，一套鼓点分为歇槌子、硬鼓子、双槌、四砸、九槌子、六砸等，或一鼓一铙一钹，或多鼓多铙多钹同时演奏。

关于寿阳鼓乐的来历，直至现在仍然众说纷纭。许多人认为，寿阳鼓乐来自山西寿阳县。当年，自山西寿阳出走的走西口人扶老携幼，肩上扛着行李衣物、背上背着锅碗瓢盆。当迈出家门的那一刻，回望曾为自家人遮风挡雨的土坯小屋，女人呜咽有声，男人则咬牙跺脚，无奈荒旱无情，只得另投生路。回望之际，丢在墙角的圆鼓牵拉住了男人的眼睛。这面一无用途的圆鼓，承载着他与村人太多的悲苦、太多的欢乐。定定地望着圆鼓的男人，被记忆里的欢腾场面搅扰得热血沸腾，他不顾一切地冲到院子里，把这圆鼓扛在肩上。扶老携幼、背着家当和圆鼓的男人，来到托克托县的黑水泉村，此后每年的元宵节，黑水泉村的上空便有了寿阳鼓的激越回响。

几年前，关注黑水泉村寿阳鼓来历的老者远赴山西寿阳，以期进一步挖掘寿阳鼓的相关史实，却发现这里鼓乐虽多，却并没有寿阳鼓的鼓谱。令人疑惑之余，使寿阳鼓的起源也变得扑朔迷离。

也有人认为，寿阳鼓出自托克托皇杠社火的伴奏鼓乐，但仔细听却发现鼓点韵律差别极大，根本不是同种鼓乐。

作为秦汉时期武泉县城所在地的黑水泉村，历史悠久、文化深厚，寿阳鼓乐古已有之也未尝没有可能。或许，寿阳鼓与社火太平车车鼓乐以及民歌撩缝子一样，从远古一直流传至今，成为黑水泉村独有的民间艺术。

伴随着激越的寿阳鼓声，一代代的黑水泉村人出生成长。成长起来的黑水泉人，拿起寿阳鼓槌，敲出他们生命中最华美的乐章。当生命的光彩退去时，他们把手中的鼓槌交给新一代的黑水泉村人。背着鼓谱、记着韵律、踏着节奏，日复一复，年复一年，当老一辈敲鼓人拿不动鼓槌时，他们的技艺已经完整无缺地投射到下一代敲鼓人的身体与灵魂里。就这样，寿阳鼓在世世代代、无止无息的传承中获得了新生。

寿阳鼓的非遗传承人张海生拿起鼓槌的那一刻，谁也不会相信他是一位六十七岁的老人。鼓谱全然烂熟于心，或者说，他全身的细胞就是一张鼓谱。拿起鼓槌的他，身上的每一块肌肉，每一块骨头都与鼓谱协调一致。他只需微闭双眼，享受鼓声带给他的巨大欢乐。挥舞鼓槌的他，一脸陶醉的样子，使人相信，他已进入一个别人无法进入的幸福世界。随着鼓槌的起落，鼓声时而低慢，如远雷滚滚不急不忙；时而铿锵，似千军万马嘶杀疆场；时而沉稳，如大江出峡谷缓缓流淌；时而激昂，似吹响冲锋号宏亮昂扬。此刻，手握寿阳鼓槌的他，像是立于云端，俯瞰世间的帝王；又像站在阵前，指挥千军万马的将军。

如果不探究黑水泉村的历史与寿阳鼓的来历，就无法理解黑水泉村人对于寿阳鼓的疯狂热爱。只有读懂了黑水泉村的历史，才能知晓，黑水泉村的寿阳鼓乐，已融入了黑水泉村人的血液，成为黑水泉村人的灵魂依靠与精神寄托。而只有走进黑水泉村才会发现，兴盛于秦汉时代，明清时成为著名驿站的黑水泉村，有着太多的故事需要挖掘，有着太多的传奇需要抒写。

向着美丽出发

登上从呼和浩特飞往呼伦贝尔的飞机，我便满心期待着到达那个美丽的地方，绿的草原、清的湖水、美的姑娘。等待的心情总是焦躁的，时间也是漫长的，当飞机起飞的那一刻，我的心也似欣欣然张开了翅膀。

飞机徐徐地往上飘移，一会儿向左，一会儿向右，有些摇摆不定。侧头看着窗外，地面上的一切物体正在逐渐变小、变薄，像画在地上的一张薄而小的图画，随着飞机的飞行，那图画不停地变幻着。房子成了火柴盒，道路成了小细线，大树成了小草，小草与人成了一粒粒的微尘，散布在空气中，找不到看不见。忽然有一些悲从中来，不管是多么伟大的人物，无论是多么宏伟的建筑，在万里高空上俯看，都成了过家家的玩意儿。

目光移离地面，我忽然看到了云。洁白高远的云此时就在我的身边、脚下，仿佛伸手可接、抬脚可触，如果没有飞机硬硬的阻隔，我也会成为云的一部分，甚至和它们玩耍嬉戏。现在，隔着窗户，我看着它们一会儿似雪浪般翻着、滚着，一会儿似烟雾般飘着、飞着，一会儿又似羊毛般轻着、柔着，我想象着跳进雪浪里、扎进羊毛里、浮在烟雾上，享受那雪浪的清凉、羊毛的轻柔、烟雾的缥缈。可是，飞机掠翅之间，蓝的天消失了，白的云散尽了，一大团雾撞上来、堆过来、拥前来，飞机向着迷雾里冲着、刺着。我与飞机连成一体，我们一起冲刺，一起抖动、震颤。这抖动、震颤传递给我时，便变成了剧烈的心跳。

看着身边的人们，有的闭目养神，有的则早已沉沉睡去。美丽也罢，惊险也罢，对一个沉睡的人，统统失去了意义。不由得替他们惋惜，觉得他们错过了雪浪般翻滚、羊毛般轻柔、烟雾般飘渺的云，是多么大的憾事。可是，回过头想一想，他们却也躲过了抖动、震颤与剧烈的心跳。

继续的冲刺，终于发现，不管是对浓雾，还是对抖动与震颤，我都无能为力，冲刺只是飞机的事情。终于收回目光，我像身边的乘客一样闭上眼睛，但是，却抑制不住那一颗敏感的心的剧烈跳动。

一会儿，飞机不抖了，心儿不跳了，目光投向窗外，雾散了，云淡了，一个晴朗的天空又呈现在我的面前。

或许这才是一个完美的旅行，有美丽相伴，也有惊险相随。想着，人生的旅行也该如此，多一分挫折，便少一分平淡，多一次经历，便少一次乏味。

继续地望向窗外，透过云雾，起伏的山川像是趴在地上的一头头小兽，蜿蜒的河流也成了飘在莽原上的一条条带子。还有那规规矩矩的圆，方方正正的方，绿绿得映在大地的胸怀里，不知是大自然的鬼斧神工，还是人类的妙笔生花，一切都是那么神奇，又是那么伟大。

在呼和浩特等待飞机时，无意中与一位回呼伦贝尔的女士攀谈起来，天气冷不冷、衣服贵不贵、草美不美、水清不清，一切都缘于我对这个美丽地方的好奇与向往。她温婉地笑着，很耐心地回答着我的每一个问题。没有想到的是，上飞机后，我们的座位竟然那么巧合地挨在一起。

坐在窗前，我一次次让她看着外面变幻莫测的景致，她也很配合得发出一次次的惊呼。当时，我觉得让她欣赏到美丽，是我对她的感谢，过后想来，如此的景致于她也许早已熟视无睹，她的惊呼只不过是应和我的感受，增加我的快乐。这样想时，又对呼伦贝尔这个美丽的地方增加了一分好感。一个美丽的地方，美的不仅是景还有人。

不知不觉中，天高了，云远了，我看到一块巨大的绿色毡毯在脚下无限地铺展开来，我知道，我向往已久的呼伦贝尔终于到了……

神指峡：感念神指点化的美丽

拍岸的涛声，峡谷的幽深，牵着我的心，拉着我的眼，我被诱惑着，一步步地接近那一个神秘的地方——神指峡。

凡是神秘的地方总是不那么容易接近，神指峡也一样，要发现它的美，探究它的奇，需要的不仅是脚的有力，还要有心的虔诚。

顺着石阶一阶阶地往下行走，一阶比一阶陡，一阶比一阶峭，而这只是一个小小的热身而已。峰回路转，台阶突然消失，悬崖峭壁就那样突兀地出现在眼前，而悬崖边上窄窄的一溜便是去往神指峡的必经之路。双手抓着峭壁上的铁锁，双脚挪着悬崖上的窄路，这一段有惊无险的路途，仿佛告诫着猎奇的人们，只有怀着一颗虔诚的心才能看到最美的风景。

当我怀着朝圣般的心情，站立于神指峡的谷底时，仿佛有一种入梦的感觉。这一个神奇的梦发生在远古的洪荒时代，那时大地开裂、河道堵塞、洪水泛滥，万物生灵都遭受着前所未有的劫难。我们的祖先——万物的灵长最先感受到这场灾难的毁灭性，他跪地长求，感动了云游路过此处的太上老君，太上老君看到了滔天的洪水、挣扎的生灵，悲悯之心油然而生，他伸出手指在大地上划出一道深深的峡谷，把洪水引入河道，解救了万物生灵。

神指划出一道峡谷，大地裂开一道伤口，疼着的伤口解救了万物生灵，因为这万物生灵都是她的孩子。

亿万年前，大地用伤口解救了万物生灵，亿万年后，大地的伤口又成了万物生灵的幸福家园。长四万米、深四十米的峡谷是绿的世界、花的海洋。叶子宽大的柞树（又名蒙古栎），身形纤细的黄檗（又名黄菠萝），火红热烈的杜鹃花就那样绿意盎然、蓬蓬勃勃地迷着人的眼，悦着人的心。

在绿树与鲜花丛中穿行着，总有一种飘然若仙的感觉，这感觉源于绿树、鲜花，更源于我们到达的那一个神奇的所在——仙女苑。据传，仙女们白天在这里游乐玩耍，晚上又在这里沐浴洗澡，后来，人们把仙女玩耍的地方称为仙女岛，把仙女们洗澡的地方称为仙女潭。

站立于仙女曾经到达的仙女苑，望着云雾缭绕中翠绿的山、碧清的水，恍惚觉得仙女并没有离去，她就隐身于灵山上、秀水中，化身为叶的绿、水的波，为神指峡增添一份美丽、增加一份灵气。

在通往仙女苑的路上，有一座神奇的天石城，那石头大如屋、怪如车，乌黑的石头上生着嫩绿的苔藓，像是强壮的大汉头上长着的柔软毛发。不知这天石来自何方，那样突兀地出现，那样强势地插入。想着前方温柔的仙女苑，我一时为这突兀与强势找到了理由。这乌黑的石头是否是来自天外的神兵，守卫着、呵护着美丽的仙女，亿万年的守卫与呵护，最终幻化为坚不可摧的石头般的承诺。

看过桂林山水的清秀，也目睹了黄河波涛的汹涌，感觉南国就该有那样清秀的山水，北疆就该有这般豪迈的汹涌。到达神指峡后，我才知道，清秀不光是南国独有，豪迈也不仅为北疆仅存，原来清秀与豪迈可以很好地水乳交融。

远望两岸奇绝的山、陡峭的峰，恍然置身于桂林的山，近观谷底汹涌的波、翻卷的浪，似乎又站立于黄河的岸。这正是神指峡的独特之处，既可观赏南国的风景秀美，又可领略北疆的波涛汹涌。

拾阶返回山顶，回首这一道美丽的峡谷，心里不由得感念大自然的恩赐。

而站立于大自然铺就的大美面前，我又一次感到了自己从里到外的渺小。渺小的我就像这山上的一株草，林间的一朵花，隐身于千万棵草、千万株花中，虽分不出你我，看不出差别，但却不敢辜负阳光、雨露的哺育与滋养。是一株草，春天时就要吐尽自己的绿，是一朵花，夏天里就要开出最美的花，正是无数草与花的小小奉献，才成就了大自然大美大爱的气势。

我是俗世人生中微小的一个，我也有着草的愿望、花的企盼，我想着为世间的温暖发一点光，献一点热，那么我的人生也便无悔无怨了。

神指峡就这样毫无准备地感动了我、震撼了我，其实震憾我的不光是神指峡，神指峡只是毕拉河风景区的一部分。毕拉河是鄂伦春语，意为宽阔的河，位于大兴安岭东南的鄂伦春旗境内，被称为神山、圣水、花海、奇峡，奇峡指的就是神指峡。

看完神指峡，我便向往着神山，渴盼着圣水，更期待着那一个花海样的奇美。

晒台上的风景

我从楼上的窗户向外眺望，前看是高高的楼，后看是高高的楼，上看是窄窄的一溜儿天空，下看是人车拥挤的一条道路。

有时，不由得回味起平房小院的好处：院子里种满树和花，春天看着它们吐芽，夏天看着它们或满树翠绿，或满枝花红。冬天下了雪时，到院子里堆一个雪人，让它守护这一院的宁静。但是，这只是想一想罢了，也许就在我思想的瞬间，一个农村已变作了城市，许多农民已住进了高楼。

平房小院只是我的一个梦，一个奢侈的梦罢了。住在楼房上的我，只能通过一扇窗户与外界交流着。下雪了、刮风了，我从这扇窗户获知大自然传递的信息。

我向楼下看去，二楼有一个晒台，空空的晒台上铺着一层雪花。我想，要是在晒台上堆一个雪人该多好，晒台不寂寞了，我也不寂寞了，但是，晒台上始终是一片耀眼的白。

冬天去了，春天来了，晒台上的雪化了，晒台空空的，我的心也空空的。

某一天，晒台上出现一个老人的身影，老人用扫帚一下一下地扫着晒台，晒台上的土被扫去后，露出一片灰白。

第二天，晒台上出现了一个花盆，花盆里光秃秃的。几天后，当我再向窗下看时，眼前出现了十多个花盆，这些花盆一溜儿排开，像出操的小学生。

风一天比一天柔和了，春雨也适时地前来凑趣，不知多会儿，街边的树枝上已伸出绿色的小手向路人问好了。但是，脚步匆匆的行人谁又顾得上和春天打个招呼呢？

我看着楼下的晒台，看到了花盆里的一棵嫩芽，接着又看到了两棵、三棵……此后，我不由自主地关注起这些小小的、嫩嫩的生命。

一天又一天，太阳照样升起，月亮依旧盈亏，但是，我却有了不一样的感觉。这些小小的、嫩嫩的生命使我的心里有了绿色的希望。

风照样刮，雨照旧落，小小的、嫩嫩的生命依然欣欣向荣地生长着，没过多久，它们已长成了一条条绿色的手臂。这绿色的手臂不停地向上伸着、伸着。一天又一天，绿的枝条上吐出了黄的花、紫的花，每一阵风吹来，叶和花都快乐地颤动着。

我想，它们应该是快乐的，因为不管外面如何喧闹，它们始终没有忘记自己的使命，它们始终一心一意地向上，始终一心一意地生长。

第一场雪

晚上快下班时，同事说外面下雪了。我探头往窗外一看，地上已铺了白白的一层。

等我往回走时，雪已经停了。黑的暗影里，雪失去了往日那夺目的白亮颜色，仿佛有一些羞羞怯怯，有一些半遮半掩。而我的心情也和这暗影里的雪一样，不再有明朗的喜悦，也不再有鲜明的快乐。

雪是轻飘的，它带给我们的快乐也是轻飘的，但是，沉重的现实下，我们已无心去顾及这轻飘的快乐、这悠然的喜悦了。

急急地上了公交车，车窗外是一个烦乱而匆忙的世界。雪被人们杂乱的脚步踩踏着，被急驶的车轮碾压着，逐渐失去了它的晶莹与纯洁。落到地上的雪与泥混杂在一起，分不清哪是雪的白，哪是泥的黑。

这是今年冬天的第一场雪，当这第一场雪到来时，生活照旧，平静依旧，外面的忙碌烦乱也依旧。

我记不清，我的生命中，迎送了多少个冬日严寒，迎送了多少次雪花飞舞，但是雪带给我的快乐与喜悦却是屈指可数的。

儿时总是快乐的，在雪地里奔跑、追逐。但是，快乐难以保鲜，尤其是儿时的快乐，在懵懵懂懂中便消逝无踪了。

后来，那一场雪下在了我的青年时代。我站在雪地里等待着，等待着生命中一个重要的承诺与约定。

雪花像白色的羽毛漫天飞舞着，我穿着一件红色的羽绒服站在雪地里，雪花落在我的身上，我的身上似乎长出一双白色的羽翅，我的心里升腾着一个飞翔的愿望，我似乎也成了那漫天飞舞中的一朵，随心所欲地飞舞、飘荡。

为了那一个至关重要的承诺与约定，也为了这生命中一场美丽的雪，我于坚硬的寒冷里安静地等待着、等待着。

那是又一场雪，早晨一推门，我看到了一个白茫茫的世界，我把五岁的儿子喊起来，给他戴上手套、帽子，然后，我和儿子跑进了雪地里。

我抓起一把晶莹的雪放到儿子的小手里，又抓起一把高高地扬向天空，任雪落在我的头上、身上，儿子也学着我的样子，把雪撒向天空。我笑了，儿子也笑了。

我们一起在雪地里跑着，跳着，然后堆起一个雪人，看着雪人在阳光下目光灼灼、晶莹剔透。那一场雪是属于儿子的，我却得到了快乐。

后来，儿子记住了雪的快乐，我却逐渐淡忘了雪的妩媚。

那是又一场雪，我推开门时，外面又是一个白茫茫的世界，但是，此时的我却没有了迎接雪的喜悦。

我已丢失了和儿子一起在雪地里奔跑，一起堆一个雪人的热情。而且想着下午上班时行走的艰难，雪不仅失去了它应有的妩媚，还仿佛成了一个不招自来的讨厌客人。

我告诉儿子，外面下雪了，问他想出去玩不，儿子正钻在被窝里看着《封神演义》。他说，“不要扫雪，我一会儿要堆雪人。”我随口答应了一声，便投入了日常的忙碌中。

一会儿，儿子起床后到了院子里，马上又哭着跑回来。雪早已走出了我的注目范围，我也忘记了儿子对于雪的盼望，也忘记了对儿子不让扫雪的承诺。

看着为雪而伤心流泪的儿子，想着自己为雪流泪的那些日子，那是像雪一样纯洁的快乐，像雪一样晶莹的喜悦。我已丢失了那一种纯洁的快乐与晶莹的喜悦了，也丢掉了那些因为微小的感动而拥有的幸福。

节　日

春节来了，春节又去了，正如鲜的、亮的许多节日一样，因为忙碌的城市人无暇去仰望它的美丽，它们便只在城市的上空飘着、浮着。

就这样，城市与许多美丽的节日失之交臂，许多美丽的节日也进不了城市人的梦境。而我还是温柔地怀想着那些美丽的节日，因为一个人把这节日种在了我的心里，这节日已在我心里生了根、发了芽。

每当那一个节日临近时，我会怦然心动，我的记忆里会飘飞起许多有关节日的美丽怀想。

这个人是我的爷爷，一个孩童般的可爱老人。可是二十岁之后，我便只能在梦中怀想他的笑容了。

节日依旧年年来去，爷爷却一去不返，他像我生命中的一个节日，却是一个无法重复来过的节日。

怀想着、细数着那一个个节日时，爷爷便在这一个个节日里穿行着、游走着。

爷爷用他的爱心和耐心打磨着一个个节日，将一个个节日打磨得珠圆玉润，然后将它们串成一串珍珠项链挂在我的脖子上。

现在，我将这珍珠项链从脖子上取下来拿在手里，端午、中秋、腊八、小年、春节……我细数着项链上一个个珍珠般的节日，也怀想着节日里爷爷忙碌的身影。有了爷爷的参与，我家的每一个节日都变得无比隆重、无比温馨。

端午节的早晨，爷爷早早地起来，到田间地头去拔回艾草。他把这些沾着露水的艾草插在门上，放在盆里让我和弟弟洗脸洗手。

我和弟弟将腕上系着五色线绳的手放在脸盆里，将脸埋进浸着艾草的脸盆里，陶醉地闻着那艾草的香味。

端午节前几天，爷爷照例要进一趟城，他要去买一种专门吃凉糕的调料。那是像盛装花露水一样的小瓶，里面是嫩黄的水，嫩红的玫瑰花瓣，打开瓶盖的一瞬，那香味飘出来弥漫了整个屋子。此后，我记住了端午节的味道，那是艾叶的香与玫瑰的香。

中秋节要拜月，春节要上香，爷爷记着每一个节日的仪式，这些仪式让我感到了每一个节日的美丽与神圣。

当那一轮圆润饱满的月亮升起时，爷爷点燃一炷香，然后蹒跚着步子走到院当中的香案前，对着空中的圆月参拜一番。

那香案上摆着的苹果、梨、葡萄、月饼是献给月亮的，尽管那是一个物资缺乏的年代，尽管那些食品有着巨大的诱惑，但是那一份敬畏让我们望而却步。

此后，爷爷中秋拜月的一幕便留在了我的记忆里，那份惶恐与敬畏也深深地刻在了我的心里面。

若干年后，当我默默仰望那一顶深蓝的天空时，我依然留存着儿时的那一种神秘与敬畏的感觉，那是人类对于自然与生命的敬畏。

冬日暖阳

天气一天天冷了，我不知道那个女孩是否还在城市水泥的丛林中穿行着。天是这样的冷，而她又是那样瘦弱着身子。也许她已有了一个好的归属，但这样想时，我也知道是在欺骗自己了。她能有什么好的归属呢，单凭她自己，又如何能摆脱这悲苦的命运？

那是去年夏天的一天，我走在市区的街道上，这是全市最为繁华的街道。时值星期天，这里繁华更盛，车流、人流，汇成一条彩色的河流。

街道上，行走的男士气宇轩昂，行走的女士婀娜多姿，还有那打闹嬉戏的孩子们爽朗的笑声，使你相信，这是一个美好的夏日，人们幸福安康，快乐无忧。

就在这时，我看到了那个女孩。在我的印象中，女孩总是轻轻灵灵的，她们或活泼如风，或沉静如水，但是，我无法将面前的这个女孩与这些美好的事物联系起来。

只见女孩趴在木板上，一双手像船桨般在水泥的路面上划行着，木板载着女孩穿行在水泥的丛林中，穿行在人们匆忙的腿脚边。

朱自清描写女孩的腿像刚出笼的面包，但是进入我视线的两条腿却像两根细竹竿，黑的皮包着瘦的骨，整个人也像一只凸肚细腿的蜘蛛。

我走在女孩的身后，看着她像一个奇怪的爬行动物一样向前蠕动着。

一阵笑声传来，我看到不远处的两个女孩，她们和木板上的女孩年龄相仿。此刻，那两个女孩像花蝴蝶般在父母的身边飞来飞去，把欢快的笑声撒向这个美好的夏日。

我想，这就是人们所说的命运吧！一些人在享受命运所赐予的幸福，另一些人却被它击打得无可奈何。

但是，纵然悲伤、愤怒，又怎能拒绝命运这毫非理性的裁决？残酷的命运夺去了女孩直立行走的权力，也夺去了她无忧无虑的笑声。但是，在她的不远处，幸福的花儿正在恣意开放，可是装点的却是别人的快乐。对于她来说，一切仿佛都近在咫尺，一切又是那样遥不可及。

女孩划着木板，在水泥的丛林中行进着，在人们匆忙的腿脚边行进着。她的手里握着一只小铁筒，随着划行，手里的铁筒敲击着地面，发出“嘎嘎”的声音。这铁筒里是一些好心人的馈赠，也是她的维生之资。

女孩的前面出现了一个台阶，我不由担心着，女孩如何独自走下这高高的台阶。但是，我的担心似乎是多余的，木板毫不犹豫地落到第一个台阶上，又落在第二个台阶上。

虽然那倾斜的木板看着有些让人惊心动魄，但是，在女孩那里，似乎早已是轻车熟路，也许她已习惯了这种倾斜的生活，也习惯了命运对她的不公待遇。

一个老太太走到女孩身边，将几张钱票放到小铁筒里，嘴里念叨着：“可怜的孩子。”女孩扭过头，向老太太绽一个明媚的笑容。这笑容像花儿一样绽放着，让人感到了一丝清凉，一丝慰藉。

我走过去，也将几张钱票放在铁筒里，女孩也向我绽一个明媚的笑容。女孩的笑容流进了我的心里，像一股清泉划过心底。

此时，在这个寒冷的冬日，我又想起了那个女孩，想起她明媚的笑容，这笑容像冬日的阳光洒进我的心田。

我想再见到那个女孩，但是我怕看到她趴在木板上，在街道上行进的样子。或许，我的担心是多余的，也许她已经有了好的归属。因为冬日虽然寒冷，人心却不乏温暖。

中秋节

朋友说，中秋节快到了。坐在那里，我默默地沉思着。当一个美丽的节日到来时，我没有表现出应有的欢快。再看朋友，低头在书包里翻找着东西，那一句话仿佛不是由她的嘴里吐出的，那一个美丽的节日在她那里也失去了应有的光泽。

曾几何时，中秋节还是一个饱满圆润的词汇，每当听到它时，我的耳膜就要幸福地震颤，这震颤传递到五脏六腑，传递到全身的神经末稍，于是，我身上的每一个细胞都满涨着幸福的期待。现在，那些美丽的节日哪儿去了，那些幸福的震颤哪儿去了？坐着那里，我默默地沉思着。

我想找回那种幸福的感觉，我想体验那份幸福与快乐，但是幸福在哪儿呢？是我捕捉幸福的官能失灵了，还是幸福离我越来越远了？坐在那里，我默默地沉思着。

月饼的香甜慢慢地流进我记忆的深巷，那该是无忧无虑的少年吧！背着书包走在回家的路上，忽然，满街满巷都是月饼的香甜。

回到家里，母亲正温馨地忙碌着，手里翻飞着香甜的月饼。当我吃着母亲递过来的那一块香香甜甜的月饼时，竟有一种陶醉般的感觉。

爷爷对待每一个节日都是那样恭敬而虔诚，尽管手里的钱是那样的少，但是每一个节日都被他打扮得充盈而完满。

苹果、梨、葡萄，还有西瓜，爷爷把这些活色生香的水果摆在柜子上的月光前面。那月光比月饼大一些，里面包着红糖，外面画着月亮、玉兔和桂树。

母亲说，月亮里还有嫦娥。或许是因为嫦娥太美了，凡人的手难以描画出她的美丽，所以我始终没有看到月光里嫦娥的形象。

我和弟弟趴在窗台上，等待着月亮的升起。终于，当天色渐渐暗下去时，一颗光洁玉润的月亮跃上了枝头。那样的大，那样的圆，像刚沐浴出来一样干净、明朗，周围闪耀着湿漉漉的光芒。

弟弟欢呼着，月亮出来了，出来了。爷爷嘴里含着烟袋，眯起眼睛瞅着月亮。

水果和月光早已搬到了屋外，放在桌子上。月亮的清辉洒在桌子上，洒在水果上，那水果仿佛镀上一层水晶的亮色，闪动着诱人的光泽。

我看着桌上的水果，看着月光在它上面徐徐地流动，心里琢磨着，月亮在享用这美丽的贡品吗?

爷爷站起身，把一支点燃的香捧在手里，对着月亮拜了三拜。每当看到爷爷拜月的举动，我都不由得要偷笑。但是，爷爷拜月的程序依然那样一如既往地虔诚。

记忆中，儿时的中秋节就像一块香香甜甜的月饼，我们期待着的也只是那简简单单的快乐。

守在母亲身边，吃着由母亲烤制的月饼，我们便找到了幸福的源泉。现在，忙碌的我们无暇为儿女烤制一块香甜的月饼，儿女们也失去了等待母亲烤制月饼的耐心。

当中秋的圆月翻过千重万壑的高楼出现在当空时，似乎也失去了儿时记忆中的那份润泽与光鲜。

爷爷早已去世了，我们无暇去重复他那一套烦琐的拜月程序，互送月饼的礼仪也逐渐淡出了人们的记忆。因为从市场上买回的月饼都是工厂制造的成品，没有了家庭和个人的创造，便失去了那一份交换的新鲜与快乐。

朋友终于找到了她要找的东西，此刻，也默默地坐在那里，看着她唇边绽出的一丝笑意，我想，难道她也如我一样沉醉在中秋的美丽记忆中吗？

我们记忆中的中秋是美丽而温馨的，这应该感谢我们的父母，在贫苦生活中挣扎的父母依然没有失却那一份浪漫的情愫，他们用满是老茧的手为自己的儿女创造了一份美丽而温馨的回忆。

当沉浸在美丽中秋的回忆中时，我想到了我的孩子，我为孩子是否也留存了一份美丽温馨的回忆呢？

我总是忙碌的，忙碌的我每每忽视了中秋之夜的圆润，忙碌的我从没考虑孩子在中秋之夜的寂寞。

如果不算迟的话，我也想送给孩子一个丰盈圆润的中秋之夜。

当月亮升上高空时，我要指给孩子看，让他认识月亮的高贵与美丽，我要告诉他关于嫦娥、玉兔和桂树的传说，我要让他的记忆里也留存一个美丽温馨的中秋之夜。

感怀昭君

由一个女子生发出一个节日，这个节日又为一座城市增添了无穷魅力，这个女子是昭君，这座城市是青城。

对于生长在青城的我来说，虽然听熟了昭君出塞的故事，但终究无法穿越时空，去一睹昭君的美丽芳容，我和许多热爱昭君的人一样，只能从泛黄的书页间品味美人当年的丰采：丰容靓饰，光明汉宫，顾影徘徊，竦动左右。但是，究竟是怎样的丰容，怎样的靓饰，又是如何的顾影徘徊，如何的竦动左右，我们只能依照各自的审美心理去琢磨。

我从图画中看到的昭君身着斗篷，怀抱琵琶，眉目如画，身材妖娆。但是，这是不是真实的昭君已无从考证了，当然，昭君的美丽是毋庸置疑的。然而，纵然是美女，真正能够名垂青史的能有几个？而像昭君一样让后人一年一度怀想的又有几个呢？所以，昭君不仅是因为美才进入人们的视野，走入人们的心灵的。

“上阳人，上阳人，红颜暗老白发新。绿衣监使守宫门，一闭上阳多少春。”这是白居易《上阳白发人》中的诗句。纵然有着沉鱼落雁之容，闭月羞花之貌，但是面对后宫佳丽无数，昭君被宠幸的机会也微乎其微，所以，昭君也不可避免地要成为一个上阳白发人。

穿越历史的迷雾，我们可以想象昭君当年的境遇，以及她内心中那种无望的煎熬与挣扎。和昭君一样的无数宫女在等待同一个男人的欣赏与注目，但是这种被动的等待注定要让她们等得心酸目困、身心俱疲。

生命的价值在这里是如此的不对等，对于皇帝而言，无数宫女的容颜老去，以及她们内心的挣扎痛苦与他又有什么关系呢？除了诗人们为之掬一把同情之泪外，谁又会怀疑这悲剧存在的合理性呢？甚至宫女们自己也从没怀疑过这命运的非人性安排，她们只是极尽所能地装扮着自己，然后翘首以盼地等着皇帝的宠幸。但是皇帝呢，连见她们一面都嫌耽误工夫，只凭一幅画来决定她们的命运。

于是，画工毛延寿成了众宫女的救星，她们不惜重金，以让其为自己的画像增姿添彩。画工毛延寿是不嫌弃这阿堵物的，宫女们奉上的黄白之物悉数装入他的衣兜，但昭君是一个例外。

端方正直的品格不允许昭君有这种欺骗的行为，但是皇帝没能拆穿那些低劣的欺骗手段，当然也无从欣赏昭君端方与正直的品格。

对于贪得无厌的画工来说，昭君的端方正直让她得到了一个被丑化的形象；对于皇帝来说，昭君的端方正直换取的是上阳白发人的悲剧命运。这是历史的悲哀也是历史的无奈，但是这种悲哀和无奈何时又停止过演绎呢。

若干年后，重新审视昭君时，我们仿佛看到了当年那个执着地怀着端方与正直品格的昭君形象。一个端方正直的女子，让我们看到了一个昏庸无道的皇帝；一个端方正直的女子，让我们看到一群浑身铜臭的文人。

令人欣喜的是，最终，我们还是欣赏了昭君的端方与正直，最终，我们还是认可了昭君的端方与正直。今天，我们仍在寻找这种端方与正直，也在发扬这种端方与正直，不仅是以一种节日的形式。

如果说，昭君仅仅是一个有着端方正直品格的女子，那她还成不了今日我们所赞扬的昭君。假如没有那一次决绝的选择，假如没有那一次大胆的行动，昭君也只能成为一个端方正直的上阳白发人。是一次伟大的选择改变了昭君的命运，是一个伟大的决定让昭君成为名垂青史的昭君。

住穹庐、吃畜肉，对于一个汉族女子来说，这一切都是不可想象的，甚至是可怕的。所以，当胡汉和亲的招聘启示贴出后，竟无一人应聘。

是不是当年的昭君从这一出使异域的招聘启示中看出了她的机遇，让她做出了一个大胆而又独特的选择呢？现在的我们无从得知，但是，当年的昭君肯定意识到了，这一决定是她逃脱黄金牢笼的唯一机会。所以，尽管对于异域生活的险恶满怀担心与恐惧，面对上阳白发人的命运，她还是选择了逃离。

“汉武雄图载史册，长城万里遍烽烟。何如一曲琵琶好，鸣镝无声五十年。”昭君这一伟大的选择，不但改变了她个人的命运，而且也改变了无数老百姓的命运。

昭君出塞结束了汉匈历史上一百五十多年的战争状况，使得在水深火热中垂死挣扎的无数老百姓被解救，所以，昭君作为一个民族友好使者是当之无愧的，而昭君的伟大贡献也正在于此。

看着昭君文化节盛大的开幕仪式，我不由得从心底呼唤着那个美丽了千年的女子——昭君。

两千多年前，昭君和塞外草原结下了不解之缘，两千多年后，草原儿女用这一盛大的节日来温柔地怀想着给他们带来安宁与幸福的女子——昭君。我觉得，这种怀想永远都不会过时，因为和平安宁的生活永远是人们的期盼，而且不仅是青城人民的期盼，也是全世界人民的期盼。

昭君的孤独与寂寞

一

一袭斗篷、一把琵琶是昭君的经典造型，而斗篷又永远耀着夺目的红，琵琶又永远奏着哀怨的曲。

那一袭斗篷所温暖的昭君是如何的美丽，隔着岁月的风尘，我已失去了亲近她的机会，哪怕一睹芳容也成了无法实现的奢望与梦想，我只能从那些美丽的图画以及诗句中去捕捉昭君的美丽与传奇。

站立于宏伟的昭君墓前，我的脑海中闪动着的依然是那一个美丽了千百年的昭君形象。身披斗篷、怀抱琵琶，幽怨的目光穿过岁月的风尘，透视着历史的无奈与沧桑。昭君不朽的美丽占去了我的所有思想，我也让自己的内心装满了对于美丽昭君的所有幻象。

二

昭君是中国古代四大美女中的“落雁”，那么“落雁”又是如何一种美丽形式?

相传，在一个秋高气爽的日子里，昭君告别了故土，登程北去。一路上，马嘶雁鸣，撕裂她的心肝；悲切之感，使她心绪难平。她在坐骑之上，拨动琴弦，奏起悲壮的离别之曲。南飞的大雁听到这悦耳的琴声，看到骑在马上的这个美丽女子，忘记了摆动翅膀，跌落地下。从此，昭君就得来了“落雁”的代称。

看到这一段文字，我不由得钦佩创作这段文字的古人，只是，我宁愿相信这是一个凄美爱情故事的演绎。我相信，创作这段文字的一定是一个深情款款的男子，而他或许只是一个小小的仆从，跟随在昭君马儿的左右，边走边看着马背上美丽无比的昭君，想着一瞬的相逢，就要永久的别离，他感到了内心的无比痛苦。

而骑在马上的昭君也是千般愁肠，万般幽怨。那样的一个年代，女人像浮萍一般，被命运的波涛冲去荡来。

出塞是她唯一一次自主的选择，可是，这自主又有多少自由可言？一个荒蛮的地方，一个未知的丈夫，等待她的是祸是福，一切都无从知晓。可是，不选择出塞，她命运的浮萍又将向何处飘流呢?

离别在即，昭君弹起了琵琶，倾述着无尽的幽怨与悲苦。男子看着近在咫尺的昭君，却忍受着咫尺天涯的折磨。抬头望向茫茫天际，他看到了一只大雁，那拍动着翅膀的大雁成了他倾慕的对象，他似乎变作了那一只可以自由飞翔的大雁，盘旋在昭君的头顶。听着呜呜咽咽的琵琶声，大雁的心碎了，于是，心碎的大雁落在了昭君的脚边。

谁曾想到，那一只无辜死去的大雁是因为一个深情男子的感伤，而这深情的男子也不能够把这一个美丽的爱情故事昭之天下，永久流传。他只编出了一只深情的大雁，因为目睹昭君的美丽，便傻傻地僵在天空，然后优雅地跌落在地。

以上虽是我的想象，可是，我宁愿相信了这想象的真实。因为昭君虽然名垂千古，可是，作为一个女子，她却忍受着一世的寂寞与孤独。而这一个浪漫的“落雁”故事，或可慰藉她那一颗孤独与寂寞的心灵。

三

“谁家有女初长成。”等待长大的昭君，也像许多女孩子一样，有着许多美丽的梦想，渴望一件美丽的衣衫，一次美丽的出游，一次美丽的邂逅，然后成就一段美丽的姻缘。可是，她怎能想到，命运让她做了一名宫女。

她被圈进了那一个黄金的牢笼，每天对镜梳妆，与后宫的三千粉黛去争夺一个被荒淫无度掏空了身子的男人。而那一个阅尽天下美色的男人，连看一眼她们都嫌劳神费心。

漫长的等待之后，昭君和众宫女等来的却是轻慢的画像召见。宫女们不会体会不到这轻慢所给予的侮辱与不公，可是，相对那一个改变命运的鲜明目的，一切的轻慢与侮辱都变得无足轻重了。

一批批年轻美丽的宫女被选进宫中，一批批年轻美丽的宫女被剩在深宫，白了头发、老了容颜。

宫女们都别无选择地要改变命运，而这一张画纸就是她们改变命运的唯一媒介。所以，宫女都争先恐后地以重金贿赂画师，只昭君是一个例外。正直的品行不允许昭君采取这样的欺骗形式，哪怕是关乎自己的命运。可是，昭君为自己的特立独行付出了代价，她别无选择地要跌入白发宫女的行列。

当那一个联姻的消息传来时，昭君是否感觉到眼前一亮呢？这是逃脱黄金牢笼的一次难得的机会，可是，那一个传说中的荒蛮之地让许多宫女都望而却步。

昭君特立独行的性格让她又一次做出了特立独行的决定，那就是她要去往那一个传说中茹毛饮血的地方。

当昭君提出要与单于联姻时，元帝的心底没有一丝怜香惜玉，因为画像显示的昭君容貌不靓、姿色不美。怜香惜玉是男人对于女人的最高礼遇，可是，只有姿容美丽的女子才有获得这一礼遇的资格。

然而，当昭君站在元帝面前时，元帝怜香惜玉的感情泛滥开来，他甚至想着换一个宫女来代替昭君，或是干脆取消这一和亲的议题，可是，他又找不出任何借口。

他后悔自己这个轻率的决定，让他错过了昭君这位绝代佳人。可是，如果昭君不嫁单于的话，元帝又怎能知道昭君的美丽与才情呢？所以有诗为证，“曾闻汉王斩画师，何由画师定妍媸？宫中多少如花女，不嫁单于君不知。”

昭君走了，画工毛延寿死了，作为一国之君的元帝，他有能力操纵许多人的命运，包括做出生与死的裁决，可是，他没有反省自己在整个事件中所犯的过错。

那一个个曾经美丽和不太美丽的宫女，因为得不到他的宠幸，在黄金的牢笼里寂寞一世，然后又于寂寞中死去。

如果没有这次联姻，昭君也与那些没有得到宠幸的宫女一样，或在寂寞中终其一生，或于寂寞中发疯发狂。

只是，昭君特立独行的性格让她做出了这一与众不同的决定。

四

穹庐、毡房，无边的草原，昭君到达了一个完全陌生的地方，和一个完全陌生的男子组成了一个家庭。

或许这个地方不能让她喜欢，或许这个男子也不能让她倾心，可相对于宫中寂寞与屈辱的生活，昭君没有理由不相信，这是命运对她的格外恩赐。所以，虽然这不是她所真心喜欢的生活，但她在心底还是认同了这一种生活方式。

这个生活方式就是，一个男子成了她的丈夫，她和他生儿育女过起了平常人的生活。

丈夫死后，按照当地的风俗，她要嫁给新继承王位的男子。这是许多汉族女子所不能接受的，汉族女子所受的传统教育是一女不侍二夫，所以，昭君提出要回到家乡，可是，她的请求被皇帝拒绝了。

如果昭君还是那一个涉世未深的小姑娘，以她的性格，她会断然拒绝这样不尽人意的风俗，可是，经历了寂寞的宫中生活，昭君感知了命运的无常和生活的艰难，她开始珍惜这得之不易的小小幸福。还有，她考虑更多的是，自己作为和亲使者来到异域的这一特殊身份。

自从和亲以来，汉朝与匈奴和好，边塞的烽烟也熄灭了许多年。昭君看到了她所存在的价值，这存在的价值带给她荣耀与自豪的同时，也左右了她的一些选择。

比如，尽管这异域的风俗让她难以接受，她还是选择了留下，做了另一个男子的妻子。

有什么样的选择就要面对什么样的生活，可是，对于那样一个时代里的一个柔弱女子，她又有多少可选择的自由呢?

别无选择地被选入宫，别无选择地与众宫女争夺一个男人的宠幸，为了逃脱黄金牢笼的束缚，又别无选择地来到塞外草原。

出塞和亲，使得昭君永远地载入了史册。我还愿意祝福昭君同时也是一个幸福的女子，拥有美好的爱情，幸福的家庭，可爱的儿女。

美丽的石人会唱歌

著名的景点，因为著名而众所周知，不著名的景点却颇有养在深闺人未识的滋味。那未识的深闺虽没有遇到发现的眼睛，却依然于寂寞的一隅，绽放着孤独的美丽。

石人湾虽也养在深闺，却不乏寻美的脚步与赏识的眼睛，在网上搜索后发现，石人湾早已进入许多爱美者的视野。

苍翠的山峦、静立的石人，还有游者鲜艳的衣衫，历史与现代交汇，时空与自然融合。我忽然感到一种亲切的召唤，是美丽山峦的召唤，还是古老石人的召唤，抑或是那七彩斑斓的游者心情的召唤，无从说清。多次的冥想之后，似乎早已成为一份未了的缘，未尽的情。

抬头是蓝而高的天空，蓝而高的天空下是苍黑的树木，眼前的一切都在提醒我，这已是深秋的季节，远处的石人湾也该脱去翠绿的衣衫了。

但是，当心中的渴望无比强烈时，一切都不能阻挡前行的脚步。

一路走走停停，因为不知道确切的路线，需要不断下车打听。但这一切非但没有消磨我继续前行的耐性，反而为此去探访的石人湾平添了几分神秘。

终于到达了目的地——呼和浩特市黄合少镇石人湾村，也终于见到了那一对石人。

我想象中的石人或巍峨地屹立于山顶，或雄壮地矗立于旷野，可是我的想象与那石人一样，被圈进了一个现实的铁笼子里。

一切似乎都匪夷所思，但是，看到那一对被砍去头颅的石人后，一切都又显得那么合情合理。

石人站立处原是一个墓葬，此墓为呼和浩特地区现存较为珍贵的一处地表存有墓仪的辽代墓葬，地表遗存身着文官衣着石人一对（石人头在1994年被盗）、石羊一只（头残）。石人高一米八，东西相对而立，间距八米，北侧石人的长袍下部阴刻有字样，通身保护较为完好。此墓距丰州古城（辽丰州天德军故城）仅十五公里。

因为文物，因为珍贵，这千年的守护者便无可奈何地毁于现代的文明。但是，对于当地的百姓来说，毁掉石人或许也毁掉了他们一份永久的安宁与幸福。

相传早先时，石人湾附近的村子多灾多难，灾荒连年发生，而石人湾村由于四个石人的庇护而安居乐业，村民幸福地生活着。

一天早晨，有村民发现，这里的石人少了两个，村里的老者便猜测，石人护佑着村民的幸福，可是没有一个人供奉他们，石人是因为生气才出走的。之后，这里有了一个不成文的规矩，凡是路过石人湾的大车都要用油葫芦里的油喂石人一口。从此，剩下的两个石人再也没有离开这里。

过了很久，石人湾的一位村民途经白塔时，发现那两个跑掉的石人到了白塔附近。

据传这石人还成就了一段美丽的爱情。在土默川地区有一位年轻英俊、心地善良、武功高强，名叫李靖的王子。这李靖王子是土默川上许多姑娘倾慕的对象，石人湾村一对美丽的孪生姐妹也向李靖王子投去遥遥的注目，却是无缘结识这一位高贵的王子。

一天，姐妹俩出去挖野菜，周围美丽的景致，触动了内心的情思。顽皮的妹妹对姐姐说，咱们站在远处，谁能套住石人谁就可以做李靖的妻子，石人一定会成全咱们的。也许是石人感动于她们内心真挚的爱情，有意要成全她们，两只篮子都准确无误地套住了石人。

俗话说，乐极生悲，两人正沉浸在美丽的爱情梦境中时，一只老虎扑向了姐妹俩。两人急喊救命，这时，不远处出现了一支猎队，跑在前面的是一位骑着白马、携带弓箭的年轻人，他边跑边搭弓射箭，两只利箭射中了老虎的眼睛。俗话也说，否极泰来，这姐妹的救命恩人便是他们日思夜盼的李靖王子，于是，因为石人，这一对姐妹真的成了李靖王子的妻子。

回想着一个个美丽的传说，似乎听着一支支悠扬的歌曲，而对面站立的石人更生出了许多亲切的感觉。但是，我亲切面对的只是石人伟岸的躯体，石人的头早已不知所踪了。

因为某些聪明的现代人认识到了它的价值，让它成了明码标价的商品，放在一个可供交易的平台上。

余秋雨说：“文明是对琐碎实利的超越，然而，这超越非常容易消解。因为消解文明的日常理由往往要比建立文明的理由充分。这便决定了文明的传播是一个艰难困苦，甚至是忍辱负重的过程。所有良知未泯的文化人都应该来参与构建文明前提的事业，因为没有这一切，社会便无以构成，人类便无以自存。”

那么，我们每一个人要做的，也许就是尽可能地守护我们的家乡，守护家乡那美丽的传说，让它世世代代地传唱下去。

美丽的花圃

春天是栽花种树的季节。身处楼房，树无处可种，那么，只能在屋里栽几丛绿、植几朵花来装扮屋子了。其实，装扮屋子的目的也无非是快乐眼目、愉悦心情而已。

因为花总是好的，单看那繁盛地开着的样子，心里便会满满盈盈地快乐。

以前，在我居住之地的东边有一个很大的花圃。去过一次，之后的每年春天，我便会想到这个花圃。那绿的叶、红的朵，像是张着热情的手臂、仰着灿烂的笑脸，在召唤着我的到来。

许多时候，对于这想象中的热情召唤，我只是空泛的感动，没有实际的行动。

说没有时间，似乎有些勉强，但也是我们推掉许多事务的最好理由。

春天来了，我们没有时间看露尖的小草，如何努力地冲破板结的地表，用一抹绿色迎送我们匆忙的脚步。夏天来了，直到长成满园的绚丽，我们也不知道，为了这一个繁盛的夏，许多叶和花默默的努力与付出。

我们都盼着完满的秋，因为有丰硕的果供我们来采摘，供我们来收获。

走进花圃，还是以前的那一个花圃，只是失却了以前的阔大与繁盛的景象。

城市的发展成为一个无法拒绝的理由，这制造美丽的花圃也只能无可奈何地退让。

退让的不仅是这一个渺小的花圃，还有一个个纯朴的村落。以前，花圃的周围有着许多的村落，现在，当我举头四顾时，却满眼都是高高耸立的楼房。

村落消失后，那些农家小院里的农人将何处安身呢，他们是住进了这高高的楼房，还是移居他处，寻找另一个与之身份相匹配的纯朴村落来安放自己的身心呢？

现在，这一个阔大而繁盛的花圃只留下了两座塑料大棚。那么，当年那众多大棚到了哪里？是由毫不怜惜的手无所顾忌地拆除，还是面对这满园的美丽，也曾有着某一刻的惋惜与同情？

还有那些寄居于大棚的红朵绿叶，那一个个正炽热地绽放自己的生命又将何去何从呢？

这些美丽的生命，除了把美丽尽其所能地奉献外，对于自己的安危完全没有预知与感觉。当灾难与毁灭突然到来时，它们也只能是听之任之，无法可想。

或许，这一切只是我的想象。或许，除了塑料大棚被拆除外，大棚里的鲜花都得到了很好的安置。它们或被移居到另一个大棚里，一样繁盛地生长，或是已经找到了赏识自己的主人，然后住进四季如春的楼房里，得到了很好的照顾。

毕竟，还有那么多爱美的人，他们除了把自己交给奔波忙碌外，也愿意分一点闲暇来与这美丽的花朵面对。

只是，当这花圃成为一个岌岌可危的存在时，我们要到哪里去寻找这绿叶红朵的美丽呢？

那一个阔大的美丽花圃在与城市的对抗中，正日渐萎缩、消亡，那么，等我再来时，这一个花圃是不是存在也就不得而知了。

似乎没有办法可想，我们能做的，只是趁这个花圃还在时，多些光顾的时间，以不辜负这全力绽放的红朵绿叶的奉献。还有就是，把这绿叶红朵搬回家中，寂寞时，让这绽放的美丽来愉悦自己郁闷的心情。

美丽不是一个长久的存在，就像那枝头绽放的花，树梢碧绿的叶，今天还是耀眼夺目，明天便会萎顿如泥。那么，我们是否可以趁着美丽依然美丽时，停一下忙碌的脚步，给这美丽一个更加美丽的理由呢？

但是，在这一个迫切的请求面前，我们看到的依然是匆匆而过的脚步。因为与现实的生活比起来，虚幻的美丽似乎也成了一种可有可无的存在。

所以，美丽的村庄拆除了，美丽的苗圃消失了，那么失去了依附的美丽，又将栖身于何处呢？

我捧着一株文竹回到家中，把它放到书房的窗台上。看着它小小的身影，我又想到了那一个曾经繁盛而美丽的花圃。

我的老屋

年少时，总喜欢新鲜的事物，而许多新的事物总与新年连在一起。新买的衣服、新买的糖果、新贴的窗花，以及父母新年里展开的笑颜，一切都那么令人欣喜、令人愉快。仿佛只有新年才是生活的开端，往日的一切愁苦、辛劳、窘迫尽可丢在一边。

后来，随着年龄的增长，有时觉着新鲜的事物尽管光可鉴人，但总有些虚空与飘渺，反而那些古旧的事物，因留有生活的印迹而朴素得亲切、憨拙得可爱，不由不让人生出牵牵绕绕的情愫。

我要说的是我家的老屋，我在这老屋里住了十多年，所以我的许多童年的记忆都和这老屋有所关联。但是，为着年轻，为着追寻梦中的光艳，我把它丢在了一边。乡间唯一让我挂心的只有父母，每当假日时，我推开焦头烂额的俗事烦物，去看望的也唯有父母而已。

那是一个夏天的一天，我照例来到父母家，临走时，母亲要我摘一些自家种的西红柿，而那西红柿就种在老屋的院子里。

老屋的院墙和大门都重砌了，因为它破旧矮小的形象已和新农村的氛围不协调了。现在，老屋的院墙是坚固的红砖墙，大门是敞亮的高大门楼和邻舍家的门楼一样气宇轩昂。

大门隆隆开启后，我看到了老屋，一切都是那样熟悉，只是显出衰败的景象。曾经青枝绿叶衬着娇嫩花朵的窗花不见了，像一首歌中唱的那样，谁能承受岁月无情的变迁，无法承受岁月变迁的不仅是这窗花，还有父母的容颜。

推开屋门，呈现在我面前的是一个空空的屋子，但我的记忆之手却于瞬间添补了一切不足与缺憾。靠墙的是红色的柜子，靠门的是黑亮的水缸，还有柜子上的夜光表，墙上的相框与镜子。清明节时，母亲在房梁上挂起的寒燕，过年时，父亲在镜子前挂起的气球和灯笼。这一切都如潮般涌来，让我目不暇接。

这些东西死在岁月的风尘中，却于我的记忆中复活了。或者，这些事物一直就藏在我心中的最深处，一日日、一月月、一年年，我用心血喂养着它们，现在，它们呈现在我的面前时，已是那样的珠圆玉润、光可鉴人。或者，这些事物就是我心灵的养分，靠了这养分，我才有了些许灵性、些许智慧，更重要的是我懂得了爱。我知道，所有的一切都是父母的奉献，是父母用他们贫乏的手为我制造了快乐。

抬头的一瞬，我看到了窗外的一个燕窝。当年趴在窗前仰望燕子筑巢的那个丫头又回来了，但是当年的那一只燕子已不知去往何方，而那个丫头也不再是往日的模样。

谁能承受岁月无情的变迁，是的，谁也无法承受岁月无情的变迁，但所幸我的心里还盛装着这些活活泼泼的记忆，这记忆温暖着我、滋润着我，让我在变化莫测的世间始终没有迷失自己。所以，我要感谢我的老屋。

泥巴里的多彩世界

说到青梅竹马，有人会说，我们玩泥巴的时候就在一起，所以，玩泥巴应该算是小孩子最早玩到的游戏了。

家乡的泥巴是不缺的，而且都是上好的泥巴，这上好的泥巴有一个特别的名字叫胶泥，胶泥顾名思义就是黏性好的泥。

一到夏天，雨便隔三岔五哗哗啦啦地下着。下雨天，不被允许出去玩，怕湿了衣服、泥了鞋子。

坐在窗前，无奈地望着扯天扯地的雨，只盼着天开日晴。终于，大太阳明晃晃地出来了，天地一派清明。地上的水洼，白得闪眼，旁边的胶泥，黑得诱人。

推开门走到院子里，空气像刚洗过一般，清冽冽地使人耳目清明、神魂颠倒，呈现在眼前的是一个分外干净的世界。

这雨后的奇情异景都是我长大以后才有的感受，那时，冲入院中的我还是一个只知道玩泥巴的孩子，我的眼里只有那黑得发亮的泥巴。扑到泥巴跟前，两只手插进那凉凉的泥巴里，然后把泥巴抓起来，看着闻着，我面前的泥巴便成了一个奇异的宝贝。

是的，泥巴真的是奇异的宝贝，你可以让它圆，可以让它方，可以随意捏成你心中想象的任何样子。可是，开始时我只是一个拙劣的技师，我把泥巴拍扁了，捏圆了，捏圆了，拍扁了，但是，我还是高兴得哈哈大笑。

后来，我不再满足于院子这一方小小的天地，我跑到大街上，于是，我看到了更多更好的泥巴，同时，我也发现了更多的捏着泥巴的孩子。

我这才发现，单纯的拍扁了捏圆了是多么低等的技艺，我也发现，泥巴的想象会那么得无止无境，泥巴的造型会那么得丰富多彩。

当时的我睁着黑溜溜的眼睛，无限崇拜地望着我面前的哥哥姐姐们，望着他们手里变出的一件件神奇的物件，那应该是我对于创造的最初感动。

不久后，我也加入了这一个创造着神奇的队伍，并创造着一件件神奇的物件。创造是神奇的，也是快乐的，这最初的神奇与快乐却是泥巴带给我的。

现在，当我把泥人这样一个词输入百度时，我对于泥巴和泥人又有了全新的认识。

天津泥人张彩塑是一种深得百姓喜爱的传统民间艺术品，流传、发展至今已有一百八十年的历史。

原来，我孩童时候玩的土得掉渣的泥巴竟然能和高雅的艺术拉上关系，那么当初那些痴迷于艺术的孩子哪里去了呢？

他们都像我一样，长大之后，就把那蕴藏着高雅艺术的泥巴丢到一边了。我们开始上小学、中学、大学，之后，上了大学的到城市里工作，没有上大学的留在村子里劳动。

泥巴成了一个遥远的记忆，现实生活里更容不得它占有一席之地。可是，当我看着网上那一个个色彩缤纷的泥塑时，另一番场景便鲜活地浮现在我的眼前。

七月十五的前几天，母亲早早地起好一大盆面。面起好后，我的家里出现了东家的婶子、西家的大娘。母亲和婶子、大娘把面放到案板上，一遍遍地揉着、揉着。看着她们忙着翻飞着的手和手里翻飞着的面，我是没有兴趣的，我到院子里看蚂蚁搬家，看小狗和小猫对峙，或被母亲喊了从院外往家里抱柴禾。

然后，我走到边兴兴头头忙着，边兴兴头头说着笑着的婶子、大娘的身边，我惊讶地发现，她们手里那一团团普通的白面已成了一个个灵活生动的面人。

那面人有的趴着，有的站着，有的蹲着，都是黑黑的眼、红红的嘴，白胖的胳膊和腿上竟然还带着麻花的镯子，头上也梳了好看的头发帘。

那一时，我想到了创造泥人的幸福与快乐，我想加入到这创造的队伍中，母亲却只丢给我一个面疙瘩，这精贵的白面不像那到处都有的泥巴，任我去体验创造的失败，哪怕失败所造成的浪费都是不足为惜的。我拿着这一小块面疙瘩，那是不同于泥巴的感觉，柔柔的软软的，我用这柔柔的软软的面疙瘩捏一个鸡，捏一个狗，甚至捏一个四不像，直到那一个面疙瘩在我的手中由白变黑。然后，我把这面疙瘩揪成一个个黄豆大小的球扔在地上，看着鸡、狗、猫一起奔过来，纷抢着，“咕咕咕、呜呜呜、喵喵喵”，我笑了。

玩了一会儿，我又回到屋里，此时，屋里已是一派云遮雾罩。穿过重重迷雾，我看到了地下的笼屉，也看到了笼屉里那一个个白胖得让人无限忌妒的小人。

我觉得，母亲、婶子、大娘心目中喜欢的孩子应该就是这个样子的，可是，她们自己的孩子，包括我在内，每天泥里土里跑着、滚着，还有吃食的缺乏，营养的不良，从来都没有这样白胖可人过。

蒸好的面人，要和亲戚互换，换回的面人摆在柜子上，每天看着、看着，开始白胖着，后来便干硬了，干了硬了的面人一个两个，像奖品样分到孩子们的手里，被很荣耀地保存着。

我的记忆里的另一个场景和这一个场景一样鲜活有趣，也是婶子、大娘来到家里，也是这般既严肃又活泼，活泼是因为她们一直说着、笑着，严肃是因为她们揉一气面，便揪一个面疙瘩，放到灶坑里去烧，然后把这个黑疙瘩掰开来，细细地研究一番，热烈地讨论一番。

这次蒸的叫寒燕，是清明时给孩子们制作的节日食品。和做面人一样的程序，只是做的是各种鸟和果。做好的鸟和果，也用红的绿的颜色点缀着。点缀好的鸟和果插在带刺的树枝上，然后一枝一枝地别在屋顶的梁上。

别在屋梁上的寒燕白着，亮着，红着，绿着，贫寒的小屋立刻成了一个丰富的世界。

原来泥巴的创造一直存在着、保留着，只不过转换了载体，而捏着面人、寒燕的母亲、婶子、大娘，当年何尝没有欢欣鼓舞地捏过泥巴呢？她们正是用当年捏泥巴的智慧创新地捏出了胖的面人、美的寒燕，她们在体验创造幸福的同时，也把这创造的丰盛与快乐带给了自己的孩子们。

莜面情

小时候，一天三顿饭都离不开莜面，早起稀粥莜面炒面，中午莜面饸饹或莜面鱼鱼，黑夜又是稀粥莜面炒面。白面一年都吃不着几顿，越吃不着就越想吃，总想着白面馍馍、白面烙饼的好吃。白天也想黑夜也想，在我的想象中，白面做成的吃食都像雪一样，一到嘴里就化掉了。有时睡觉也会梦到，梦到虚得像是一团白气的白面馍馍，一咬一个牙印的白面烙饼，醒来还咂巴着嘴巴，恨不得咬自己舌头一口。

那一年，家里盖房请了木匠师傅。木匠师傅早起从家直接到新房里做营生。我们一家人喝过稀粥、吃过莜面炒面，母亲洗了锅喂了猪，就开始给木匠师傅烙干粮，干粮烙的是白面烙饼。

我在院子里耍着时，便闻到了那有点煳味儿的好闻的白面烙饼味儿。母亲把烙好的白面烙饼放到篮子里，一手挎了篮子，一手提了暖壶，到新房去给木匠师傅送干粮。我追随着母亲胳膊上挎着的干粮篮子，眼睛似乎穿透了篮子，看到了放在篮子里焦黄焦黄的白面烙饼。

母亲送了干粮，回来做晌午饭，做的是两样饭，给木匠师傅做的是白面花卷，给自家人做的是莜面饸饹。母亲和好莜面后，从凉房里搬回那个又笨又重的木头饸饹床子。母亲从瓦盆里揪了一疙瘩莜面，搓长又捏圆，然后塞进饸饹床子里。

母亲有时会喊我压饸饹，我乐意做这个营生。我脱鞋上了炕，看母亲把搓长捏圆的莜面放到饸饹床子里说，“压哇。”我便整个身子趴在饸饹床子的杆上，使劲地往下压着，那一根根细细长长的莜面饸饹就从饸烙床底下挤出来。

母亲把压得又长又细的饸饹放到笼屉里，有时我用得劲大了些，母亲就喊，“轻点。”后来我才知道，压得快了，饸饹就不光溜了，饸饹上满是毛刺儿。爷爷吃莜面最讲究，一般不吃莜面饸饹，要吃就吃莜面窝窝，最赖也要吃莜面鱼鱼，所以，即便忙的时候，母亲也要给爷爷搓上两窝莜面鱼鱼。母亲把压好的莜面饸饹和搓好的莜面鱼鱼放到笼屉里，把笼屉放到一边，就开始和面揉面蒸白面花卷了。

晌午吃饭时，爷爷还是坐在炕中间，木匠师傅和小木匠坐在后炕，花卷拾在一个大盘子里便也放到了后炕。我和母亲、弟弟坐在炕头上，一大笼莜面就放到了炕头上。木匠师傅先吃花卷再吃莜面，跟木匠师傅的小木匠却是只吃花卷不吃莜面。我一边吃着莜面，一边瞪眼看着只吃花卷不吃莜面的小木匠。

可我瞪了半天小木匠，那剩下的花卷也没有我的份儿。到了后晌，母亲把剩下的花卷盛在篮子里，一手提了篮子，一手提了暖壶，去给木匠们送干粮。

最好吃的还不是给木匠吃的白面烙饼，而是给稀罕客人吃的烙油饼炒鸡蛋。家里来了稀罕客人，母亲就打开碗柜，从碗柜里的纸笸箩里拾几颗鸡蛋。母亲把拾出的鸡蛋放到锅台上，然后找一个碗，把鸡蛋一个个磕破皮，蛋清包着蛋黄的鸡蛋就落到碗里，而包着蛋清的蛋黄也就黄白分明地在碗里晃着、颤着。

母亲用筷子搅拌着鸡蛋，蛋黄和蛋清便搅在一起，分不清哪个是哪个了。母亲在搅好的鸡蛋里搁上点盐又搁上点葱花，锅里倒上油，等油热了时，就把搅拌好的鸡蛋倒在油锅里，“嗞”得一声，一股好闻的炒鸡蛋味儿便装满了屋子，然后浓浓烈烈地冲出屋子，直冲到院子里，连站在大街上的人都闻到了我家炒鸡蛋的香味儿。我被呛得连打了两个喷嚏，待我走出院子时，人们便笑嘻嘻地问，“你家来客人了？”

晌午时，一家人围坐在一起，客人坐在后炕，鸡蛋和烙油饼便放到后炕。客人吃烙油饼炒鸡蛋，我们吃蒸莜面煮山药。客人吃了一气炒鸡蛋、烙油饼，抬起头点着炒鸡蛋和烙油饼说，“让娃娃们吃哇。”我偷眼瞅着烙油饼和炒鸡蛋，又偷眼瞅着母亲，母亲却笑着说，“你吃哇，娃娃们不吃。”

有一年，驻地解放军来我们村搞共建，村里一下子来了好多穿着绿军装的解放军。

到了晌午时，一辆大卡车开到我家的院门前，几个穿绿军装的战士从大卡车上抬下两个带盖的白白亮亮的半截铁桶。铁桶打开来，我就看到了铁桶里盛得像雪一般白的大米饭。

母亲已是蒸好了两大笼莜面，煮了一锅开花山药。解放军的领导知道村里一年四季吃莜面，难得吃上米饭，就对爷爷说，“老哥，我和你一起吃莜面，让娃娃们吃米饭哇。”

解放军让我拿了碗，给我从白铁桶里舀了米饭和炒菜，米饭又精又香，我吃了一口，那米粒就像雪一样在我的嘴里化掉了。菜黑糊糊、油糊糊的，我识不得是啥菜，吃了一小口差点儿吐出来。后来才知道那是炒茄子，炒茄子要放得油多才好吃，母亲烩菜向来油少，猛吃着这油大的茄子，有点儿不习惯。

社会日新月异，几年后，精贵的白面、米饭成了每家每户的家常便饭。我也上学、工作，从农村到了城市，之后结婚成家有了孩子。每天早上送孩子上学后再去上班，中午下班回来后手忙脚乱地做熟饭，吃完饭像打仗一样送孩子去上学，然后去上班。中午做饭时，我也会做烙油饼炒鸡蛋，饭做熟后，我一边催着孩子吃饭，一边想着下午杂七杂八的事情，再看餐桌上的鸡蛋烙油饼，却再也找不回儿时那一种刻骨铭心的馋了。

我现在馋的是母亲做的莜面鱼鱼、莜面窝窝，想着的是一家人围在一起热热乎乎吃着莜面的情景。所以，隔一个或两个星期，我就给母亲打电话，我在电话里告诉母亲说，“我要回家了。”母亲每次都是高兴地笑着，然后问我，

"想吃啥了？"我就说，"吃莜面。"

年老的父母虽不到地里劳动了，却在院子里种出两个小菜园。菜园里种着黄瓜、西红柿、香菜、大葱。父亲在院子中间的过道上搭起一个拱形的架子，又在过道的两边种了豆角和牵牛花。一到夏天，豆角和牵牛花长长的藤便爬到了拱形的架子上，这边的爬到那边，那边的爬到这边，拱形架子上便缀满翠绿的豆角与粉红的牵牛花。

我们从缀着翠绿豆角与粉红牵牛花的架子下穿过，炎热被隔在了高空之外，我们只享受着父母手植的凉爽。一踏进家门，我便闻到了熟悉的莜面味。母亲像我小时候看到的一样，两手端着一大笼莜面，只是端着笼屉的母亲，脚步已有些蹒跚，头发也花白了许多。

餐桌上是自家菜园里种的绿的黄瓜、红的水萝卜拌的挑莜面的凉菜。每个星期，母亲换着花样做着莜面鱼鱼、莜面窝窝、莜面炖炖、莜面窟垒、莜面饺饺、莜面丸丸、莜面含柴、莜面拿糕……直到现在，我才知道，这土生土长的，经母亲一双手做出来的莜面，才是世间最好吃的美味。

塞外莜面开锅香

北方的冬天分外寒冷，小时候，怕冷的我总是赖在被子里不愿意起来。每天早晨，似醒非醒时，听到地下“忽嗒忽嗒”的声音，我知道那是母亲拉风箱的声音。“忽嗒忽嗒”的声音响了一气，我便闻到一阵小米的香味。“忽嗒忽嗒”声停下来后，母亲从灶前的小凳子上站起身，拍着我和弟弟的被子，喊我们起床。

被子叠起来，母亲把炕打扫干净，又往炕中间铺一块四方的塑料布，把碗筷和那一个盛装着莜面炒面的纸管箩放到炕上。纸管箩是拿纸浆做成的，外面糊着黄的大前门、红的钢花烟的烟盒。

我和弟弟把脸贴到玻璃窗上，齐声地喊着住在隔壁的爷爷。爷爷裤腰带上一年四季都别着一杆长长的烟袋，这烟袋有二尺来长，长长的烟袋下面挂着两个银白的小铃铛，爷爷一迈步，这小铃铛就发出一阵好听的丁零声。一听到这丁零声，我就知道爷爷来了。

爷爷过来，脱了鞋坐到炕当中，我们姐弟围绕着爷爷坐到炕上，父亲坐在地上的骨排凳子上，母亲站在锅台边，先给爷爷再给父亲然后给我们都舀了稀粥，最后再给自己舀上一碗。

舀上稀粥后，把炒面管箩里的莜面炒面撒到稀粥上，先喝上一碗莜面炒面糊糊，再用碗里的山药拌一碗莜面炒面，这一顿早饭才算吃妥贴了。

吃过早饭，父亲和爷爷到地里劳动，母亲在家里洗锅、喂猪。要是赶上秋天，母亲就领着我和弟弟到地里去拾荒。

到了中午，母亲把莜面挖在一个油黑发亮的瓦盆里，然后一手拿筷子，一手拿着盛了滚水的水瓢，一边往盆里的莜面上倒滚水，一边拿筷子搅拌着。

等莜面里的滚水倒得差不多了，就把这拌了滚水的莜面放到一边，然后从地上搬起一块四四方方的推窝窝石头放到炕上。这石头朝上放着的面又白又亮，白的面上有着淡淡的花纹，手摸上去像摸在光光凉凉的镜子上一样。

母亲用抹布掸一掸镜子样的石头面，擦了手就去和旁边黑瓦盆里的莜面。这次，母亲两手一起用力，那莜面在母亲的手里翻来倒去，“噗噗”响了一气，母亲才立起身子。

母亲开门出去，一会儿从凉房里搬回两个大笼屉。笼屉拾掇干净，只见母亲手里捏一捏莜面，像是变魔术般，在光得像镜子般的石头上一搓，一个又圆又齐又薄的莜面卷便套在母亲的手指上，母亲把手指上的莜面卷立到笼屉里，又捏起一捏莜面，又在石头上一搓，一个又圆又齐又薄的莜面卷又套在母亲的手指上，母亲再把手指上的莜面卷立到笼屉里。

眨眼工夫，这薄得像猫耳朵一般的莜面卷，也就是莜面窝窝已经整整齐齐地摆满了笼屉。

母亲把推窝窝石头搬到地上放好，又从地下搬起平时和面擀面的案板来。拿抹布擦干净案板，母亲从盆里揪出两块莜面，把这两块莜面分别放到案板两头，然后又把两头的莜面分成均匀的五个莜面疙瘩。母亲左右开弓，一手按在左边的五个莜面疙瘩上，一手按在右边的五个莜面疙瘩上，两只手轻轻地搓动着，奇迹出现了，随着母亲两只手的往前移动，左边的手掌下面露出五根细细的莜面面条，右面手掌下面也露出五根细细的莜面面条，神奇的莜面鱼鱼就这样诞生了。

那莜面越搓越长，一直把手里的莜面疙瘩搓完了，莜面也没有断过。搓好的莜面鱼鱼在案板上像是盘着的两窝丝线，母亲把这两窝丝线放到笼屉里，然后又从瓦盆里揪出两疙瘩莜面，依法搓起来，又搓出两窝丝线来。

母亲左右开弓，一会儿就搓好一笼莜面。搓好莜面后，母亲就准备蒸莜面了。蒸莜面之前，母亲从屋外的窗框上摘回几个晒得鲜红的辣椒，又从凉房抱回一个铁钵子，把辣椒放到铁钵子里。我正在院子里和弟弟玩，母亲喊一声我的小名，我跑回家里便看到了地上的铁钵子。我以前干过这个营生，不用母亲吩咐，我就坐到铁钵子旁边的小板凳上，拿起铁钵子里的铁锤子，这铁锤子拿在手里沉沉地坠着。

我拿了铁锤子一下一下地捣着铁钵子里的红辣椒，弟弟羡慕地看着，看了一会儿，就过来抢我手里的铁锤子。母亲回过头说，“给他。”又吼着弟弟说，“看捣了手的。”

弟弟满意地坐在凳子上，可那提起的铁锤子在他的小手里摇来晃去，坠下来的铁锤子差点把铁钵子打倒。捣了一会儿，弟弟便便扔下铁锤子跑到院子里。我坐在小凳子上，继续捣着辣椒，直到铁钵子里的辣椒成了红辣椒面。

母亲把辣椒面倒在碗里放到锅头上，又在勺子里倒上油，坐到灶前的小板凳上，把放着油的勺子伸到灶里的火上。待油热了之后，把勺子从灶里取出来，然后把锅台上的辣椒面倒在滚着油的勺子里，随着“嚓啦”一声响，勺子里冒出一阵蓝烟来，屋里便飘散着呛人的辣椒香，母亲咳嗽着把冒着蓝烟的辣椒油勺子放到屋外的窗台上。

母亲回到屋里，把洗好的山药连皮煮到锅里，等煮山药的水滚开了花，母亲就把两笼莜面放到滚开的水锅上，然后坐到灶前的小凳子上。我干不了别的，就被母亲喊了从院子里抱回一捆干树枝放到灶前，母亲用脚将这干树枝踩断了，一只手往灶坑里放着干树枝，另一只手不停地拉风箱。母亲的头发帘总是遮着眼睛，就把头发帘用卡子卡起来。我至今记着母亲站在镜子前，用卡子卡头发的样子，那时，母亲的头发多么密多么黑多么亮，而母亲又是多么年轻。

莜面蒸熟了，爷爷和父亲也回来了。母亲把莜面从锅上揭下来，放到炕上铺好的方块塑料布上，又把煮开花的山药从锅里捞出来放到盆里。母亲把炝了油的红辣椒、葱花放到炕上，盐汤里也撒了韭菜、香菜，还滴了几滴素油。

爷爷和父亲洗过手，脱鞋上了炕。一揭笼屉，一家人都吸着鼻子闻着这开锅香的莜面。

现在，一晃几十年过去了，可我还记着一家人围在一起吃莜面的情景，我似乎还闻到了那开锅香的莜面。

虽搬了一次家，那块推窝窝石头还是被母亲宝贝一样珍藏着，母亲还会用这亮得像镜子般的石头给我们推窝窝吃，可推着窝窝的母亲已是花白了头发，从外面回来的父亲脚步虽稳健，背却是驼了许多。

吃饭的地方也由炕上换到了餐桌上，当母亲把莜面放到餐桌上，全家人围坐在一起，吸着鼻子闻着开锅香的莜面时，却再也看不到爷爷的身影，而那一阵好听的丁铃声也不会再度响起了。

北方农村的人们，从一出生能吃饭就开始吃莜面。吃着莜面的北方人，性格中也融入了莜面的特性。莜面抗寒耐旱，北方人面对困难时那一股坚韧不拔的劲头，也像极了莜面。就像我的父母，他们的生命里也融入了莜面的顽强与坚韧，年老的他们虽弯曲了腰背，花白了头发，可他们从来都没有停下劳作。

古今话莜麦

冬天虽有年的喜庆，可人们还是嫌长了些。仿佛冬天只是到达春天之前的一个站点，人们心里安慰着自己，冬天来了，春天还会远吗？

是的，春天说来就来了，偶然站在窗前，窗外的草坪已泛起了绿色。看着这绿得齐整的草坪，眼前总会幻化出另一幅绿的风景来，那就是我家乡的莜麦。

传说，古时寒冷的北方还是一片不长米谷的荒蛮之地，百兽之王猛虎和百鸟之王凤凰向玉帝哭诉，北方百姓无粮充饥，成天捕杀我们，请玉帝速想良策，拯救我等。

玉皇大帝传出天旨，召百粮之王谷神上天。问百粮之王，为什么你们不到北方生长。谷神答道，北方天寒地冷，我们去过几次，没等成熟结籽，就被秋霜打倒了。玉帝说，传我旨意，如有愿意去北方生长的作物，我赐他晚种早熟，还可喝酒长毛抵挡风寒。

谷神回到百粮府，传达了玉帝的天旨。连问了几遍，都无有应答，这时身着绿衣的莜麦挺身而出说，我愿意前往。就这样，莜麦便在北方扎下根来。现在农民播种莜麦还是要用烧酒浸拌籽种，莜麦籽粒上也长着长长的绒毛，那就是玉帝下旨给它封的抵挡风寒的带毛皮袄。

北方十年九旱，在荒旱成灾的日子里，抗寒耐旱的莜麦成了老百姓的救命粮，一代又一代的北方人靠着这救命的莜麦存活下来。

每年正月初十，北方农村都有过十指的习俗。到了农历正月初十这一天，家家都要吃莜面。手巧的媳妇们蒸莜面时，要按一年十二个月，每月捏一个十指钵钵，几月就在钵钵上捏几个角，然后和莜面一起放到笼屉里蒸。蒸熟揭起笼盖后，看哪个十指钵钵里有馏水，来年这个月就雨水多，十指钵钵里没馏水的就是不下雨的旱月。

除了要捏十指钵钵，还要给耗子捏娶亲的轿子，因为这一天也是耗子娶亲的日子。虽说耗子祸害粮食，可粮食多耗子才多，而粮食多了，也就不怕耗子祸害了。

耗子在正月初十的黑夜娶亲，晌午时，媳妇们就要把耗子抬的轿子和轿子里的耗子新郎、新娘都捏好，放到笼屉里和莜面一起蒸熟。到了掌灯时分，家里的男人要在屋角、水瓮边点上灯，媳妇把捏好的耗子新郎、新娘和耗子抬的轿子放到屋角或水瓮边上，一家人焚香敬纸，来庆贺耗子娶亲。

被荒旱折磨得久了，农民想出各种办法来对付旱灾。用莜面蒸了十指钵钵和耗子的花轿还不算，还要请龙王爷祈雨。呼和浩特的每一座村落里都有一座龙王庙，看老天爷不下雨，全村人就在村里长辈的带领下，给龙王摆祭、烧香、磕头、祈雨。

内蒙古的三件宝，“莜面、山药、大皮袄。”皮袄防寒，莜面耐饿。民间有“三十里的莜面四十里的糕，十里的荞面饿断腰”一说。老百姓想着的只是吃饱穿暖，他们便把这让他们冻不着、饿不着的莜面、山药、大皮袄当作了宝贝。

莜面耐饿，不仅是受苦人的好吃食，还成为军队打仗的军粮。据史料记载，一代天骄成吉思汗近半个世纪在欧亚大陆的驰骋征战中，也把奶酪、牛羊肉干和莜面炒面作为主要的军粮，后来，在国际商道丝绸之路上跋涉的旅蒙商人，带的干粮也是莜面炒面。

“白格凌凌的莜面捏成小窝窝，沙格蛋蛋的山药煮下一大锅。葱花花盐汤辣椒椒蒜，吃得客人满头头的汗。吃了一碗呀又一碗，这才是咱此地人的家常饭。”莜面除了耐饿，也实在好吃。

酒香不怕巷子深，这好吃的莜面逐渐从民间传到了宫廷。从唐高祖李渊到宋太祖赵匡胤，从清圣祖康熙到清高宗乾隆，都曾亲尝过莜面。康熙皇帝远征噶尔丹时，在归化城（呼和浩特）吃了一次莜面饺饺后一直念念不忘。到了乾隆时代，莜面就成了进贡皇帝的贡品。

拥有五千年历史的莜麦，开始被当作一味中草药，为人治病，后来又成了北方人的救命粮，可被饥饿折磨着的人们，只知道莜面耐饿，谁还会顾及它的药用价值。可我依稀记着，村里饱一顿饿一顿吃着莜面的人们，虽是瘦怯怯的身子，却都是劲头十足的样子。男人扛粮扛一麻袋，女人浇地一挑两桶水，这或许就是莜面的神奇功效。

“鱼鱼搓得细针针儿，窝窝推得薄凌凌儿，山药煮得沙腾腾儿，茄子烧得绵绵敦敦，黄瓜调得脆铮铮，芫荽、韭菜切得碎纷纷儿，葱花、扎蒙、芝麻炝得黄冲冲儿，盐汤拌得酸茵茵，辣椒子拌得红彤彤，吃在嘴里香喷喷。”这是庄稼人自编的关于莜面的串话，光听着这串话，就不由得口舌生津。

莜面鱼鱼、莜面窝窝、莜面炖炖、莜面抱折、莜面丸丸、莜面含柴等。莜面还有许多吃法，蒸煮炒烙汆焖煎，一天变换三个样，十天半月也变不完。

“庙沟的莜面碌碡湾的糕，榆树店的闺女不用挑。”说的是榆树店的闺女长得袭人，找对象都不用相看，而庙沟的莜麦和碌碡湾的糕也像是榆树店的闺女，一样好得不用再打听。

这出产好莜面的庙沟就位于武川县西南的大青山北麓，于清朝嘉庆元年建村，曾是前川乃至晋陕商人往返北地的必经之处。凡尝过庙沟莜面的晋商，无不交口称赞，从那时起，庙沟莜面就已经驰名塞上了。民间自古传扬阴山莜面甲天下的说法，武川地处阴山北麓，早就享有“莜面之乡”的美誉。

当年，朱德到内蒙古视察，就在老乡炕头上吃过莜面。乌兰夫老家是土默特左旗塔布赛村，家里吃惯了莜面，到了北京工作，对莜面仍是旧情难忘，百吃不厌。

莜面的名声越来越大，从20世纪50年代开始，又传到了欧美国家，只是国外的朋友吃的是用莜麦制作的燕麦片，据说，撒切尔夫人、奥巴马等，都把这种燕麦片或燕麦面包当做保健早餐和晚餐。

老　　家

回到老家的我体味着那一种久违的亲切与熟悉，耳边传来麻雀“叽叽喳喳”的叫声，在城市里绝少看到的麻雀在农村却成群结队地飞行。

母亲在院里种了些西红柿苗，常遭麻雀的侵袭，无奈的母亲在西红柿苗的旁边插了一根根的棍子，棍子上面挂着不穿的各色衣服，衣服像彩旗一样随风飘动。胆小的麻雀虽然再不敢轻易靠近西红柿苗，但是院里随处可以看到它们小而灰黑的身影。

我贪婪地倾听着外面的声音，那是风声和着麻雀的鸣叫声，间或有一两声狗叫、牛叫和下了蛋的母鸡欢快的报喜声。这一切声音都是大自然的声音，我已经好久没听到这闲适快乐的声音了。

生活于城市的我，每日听到的是你追我赶的车声、嘈杂繁乱的人声，置身其间，有些倦怠、有些厌烦。于是我回到了老家，在老家宽大的炕上，休整着自己疲累的身、困乏的心。短暂的休憩后，我还要回到城市为自己的生活挣扎、拼搏。

窗外，一只只麻雀时而在枝头扭动着小脑袋快活地鸣叫着，时而抖动着翅膀飞落到院里啄食晾晒的玉米。聪明的麻雀把这里当作它们幸福的地域，它们找到了自认为快乐的生活。

我的快乐在哪里呢？我要在怎样的生活里才能找到快乐呢？像那只在茫茫天地间飞行的大雁，纵已疲累，但是终究不能在空中去筑一个阁子。

路　上

路上，人流、车流如不竭的河，河里是彩色的浪，一浪一浪向前奔涌。路边，炫目的广告牌、彩色的宣传画，将这城市的一角装扮得多姿多彩。

还有路边的小摊，如万国旗的各色衣服，令嗅觉无所适从的各种小吃，演绎着城市的繁华，也暴露着城市的嘈杂。这些都是我耳熟能详的景象，不管愿意不愿意，都以势不可挡之势扑面而来，说不上喜欢也谈不上讨厌。置身其间，我也成了繁华与嘈杂的一分子。

但是，我的眼睛于有意无意间总会看到另一番景象，它们像这城市中一个个不协调的音符。

我看到，一位老人长年地坐在路边的地上，永远是那么脏污的衣服、脏污的头脸，一只手举起一个破旧的铁盒子，一双眼睛企盼地望着每一个从他身边走过的身影。

还有一个母亲，怀里抱着一个吃奶的女孩，背后背着一个半大的男孩。男孩浑身上下没有一点儿鲜亮的地方，包括穿的衣服与裸露的胳膊和脸，只有那一双黑而亮的眼睛如寒夜里的星光。

还有两个女孩，都是十一二岁的样子，灰黑的衣服，蓬乱的头发，被太阳晒得黑而红的脸。

我也看到与她们俩年龄相仿的两个小姑娘，穿着漂亮的裙子，轻盈得如两朵云从她俩身边飘过，那清脆的如银铃般的笑声，毫不掩饰地释放着她们内心的快乐。

我也回想起自己十一二岁时的样子，我和我的小伙伴们在贫穷的日子里醉心地寻找着快乐源泉的那些时光，一块块色彩绚丽的糖纸就可以把我们的心情装扮得五彩斑斓。

看着这两个女孩，我的心不由得悲伤，悲伤着十一二岁的她们每天所做的事只是抬起手向着路人乞讨。我不知道她们的家庭如何，母亲怎样，但是我知道，她们有着一个不快乐的童年，这个灰色的童年会影响她们一生的幸福。

回　家

每次走上那条熟悉的道路，我的心里总有一种莫名的激动，因为路的那头连着生我养我的家乡。六七岁时，还没有进过城的我，对于城市的想象全是由父亲从城里带回的那一件件物品上获得的。

那绿的、红的糖纸，那夜晚发着光的夜光表，想象中，城市应该是五彩斑斓的。

有时，我会默默地站在村口，看着父亲进城的那条道路，想象着它会蜿蜒到哪里。我稚嫩的目光穿过透明的空气遥看着远方，远方那一根高高的烟囱，成了我想象中城市的标志。

进了村，走进那个日思夜想的家。眼中的父母一天比一天衰老了，但是，他们是怎样衰老的呢？我又说不清，仿佛只一夜之间，我走出了生我养我的村子，走进了令我羡慕的城市，然后结婚、生子。

一夜之间，走路风风火火的父亲，干活爽快利落的母亲都老了，他们的腰弯了、背驼了，走路的节奏、行动的节拍都慢了下来，像电影的慢镜头。

想一想，还是十几年前，他们也如现在的我一样，像被上了发条的钟表，像转动着的陀螺，不停地走着、转着，终于累了、困了，也慢了。我想着自己，我有一天也会以这种迟缓的节奏对待生活吗？我有些不敢想象，我要做的事情还有那么多，我的愿望、我的期盼还时时折磨着我的心。

我必须加快节奏，必须全力以赴，而我只能两个星期或三个星期来探望一下父母，为他们买一些药、买一些可口的吃食，然后听父亲讲一些宏大的政治道理，听母亲说一些村里的琐碎事情。

随着母亲叙述的展开，我的眼前出现了许多熟悉而又模糊的面容和身影。人生的变化是无法预想了的，它远比电影和电视里的剧情生动复杂得多。

小　鸡

中午，走在回家的路上，耳边总听见“叽叽叽、叽叽叽”的叫声。每次循声望去，都会看见一个小学生手里捧一个塑料袋，塑料袋里装着一只黄绒绒的小鸡。

儿时的我对于小鸡并不陌生，农家的小院里总是不乏小鸡、小狗的身影，有这些小生灵相伴，我的童年便少了许多寂寞，多了许多趣味。

现在身处于城市的高楼大厦中，每日听到的是汽车喇叭刺耳的鸣叫，忽地听到这温柔的、细嫩的、充满生命气息的叫声，那一种软软的、柔柔的感觉便陡然涌上心头。

想一想，现在的孩子们不缺吃、不缺穿，玩具花样翻新、图书琳琅满目，他们缺少的只是与大自然亲近的机会。

他们每日往返于学校与家的两点一线，看到的总是熟悉的那几棵树、几丛花，满眼是人的身影，满耳是车的轰鸣，还有行人急促的脚步，汽车忙碌的奔走，展现在他们眼前的该是怎样的一幅图画，而他们面对着这图画又会生出怎样的感觉？

回了家的他们面对的是电脑、电视、电动玩具。这一个个现代化的玩具，尽管五彩缤纷、魅力无穷，但毕竟都是些无生命的、冰冷的机器，而这一只带着体温、长着茸毛、发着细锐叫声的小鸡在他们的眼里该是多么得奇妙。

人们都怪现在的孩子不懂得关爱他人，但是，你看那一只小鸡在他们的小手掌里被呵护得多么无微不至。有的孩子竟将小鸡放到帽子里，自己光着头，鼻子和脸冻得通红通红，却一路小跑着，生怕冻坏了手中这小小的生命。

回了家，忙着找米、找水，又怕冷着，又怕热着，一会儿放东，一会儿挪西，被安置在纸箱里、鞋盒里的小鸡，此时像妈妈眼中的婴儿般受着他们百般的呵护。

小燕子

又看到了燕子，我说声久违了。燕子是我童年的友伴，它那轻巧的身影、呢喃的叫声成了我生命中无法忘却的记忆。

每年春天，草刚露头，树刚吐叶，燕子便翩然来到我家的小院，我童年的小院因为燕子的到来而增添了许多的快乐。

当第一只燕子飞来时，我大声叫着："燕子来了，燕子来了……"我盼着如约而至的燕子，看它飞来飞去地衔泥筑窝，一副不知疲倦的样子，飞累了的它只在屋檐下的电线上歇一会儿。

小小的我趴在窗台上，看着这美丽的鸟，在心里问一声，"你累不累呀？"而燕子已经展翅飞向了远方。

燕子的窝像一件做工精细的艺术品，均匀有致、错落有序的小小泥丸，一颗挨一颗、一粒接一粒，组成一个弧度优美的半圆挂在屋檐下。

窝搭好了，燕子又开始用嘴往回衔柴草。在我眼里，每日早出晚归辛勤劳作的父母，就像屋檐下这一对不知疲倦的燕子。

小燕子出生后，三只或者四只，挨挨挤挤地露着小脑袋，最显眼的是那一张张小黄嘴巴。燕子爸爸妈妈不停地飞来飞去，为小燕子寻找食物，但是小燕子却总是张大嘴巴，“叽叽喳喳”地叫着，老是一副吃不饱的样子，像想要吃到糖果的孩子，全不知那糖果得来不易。

一日又一日，小燕子慢慢地长大了，羽毛已经丰满、翅膀已经硬朗。一年又一年，我也像小燕子一样飞向他乡，离开了父母，离开了那个由父母精心搭建的家。

现在，身处异乡的我，看着燕子轻灵的身影，听着软言侬语的呢喃，在心里想着，哪一只是我童年的小燕子呢？

家

当夜暮降临，你面对着一幢幢楼房，面对着楼房上无数亮着灯的小窗，发觉世界之大，属于你的也仅有这一扇小窗而已。你白天赶了出去，夜晚又赶了回来，将自己封存在屋子里，只留个小窗与外界交流着。小窗里有你的丈夫或妻子、儿子或女儿，这便是你的家。

有了家的你走时有人送行，出门有人惦记。你的心里也常揣着那几张笑脸，常惦着那几个身影。于是，这扇小窗对你便有了无穷的意义。

一天的奔波劳累，回来打开门，进去关上门，这一屋子的空间便是属于你自己的世界。

你可以躺、可以坐、可以哭、可以笑，只要不搅扰四邻，你可以去尽情发泄。你不必带了一张面具，心里苦着，脸上却笑着，你也不必躲着汽车，绕着行人，因为你是在你的家里。

有了家，你的心便踏实了，睡惯的床、坐惯的椅，让你安心，让你气顺，哪怕窄小、简陋、破旧，但那是你自己的家。

你是这房子的主人，你是家具的统帅，你可以随意地让它一尘不染，也可以随意地让它狼籍满地。

你高兴时让桌子立于地中，不高兴时将椅子丢在墙角，家让你回归了做人的单纯，家也让你体会到了自由自在的快乐。

别人的房间尽管宽敞，你却站着别扭，别人的沙发尽管松软，你却轻着身、提着气，远不如自己家的硬座坐着踏实。

鸟有巢，畜有圈，人也必得有家。没有家，便如孤魂野鬼般四处流浪。

书上说家是避风港，家是安乐窝，回了家你就是你了，出了门你又不是你了。

出门前，男人要洗脸净面、衣裤整洁，女士则描眉画唇、紧身束腰，像登台的演员，演示着各自的风度，展示着各自的气质。男人受着皮鞋硌脚的痛苦，女士冒着高跟鞋崴脚的危险。

笑的面具，紧的衣衫，脚的痛苦，从早上熬到傍晚，终于结束了这一天的表演，回到家，甩了鞋，去了笑，解了衣，往沙发上一倒，那感觉就像演员下了台、卸了装。家又还原了你一个自我，拖鞋松软、衣着随便，脸上哪怕毫无表情，一切都随心所欲……

春来了

又一个春天来临了，先是迎面吹来的风一天天暖和了，接着是细密如丝的小雨，疏松的土里便钻出一两星小草。

几天后，更多的草儿露出了毛茸茸的、绿色的头。冬天走远了，一个充满朝气、热扑扑的春天来探望我们了。

天蓝得更可爱了，云白得更纯净了，桃树、杏树显一身妖娆，鲜艳的花瓣尽情开放，像少女的脸，虽娇羞却热情如火。春的一切都在愉我们的眼，悦我们的心，讨我们满脸的笑容。

太阳暖暖地照着，焐化了我们被寒冷冻僵的身心。我们彻底地轻松了，不必像冬天那样，望着呼啸的风、漫天的雪，在欲出门前，便有一番抵抗寒流的准备。

春天是温暖的、可亲的，像一位久别的老朋友，她被严酷的寒流逼走，而今又跋了山、涉了水来探望我们。

春天像母亲，那思儿的心使得她穿越冰山、跨过雪海，终使一颗火热的心焐化了那一派冰冷的气流。

她用温暖的手抚摸着大地，抚摸着那被冬硬化的一切生命。那一切仿佛是他的爱儿，她用慈母的心呼唤着、轻摇着，为它们着装打扮，以显它们青翠的身形与娇美的面容。

春天来了，路上的行人多了，那一双急行的脚，向着各自不同的目标，走着各自不同的命运。

他们的脸上充满自信，那是春天带给他们的，往昔的一切烦恼、不幸、失败都随了那寒冷的风、飘飞的雪去了。冬天成了一个怀想，而春天才是一切的展望。

窗　　花

窗花，北方地区的中年人尚知道，年轻人便觉陌生了。因为，农村有着纸窗扇的房子都老朽了，老房子推倒后，新的砖瓦房在这老房子的地基上矗立起来，而这新房子都装上了明亮的玻璃窗。

消逝的窗花成了记忆，成了怀想，成了一首古旧的歌留在一些人的心里。我的心里也有一首古旧的歌，因为我出生在一间有着窗花的老房子里。

当我第一次睁开好奇的眼睛，打量这个世界时，我首先把目光投向了窗外，因为窗外明亮的光线吸引了我。于是，我的目光停留在那一抹纸的窗扇上。

明亮的阳光照在白的麻纸上，那是粗糙的白麻纸，白麻纸上分布着一些黑灰的斑点和细线。

阳光是充足的，如果是玻璃窗的话，那强烈的光线会刺痛我的眼睛，我会扭过头去，觉得这个世界白亮得有些可怕。但是，这粗糙的白麻纸将阳光过滤了，它把强光消减在它的粗糙里，使我不受伤害地获得了阳光温柔的抚慰。

此后，我便每天仰望着窗户，慢慢地，我发现了一个斑斓的世界。木头的窗框被镂刻成一个奇异的造型，四周是四方的小块，中间好似落着两只蝴蝶，这两只蝴蝶展开的翅膀像拉在一起的手臂，翅膀中间是一个椭圆的空间。四周的四方小块上红一块、绿一块，中间椭圆的地方便是窗花的所在。

那窗花是绿格茵茵的叶，粉格嘟嘟的花，远远望去，像是两只展翅的蝴蝶落在艳丽的花朵上。

窗花成了我童年记忆的一部分，这记忆伴随着我长大成人。而长大成人的我才知道，窗花在农人心中，尤其是农村女人心中的重要。

每年腊月二十三，送灶王爷上了天之后，腊月二十四家家开始大扫除。北方的冬天格外寒冷，所以，冬天时家家都是烧着一盘暖炕，生着一个火炉。一冬的烟熏火烤，家里的白墙和白麻纸的窗户都泛出了黄黑色，而对于农人来说，年又是那样得隆重，那样得疏忽不得，于是，家家都要在这几天进行一次彻底的清扫。

把屋里所有的物件都搬到院子里，恢复到家徒四壁的样子，将糊了一年，被太阳晒得发脆，被风雨吹淋得不再新鲜的旧窗花撕下来。这会儿再看时，这房子像一个没牙的老太婆，张着黑洞洞的大嘴，凄苦地望着她的儿孙。

男人们挥舞起扫帚，奋力地扫着墙上的尘土、污垢，于是墙上留下了一道道扫帚走过的纤纤足迹。

一切的灰尘，一切的脏污都清扫到院子里，每一个墙角都不留一点尘埃，每一件器皿都不留一点污渍。农人们要在这打扫得清清爽爽的屋子里迎接新年，迎接来年的丰收和喜悦。

屋子打扫清爽后，女人们从凉房里拿回了窗花，那是腊月时便买了的。每年腊月，不用着忙，一个个肩扛手提的小贩就来到家里。只要说是卖窗花的，女主人便会热情地把他们迎进屋里，急切的目光看着他们把手里的提包放到炕上，看着他们拉开提包的拉链，然后把那一沓沓雪白着底子、鲜艳着花朵的窗花摆放到炕上。

女主人的眼睛被这艳丽的窗花照亮了，她们返身在脸盆里洗了手，用毛巾擦干了，又在身上的围裙上左蹭右抹。

她们也有过纯真的少女时代，她们的心里也留存过一个个轻灵、雪白、艳丽的梦。后来，她们结婚生子，投入到粗糙的生活漩涡里，日晒雨淋地劳作，琐琐碎碎地操持，她们的心也和她们的手一样，失去了绵软，失去了红润。

此时，这雪白、艳丽的窗花将她们心中的那一抹细腻与绵软呼唤出来，将她们藏在心底的那一个纯真梦想呼唤出来。

她们小心翼翼地翻看着那一页页美丽的窗花，然后把这精心挑选的窗花镶嵌在屋子的窗户上，这明艳的窗花消减了她们的辛酸劳苦，消减了她们的愁思烦绪。所以，糊窗花成了妇女们最隆重的节日。

当她们把自己精心挑选的窗花糊在窗户上，那个屋子马上就能显出生机，刚才看着还像一个没牙的老太婆，此时，却像一个新嫁娘一样，红着脸、弯着眉。

过年了，伴随着鞭炮的轰鸣，我和同伴们跑进一个又一个院子，看着一家家的窗花和年画。

窗花是新的，年画是新的，我们穿的也是新鞋、新袄，大人们也不再是往日愁苦的样子，他们的笑容也是新的、美的。

当我们走进那一间间有着新鲜窗花的屋子时，大人们把炕上的瓜子和糖果装进我们的衣服兜里。

一年年的鞭炮辞旧迎新，一年年的窗花像鲜花一般荣枯更替，我也在一年年地长大，长大的我走出了糊着窗花的屋子，走向外面广阔的世界。

之后，在城市中打拼得久了，不免又怀想起家乡的朴实与宽厚，怀想起老屋窗花的明艳与美丽。可是，等我回到家里后，发现那一个个纸窗扇的屋子早已被砖瓦房所代替。

村里仅存着几间摇摇欲坠的老屋，这老屋虽然窗花依旧，却是泛着黑、泛着黄，像屋里居住的老人们一样，失去了青翠的色彩。

某一天到旧城时，意外地见到了几处老旧的房子，那房子还是纸的窗扇，但是，那木格的窗扇上没有鲜艳的窗花，只糊着一色的白麻纸，那窗扇也不是农村常见的黄色或金黄色，而是一类涂作了冷硬的绿色。这些房子的门头上都挂着邮局、商店的牌子，所以屋里也没有像农家的屋里一样生着火炉，盘着暖炕。

站在外面看着那木格的窗扇，我依然怀想着那一个绿格茵茵着叶、粉格嘟嘟着花的窗花，但是，我不知道，这怀想还会留存多久，还有我记忆中的窗花会不会一如既往的艳丽。

端午节的味道

偶然看到街边商贩摊子上摆着的粽叶，忽然想起端午节又快到了。节日总是好的，可是，这些似乎都留在了童年的记忆中，随着年龄的增长，节日越来越模糊，最后只留下一个简单的符号。

说起端午节，我的脑海里出现的也是童年的那一个端午节。记不清是哪一年，知道那天是端午节，便早早地醒来，只是醒来后还赖在被子里，仿佛那一个节日已走进屋里，弥漫在空气中，我一边等待着一边嗅着它的气味。

一股清凉的味道扑到我的面前，那是艾草的味道。这艾草握在父亲的手里，艾草上和父亲的身上都沾着清晨的露珠。

我高兴地穿衣起床，然后来到艾草的近前，把艾草拿在手里，将脸整个地埋在艾草里。

母亲洗了手，又把脸盆细细地洗了一遍。她拿起一株艾草端详一番，然后将一片片细嫩的艾叶揪下放在脸盆里，回身在脸盆里倒了水。

我迫不及待地将手放在浸着艾叶的水里，浸在水里的艾叶味道仿佛更加浓烈了，我低着头大口大口地嗅闻着，后来索性将脸埋在脸盆里。艾叶细嫩的叶片触到我的脸上，仿佛一只细嫩的小手的抚摸，那样地新鲜而温暖。

用艾叶洗过了脸洗过了手，母亲将一根长长的彩线亮在我的面前。

我微闭着眼睛，母亲温暖的鼻息一会儿落在我的脖子上，一会儿又落在我的胳膊上，我睁开眼睛，便看到了胳膊上的那一条五彩的丝线，用手摸时，也摸着了脖子上那一根细细的丝线了。

父亲的手里拿着一个翠绿的东西，我跑过去，便看到一只翠绿的蛤蟆卧在父亲的手里。这蛤蟆不像田地里的蛤蟆那样肉滚滚、黏乎乎，只要挨一下就会起一身的鸡皮疙瘩，这是一只由绿纸剪成的蛤蟆样品，有着蛤蟆的可爱模样，却没有蛤蟆的可恶形状。

父亲把这一只翠绿的蛤蟆展开来，那一只蛤蟆便卧爬在我家那一口黑黝黝的水缸上面。

带着艾草、五色线与翠绿蛤蟆的新鲜快乐，我跑出院子，向小伙伴炫耀着丰富的获得。

等中午回到家里时，端午的吃食凉糕已整整齐齐地摆在了案板上，而母亲正大汗淋漓地在灶前吊着粉皮。

吊出的粉皮像玻璃一样清凉而脆薄，可是吊制的过程却是那样的烦琐而热烈。

中午，铺着红枣的白黄凉糕，拌着绿的黄瓜丝、红的水萝卜丝的清凉脆薄的粉皮，还有猪肉白菜馅的饺子摆在了炕上。

母亲让我喊爷爷过来吃饭，爷爷的手里托着一个透明的玻璃小瓶。我看爷爷坐到炕的正中间，看爷爷把小瓶放在凉糕的旁边，看透明的小瓶里那一朵朵张着小手的红艳花瓣。爷爷打开小瓶的盖子，我猛烈地打一个喷嚏。

爷爷把透明小瓶中的玫瑰一点点地倾倒在盛放着糖稀的碗里，一瓣两瓣、一滴两滴，倾倒出一个芬芳的世界。

我闭上眼睛，任由玫瑰的芬芳软软地绕着我，飘着、飘着，我一时不知自己身在何处，云里雾里，或梦中到过的一个美丽景致里。

于是，我永远地记住了端午节的味道，清凉的艾叶的味道，芬芳的玫瑰的味道，还有被那一种芬芳托起来的感觉，一径地走着、飘着，仿佛要到达那一个梦儿才能抵达的地方。

后来，每年临到端午节，我仿佛又看到爷爷手托那一个馨香、透明的小瓶行走的身影，也仿佛还能闻到爷爷打开小瓶后所流泄出的那一种让人昏醉的芬芳。可是，我也明明白白地知道，倾倒芬芳的爷爷已到了另一个陌生的世界里。

母亲还是要于端午节准备着各种吃食，那红黄齐整的凉糕，拌着绿的黄瓜丝、红的水萝卜丝的粉皮，还有那一只只饱满可爱的白菜馅饺子，只是母亲做这一切的动作逐日慢下来、慢下来，而这准备的饭食，盼等不到儿女的回归时，也一年年地简略了。

去年回家过端午时，看到侄儿脖子、手腕、脚腕上的五色线，回看母亲时，母亲把一根长长的五色线亮在我的面前。我闭上眼睛，母亲温暖的鼻息又落在我的脖子上、手臂上，等我睁开眼时，我看到手腕上也亮着一根五色线，用手摸着时，脖子里也有一根细细的丝线了。

一个偶然的机会，接触到一本介绍呼和浩特民俗的书籍，得知这五色线象征五条龙，可除秽避毒、防邪镇恶。还说，有人捕捉端午这天罕见的蛤蟆泡制成药，可治疗疮痍疙瘩、无名肿瘤等，那么那一个贴在水缸上的蛤蟆是否也有着这样的寓意呢，我就不得而知了。

偷闲一游

沿着曲曲折折的道路，向前行进着，那模糊的山的轮廓逐渐显现在眼前。苍黑的颜色，那是尚未吐叶的树，那一时，想象着假若这树挂了叶、草吐了芽，桃树、杏树顶了艳丽的朵，这山该是怎样的一番景象。想到这时，心也似乎在怦怦乱跳，为自己幻想的那一幅美丽的图画而激动。

城市里看到的只是稀疏的树、小片的草、零星的花，这里却是漫山遍野，除了那一条绳子一样甩出去的路，四周全是树的脚、草的足、花的脸。

这里夏天也凉爽异常，单看这层层叠叠的绿，就不会让人感到炎热。想象着，在这山坡上搭一间草屋住下来，是什么感觉呢？小鸟在屋檐鸣唱，小鹿在院子里跳跃。“木欣欣以向荣，泉涓涓而始流”，没有嘈杂的车声，没有繁乱的人声，“朝饮木兰之坠露，夕餐秋菊之落英”。免去尘世俗物，每日里领略树的苍翠、草的绵软、花的艳丽，耳边是山泉叮叮咚咚姿意的弹唱。

但是再美的景，也只是偶尔一游，只是工作之后的休闲，紧张之中的放松，只是登高远望之际，让心胸开阔，将眼界放宽。

微小的感动

孕育

多少个日升日落，多少个月缺月圆，等待着生命在爱的怀抱中诞生。我知道，什么也无法代替生命的价值。我也知道，孕育生命的母体更应该得到加倍的爱戴与尊重。那是一切美丽的源泉，一切良善的开始。她将绽放美丽的花，她将结出生命的果，她拥有最无私的心、最博大的爱。她有一个美丽而崇高的名字——母亲。

静止的美丽

微合双眼，美丽的你凝为一座静止的雕塑。你将世界关在你的明眸之外，让自己的思绪任意翩跹。你是想起了在舞台上衣裙飘扬的瞬间，还是想到了爱人甜蜜的悄声细语，如春阳般暖人心怀？你陶醉在一个又一个美丽的意境中，你的内心已经拥有缤纷多彩的世界，它远胜过你的眼睛所看到的一切。

因你而美丽

当许多人赞美我艳压群芳的美丽时，我知道，没有你，我是如何的渺小与微弱。我知道，为了使我如鲜花一样绚烂，你甘愿做垂阴的绿叶；为了使我如大树一般挺拔，你甘愿化作一捧朴实的泥土。我知道，我的生命因你的奉献才变得多姿多彩。

追求完美

你拥有金色的秀发、如花的面容和曲线完美的身材，但是从你略带忧怨的眼神中，我看出了你的不快乐。你并不满足于上天对你的格外恩赐，你不想把这表象的美丽作为自己引以为豪的资本。你的内心在追求着你所渴盼的另一种完美，在你看来，那才是恒久不变的美丽。

爱在远方

你是《洛神赋》中的洛水之神，你是民间传说中的海螺之女，你是童话故事中的海的女儿。你在月光流泻、浪花飞动的夜晚，伫立在山崖之上向远方眺望。尽管你的容颜让美丽的月儿都藏起了脸庞，尽管你的顾盼让奔腾的海浪也抒情地翻卷，尽管有那么多的人陶醉于你的秀发、明眸和你那你轻轻合着的樱唇，你却把全部的爱都投向了远方，那个神秘的所在。

谜一般美丽

曳地的长裙，飞扬的秀发。你是歌的羽翅、舞的精灵。你飘然而至，带着让人醉心的风仪，自西方走来。你要带给我什么？是时尚的元素，还是前沿的信息，抑或是超越一切的梦想？我等待着，等待着你向我打开心扉。

第二辑

记忆的苔藓

跨越时空的温暖

十四岁时，偶然从一本杂志上读到几句话："假如生活欺骗了你，不要悲伤，不要心急。忧郁的日子里需要镇静，相信吧，快乐的日子将会来临。"

十四岁可以说是一个非常敏感的年龄，在成人那里也许是一件非常平常的事情，对于一个十四岁的孩子来说，就可能沉重得无法面对。当年，十四岁的我和同龄人一样，感受着成长的疼痛外，还承受着生活不能承受之重。

生活很少有一帆风顺的时候，命运有时仿佛故意试探人的承受能力。我们最无法承受的就是亲人的突然离世，但是，在强大的命运面前，我们有时真的无能无力。

当悲剧发生时，你会感觉人的生命真的很脆弱，真的像一棵会思索的芦苇，一折就断。当悲剧呈现在我的面前时，十四岁的我只是惊恐，只是傻傻地看着，甚至不会悲伤。我觉得，一切都像在演戏。我在心里对自己说，一切都会过去的，一切都会回到原来的样子，这只不过是一场戏而已。

但是，残酷的现实告诉我，悲剧真的发生了。我于瞬间失去了亲人的笑容，在以后的日子里，那笑容只能装点我的梦，却无法抚慰醒着的我了。

“假如生活欺骗了你，不要悲伤，不要心急。忧郁的日子里需要镇静。相信吧，快乐的日子将会来临。”我默默地读着这几句话，尽管那只是一种虚空的安慰，但是我依然泪如雨下，因为我虽然无法抛弃悲伤，却拥有了获得快乐的希望。

几年后，我在市区的一家书店购买到一本《普希金诗集》，这几句温暖的话语再一次跳入了我的眼帘，我这才知道，这是普希金的诗歌《假如生活欺骗了你》中的诗句。

当年，这个来自异国的诗人，跨越了时空的阻隔，用他智慧的诗句温暖了一颗悲苦的心灵，让她走出阴霾的岁月，并点亮了她人生的希望之灯。

阅读着这由智慧串起的诗句，我仿佛感受到了作者那一颗高贵而慈悲心灵的跳荡。从此，我爱上了这简洁而明了的语句，爱上了这精准而智慧的表达，我开始在自己白纸一样的人生之页上涂抹、描画。

后来，接受了文字的温暖与抚慰的我，慢慢地爱上了这种有文字相伴的生活。今天，我能以文字书写自己的快乐与悲伤，这都要感谢那本《普希金诗集》，感谢那几句温暖的话语。

不要和陌生人说话

乘坐公交车是寂寞的，因为公交车上的乘客都是陌生人。有一部电影叫《不要和陌生人说话》，陌生人总是可怕的、可疑的，哪怕一个无意的对视，也许就会让对方产生许多猜疑。因此，大家都疏离着、陌生着，同时也相互警惕着。

我们经常会看到，公交车上的人有的表情木木地作沉思状，有的呆看着窗外的车流、人流，有的则靠在椅背上养精畜锐，而一些年轻人的耳朵里则塞着耳机，把世界关在自己的心窗之外，不闻、不问，或者索性视而不见。

我应对这寂寞的办法是，书包里装一本不薄不厚的书，最好是一本好看的小说，这样，就可让自己走进小说的跌宕起伏里，享受小说带给自己的愉悦。

那一天，上车后，我又拿出了书，打算再将自己沉浸在书的时空里。忽然，一阵清脆的笑声响起，我看到了一个男孩和一个女孩，男孩的后面跟着他的妈妈，女孩的后面跟着她的爷爷。

两个孩子一上车，车厢里就像飞进一群小鸟，“叽叽喳喳”，你说两句，他说两句，像比赛般说个没完。

车厢里冷硬的空气被他们稚嫩的童音融化了，寒冷的气流也因这笑声而有了暖意。也可以说，这笑像一把盐撒入水中，这水便不再平淡无味，生活便有了滋味。大家都被这笑声感染了，沉思的不再沉思，脸上露出了笑意。

还有一次乘坐公交车时，上来一位老人，一个女孩赶紧起身让坐。老人没有觉得自己老了，年轻人就应该给她让座，她和女孩谦让了一番后才坐在座位上。

坐在座位上的老人还是满脸笑意地望着站在身旁的女孩，脸上满是喜爱之情、感激之意。

一路上，老人问女孩在哪里上学，家在哪里，宿舍冷不冷，吃的好不好，女孩也笑盈盈地回答着，陌生的坚冰就在这一老一小的一问一答的笑语中打破了。

我把目光投向这一老一小，觉得她们真是冬日里一幅暖人的图画，而这一幅暖人的画面也牵拉着车上许多乘客的眼睛。

其实，许多人的心底都是排拒孤独与寂寞的，但是，怀疑让许多人望而却步，不敢做彼此靠近的尝试，于是许多人与我们擦肩而过，走出了彼此的视线。

也许，一个微笑、一个眼神、一个手势，就会接通彼此的情感，由陌路成为一个不错的朋友。然而，我们很少做这样的努力、这样的尝试，因为，我们所受的教育是不要和陌生人说话。

超速生活

下了班从窗户往外一看，外面灯光闪闪，不知不觉中，天已经黑了下来。急急地走出单位大门，急急地赶往公交站牌。因为每天的奔波忙碌，早已习惯了这种急快的生活节奏，感觉时间总是急匆匆地飞着、跑着，而我也飞着、跑着，每天和时间进行着一场又一场的比赛。

坐在公交车上，耳边传来一个妇女的说话声，“今天是冬至，包饺子没？”“哪能顾得上呀！”另一个妇女应答着。噢，今天是冬至，我的记忆之库中却没有一点关于冬至的印迹。

回想起，儿时一个个温馨的节日，那么得温暖，那么得明亮，春节的新衣、花炮，端午的凉糕、粽子，还有八月十五那香香甜甜的月饼。尤其是春节，当睁开眼睛，看到枕边叠得整整齐齐的新衣时，我的一颗小小的心便溢满了快乐。

一个个节日，母亲把她的悲苦都藏在心里，用她温暖的笑、温暖的手和心为我们装扮着节日的快乐。现在，那一个个节日渐渐走出了我的关注范围，任它像生活中一个个朴素的日子，不给它任何华丽的点缀。

回想着，年少时度过的一个个节日，似乎每一个字眼、每一个音节都满溢着快乐与幸福的元素。在翘首企盼中，仿佛就能闻到它的香、它的甜，与它独特的味道。

不知从多会儿开始，节日已走出了曾经热切的期盼，我不再激动，不再欢欣。所以，节日是孩子的专利，只有孩子才能真正地感受到节日带给他们的欢欣与喜悦。对于成年人来说，节日的快乐已经成为一种怀想，一种曾经的幸福。节日不是快乐的享受，更多的是责任的担当。

当一个个节日到来时，我们的责任是搜寻节日的喜悦与快乐的元素，把它交到孩子的手里，让节日去温暖孩子小小的心田，让节日去装点孩子童年的梦想。但是，我们能不能做到呢？当我也试图用温暖的笑、温暖的手和心去为孩子营造一个个快乐的节日时，总感觉有些力不从心。我不会做春节的年糕、端午的粽子，包括八月十五的月饼，这些都需要我从超市里去购买。我不能让孩子体会到节日到来时那种家中温馨而忙碌的快乐，我也不能让他体会到母亲制造的那种独特味道。

我下车后，公交车载着那两个妇女继续向远方驶去。这时，天已完全黑下来，我不知道那两个妇女如何为她们的儿女制造这冬至的快乐。

在路口犹豫片刻后，我走进一家超市，径直来到冷冻柜前，馄饨、饺子、面条……冷冻柜里各种速冻的食品琳琅满目。

这是一个超速的时代，与之匹配的一切也便应运而生。速冻的熟食，速溶的咖啡，还有街边一家家的快餐店，我们似乎时刻都能感受到时间脉搏的激烈跳动。不管愿意不愿意，我们被带入这种超速的生活轨道里，体验着一种超速的生活节奏。

当冬至到来时，忙碌的我们也无暇为儿女亲手包一顿冬至的饺子。当吃着刚煮出的速冻饺子时，我想对儿子说，这超速的生活既是妈妈现在的生活，也是你将来要面对的生活，所以，你要做好准备。

总　想

总想让自己秀美如花、翠绿如叶，但是蓦然回首，才发现自己是一棵不被人注意的小草。

一棵刚爬出泥土的小草，在风中摇曳，在雨中静立，回想自己度过的年年岁岁、日日月月，渴盼着自己能开一朵香美的花，能结一片肥硕的叶，不辜负风的殷勤、雨的爱抚。

但是在夜的海河里游荡的灵魂，多会儿才能到达那梦的岸首呢？月儿太远，星儿太高，伸手可及的只是脚旁那一星微贱的泥土，而采摘那梦之花的愿望在如水的夜色里一次又一次坠落。

总想自己可以风可以雨，可以随意地舞动起飘飞的长发，可以把自己最美的一面展现在世人面前，但是在那个灯光如炬的舞台上，却发现自己原是一只丑小鸭。收起所有的骄傲与自信，在五光十色的世界走了许久却不敢轻易地迈步。

总想着那一只吉祥鸟为自己鸣叫，总想那一阵欢乐雨为自己洒落，总想着梦之花绽着香甜的笑容，总想一路看到的都是秀美如画的风景。总想着花儿常开、月儿常圆，幸福如温暖的太阳每一天都洒下金色的光芒。总想……

另一种痛苦

我对儿子说，你看你们现在多幸福，放了学回家可以安心写作业。我们那会儿放了学要出去铲猪菜，天黑了才能回家。儿子说，那么好呀！我觉得放了学不被打扰地学习是幸福的事情，儿子却羡慕我放了学能到外面干活儿。

幸福的标准究竟是什么呢？无论怎样比较，他们都是幸福的，他们是家中的独生子，又赶上一个物质丰富、知识爆炸的时代，从小吃面包、喝牛奶长大的他们，身体里的钙、蛋白质、维生素的含量都要比我们多得多，还有，他们从小接触电视、游戏机、电动玩具，他们眼中的世界应该是色彩斑斓的，但是，在我们眼中幸福的他们却感觉不到幸福。

生气时，大人会说，辛辛苦苦地把你生下来，把你养大容易吗？孩子却说，谁让你生我来着。是的，哪个孩子都不是主动要求被生下来的，听了这句话，作为大人的我们虽然生气，但是仔细想一下，同样也体会到孩子的无奈。想一想，当年的我们何尝没有说过这句话呢？孩子别无选择地降生到这个世界上，别无选择地成了他或者她的孩子。

每一个孩子放了学都想出去玩，但是，每一个父母都会要求孩子写完作业才能出去玩，还有每一个孩子都想过一个自由、轻松的星期天，但是，他们几乎都要别无选择地被父母驱逐到各种辅导班、特长班，因为他们不仅要学习好，还要有才艺。

不要让孩子输在起跑线上，已经成了当代每一个父母的共识。父母们辛辛苦苦地挣钱，然后满心期待地把钱交在各类辅导班、特长班老师的手里。

有一天，我来到市中心的一家文化商城，想找一本可看的书，我走遍了整个文化商城，看到的满眼是学生的辅导书、工具书，还有成人考研、考公务员的书。

一圈走下来，我的眼前到处是红的或蓝的考试字样。我感觉心跳加快、呼吸紧迫，我逃般地离开了这个所谓的文化商城。我感觉现在是一个疯狂的时代，而这个书城将这种疯狂集中体现出来。

我想像着那一本本的辅导书被家长或者老师买回家中，然后，监督着让孩子们一本本地写完。这些辅导书侵占着孩子们玩耍的时间，也侵占着孩子们一个个小小的幸福。

虽然素质教育提了若干年，说要寓教于乐，要从学生的兴趣出发，但是这些大多是老师们教学论文中的点缀而已，真正做到的又有几个呢？老师依然停留在主动灌输上，孩子们也依然处在被动接受上。

想一想我们那会儿，学习是我们自己的事情，大人从不会为我们的学习而操心。我们放了学要出去割猪菜，割满一大袋子猪菜后天也黑了。我们扛着猪菜回到家里，洗了手、吃了饭，然后才拿出书和本写作业，写得困了就去睡。父母最多问，写完了吗？而不会追究老师留了多少作业。

那会儿的老师也不会要求家长检查孩子的作业，听写孩子生字及背课文。不像现在的家长会乖乖地听老师的安排，既要听写孩子写字，又要监督孩子背书。

那时的家长是轻松的，他们只知道自己的孩子上小学或上初中，能知道上几班已是非常难得了。现在的我们虽然吃的好了，穿的好了，但是，我们被另一种痛苦折磨着，那就是重点小学、重点中学、重点大学，也就是小考、中考和高考。

教育的宗旨是培养人才，但什么是人才呢？是一个值得思考的问题。

一米阳光

那天，因为手中没有什么可看的书，所以回想起小区里原有的一个图书馆。那个图书馆虽然不是很大，但是里面的图书还算充裕，有世界名著和各种报刊杂志，可以说应有尽有吧。

以前，小区没有图书馆时，我得到市中心的图书馆去借书，市中心的图书馆虽然藏书丰富，但是因为离得远，所以总是懒得去。自从小区里有了图书馆，我充分利用起了小区文化的便利，三天两头地往图书馆跑。

春来冬去，转眼一年过去了，我阅读的图书数量大增，可以说是受益匪浅。但是，某一天，我又去还书时，图书馆的门上贴出了通知，图书馆暂停营业，还书要到市中心的图书馆。

此后，我还书的节奏又慢下来，只盼望着小区的图书馆能够早一些开门。但是，等我再去图书馆时，图书馆已变成了跆拳道和街舞培训班。

由关门的图书馆想起此前附近开着的一家书店，那家书店的名字很有诗意，叫“一米阳光”。

书店里摆放着玻璃的茶几、不锈钢的椅子，再加上玻璃的书架，透明、光亮得如一个梦幻之境。

我也曾试着进去，但是，我不习惯这种豪华的读书环境。我怕一进店门，马上有人过来客气地询问，“您需要什么书？”刚拿着一本书站在那里看时，又有人过来客气地说，“您请坐。”那么读书的兴趣就会荡然无存，我只能赶快逃离。

虽然我从没有进过那家书店，但是我还是很喜欢。每次路过时，我都会情不自禁地向里面张望，我希望看到玻璃茶几前正坐着一个人，那个人手里捧着书忘情地读着。但是，在我的印象里，好像从来没有出现过这一幕，书店里始终只有两个售货员孤独的身影。果然，只一个月时间，这家书店就关门了。

以后，每当看着街边那一家家开得如火如荼的超市、饭店、美容院、网吧，我都不禁想起那个充满诗意的“一米阳光”。如果它还开着的话，我一定要进去看一看。我不再在意它是否豪华，也不再在意售货员是否殷勤客气。

我想，许多人都会慢慢喜欢上“一米阳光”的，因为我们每一个人都需要阳光的照耀，那怕只是一米的阳光。

一份报纸的力量

春节前，因为要买一双布鞋，我来到了这个商场。从商场出来后，我记起这个商场附近的一个小区，我采访过这个小区里的一位女士。

这位女士当年居住的那个老旧小区已变成了现代化的高档住宅，至于这位女士是否住在这高档住宅里，或是早已搬到别处，我便不得而知了。

其实，那只是一次很普通的采访，之所以印象深刻，是因为这位女士对我的感激太多，多年后想起来，我依然有一种受宠若惊的感觉，这感激让我知道了一份报纸的力量。

假如没有报纸这个载体，以我个人的力量是没有办法帮助这位女士的。所以，当这位女士将她隆重的感谢赠予我时，我也将这隆重的感谢默默地献给了我手中的这份报纸。

这是一位没有工作的单身母亲，靠打零工维持着母女二人的简单生活。对于像她这样的单身母亲来说，女儿健康、快乐地生长，精彩、幸福地生活，就是她活下去的全部意义与全部理由。但是，她们平静的生活被打破了，因为过去生活中的一些矛盾与纠葛，一位女士把她的女儿当作了报复对象。从深夜的恐怖电话到上学路上的一次次拦截，最后发展到去学校谩骂。

她把电话线拔掉，每天风雨无阻地接送女儿，但是她真得好怕，因为她的生命中只剩了女儿这么一个至亲，她怕女儿受到伤害，甚至失掉她生命中这最后一块宝贝。那一段时间，她精神恍惚，夜里常常被恶梦惊醒。

通过别人的介绍，她找到了我，我作为一名记者对她进行了采访。稿件很快写就，很快地刊发出来，至于报道能起到多大作用，我却无法预料。

庆幸的是，这个报道刊发后，引起了有关部门的重视，有关部门的介入使得此事件很快得以解决。这位女士的生活就此获得了平静，深夜不再有恐怖电话响起，女儿也不用她风雨无阻地接送，她们母女的生活又恢复了以往的安宁与秩序。

女儿的安全得到了保障，她的噩梦就此终止，被惊扰、被恐吓后那一种恍惚无助的感觉也慢慢地离她而去。

虽然事情的解决令我非常高兴，但是这毕竟是我日常采访中一个再普通不过的采访而已，这位女士却似如见天日，好似获得了莫大的解脱。

她对我说了许多感谢的话，还给报社写了感谢信。对于这些，我真的受庞若惊。我知道，比这精彩，比这有力度的报道报纸上每天都有，这一个个报道让困境中挣扎的人们获得了支持与帮助，凭着这支持与帮助，他们树立起了生活的信心，从此走出阴霾，走向阳光普照的天地。

采访之后接着采访，忙碌之后依然忙碌，生活如常进行，所不同的是，我懂得了每一篇稿件的分量，和我身后这份报纸的力量。凭借这报纸的力量，我们帮助了许多贫弱之人，这也该是一种缘份、一种善缘。今后的日子里，我只是希望我手中的报纸能够继续广结善缘，帮助更多需要帮助的人们。

祝福短信

我用着两部手机，一部是儿子淘汰掉的旧手机，一部是办理电脑上网业务时赠送的，被强迫使用，否则上不了网。春节前，儿子淘汰掉的旧手机出了故障，因为用着另一部，也没有感到不方便。

春节前上街时，我想着顺便修一修这坏掉的手机，到了售后服务部后，服务人员让过了年来修，理由是快过年了，手机生产厂家也放假了。

因为大年二十九还值着班，大年三十时，我像打仗一样投入到紧张的忙碌中。上午上街，零零碎碎买了些年货，下午则收拾家、洗衣服。

往年都是大年三十下午包饺子，包着饺子时，手机铃声接二连三地响起，一条条祝福短信如雪片般飞来。我一边包着饺子，一边把温暖而纯洁的祝福发送给远方的朋友、同学。

今年因为事务繁忙，春晚开播时，我才打开战场准备包饺子。包着饺子时，爱人的手机铃声不断，我的手机却寂然无声，这才想起，新手机的号码没有告诉朋友、同学，旧手机又成了一匹暂时医不活的死马。

想着去年大年三十下午包着饺子时，朋友、同学送来的温暖祝福，心里虽恨恨的，却又无可奈何。我用新手机给几个经常联系的朋友发了短信，其他的因为没有号码就只好作罢了。

第二天早上，我突发奇想，想着手机坏了，手机卡还没坏，把手机卡装在别的手机里不是照样使用吗？遗憾的是，这灵感来得稍迟了些。而且，当我把手机卡装在爱人的手机里，试着拨打时，传来一个特别甜美又特别让人着恼的女声，您拨打的号码已欠费停机。

郁闷，快疯了，这是现在许多年轻人的口头禅，那时我也真是这种感觉。我也郁闷，也感觉快疯了，只是没有喊出来。

一大早，我心里忐忑着，不知这交费的网点有没有上班。庆幸的是，手机交费的服务还是很人性化的，大年初一营业厅照常开门。

交完费回到家，我将手机卡装在爱人的手机里，熟悉的手机铃声清脆地响起，我看到了朋友、同学来自远方的祝福。但这只是我交费后发来的短信，至于昨天的问候和祝福，因为欠费停机，都被拦截在爪哇国了。

往年春节时，觉着祝福短信不过是一个点缀而已，我真没觉出它的重要。今年春节，当这个点缀不再点缀时，我却感到了失落。想一想，生活中的许多东西都是如此，拥有时，往往感觉不出它的重要，只有失去时，才觉出了它的无法替代，一如春节时，这来自远方的祝福，哪怕只是“过年好”三个字，也一样温暖着我们的心。

感谢生活

刚结婚时，在城乡接合部租了一间平房，城乡接合部脏乱差，但是房租便宜，对没有多少薪水的我们来说，少花钱才是最重要的。

我们租的房子在村外，房子边上是一排蔬菜大棚。说是蔬菜大棚，但是并不种蔬菜，而是租给了从远郊农村来的农民养猪。

大棚虽然很大，但是大棚边上的房子却又矮又小。这些来自远郊的农民拖着儿、带着女，一家三口或者四口挤在小房子里。

那时正值三伏天，天气奇热，但是，我的脑海中还没有空调的概念。我只是盼着太阳快点儿落山，那时，我就会走出屋子，到院子外面那一片空旷的沙地上待一会儿。

我坐在空地上一处突出的沙堆上，看着不远处鳞次栉比的房子，感觉在空地上走一走、坐一坐也是一种奢侈的幸福。

我坐在沙堆上，享受着那一许清凉的风的爱抚。蔬菜大棚边上小房子的灯亮着、门敞着，烟囱里的烟冒着，发出难闻的气味。

为了省钱，这些外乡人烧不花钱的车胎，去货站捡别人丢弃的水果和蔬菜，清扫垃圾时在垃圾里淘宝。

他们没有房子、没有文化、没有技能，似乎不具备在城市里生活下去的任何条件，但是，他们却依然留在城市，并一天天顽强地生活着。

当下决心来此处租房时，我却是流下了眼泪，我为自己挣不到多的钱，住不上好的房子而委屈，而当我看到他们时，我的委屈显得是那样没有分量。

住了很长时间，我都分不清他们谁是谁，因为他们无论男女都是黑着脸、脏着衣服，但是他们见了面后都会明媚地笑着打招呼，谈论着他们干的活、养的猪。

一个来自外乡的老人说，这里的馒头比面包还好吃，但是，这个老人却靠拣破烂为生。

我想，我们许多人比老人得到的生活的恩赐要多得多，我们更有理由感谢生活，而不是一味地报怨生活。

朋　友

她是我偶然结识的一个朋友，因为她的年龄比我的年龄大好多，她就叫我小朋友、小妹妹，我也很高兴扮演着她给我定位的这一个角色。

她隔天便给我打一个电话说："我很想你，想去看看你，和你说说话。""那你来吧，我等你！"我说这话的时候，语调是快乐的，但是放下电话的一瞬间，我的心又无端地沉重起来。想着千头万绪的工作，我的心里好似塞了一团乱麻。

朋友的爱人很早便去世了，尽管她的儿子对她很孝顺，但是她说她很寂寞，作为朋友，我又怎么能够拒绝这么一位寂寞朋友的请求呢！

她来了，我和她一起出去吃饭聊天。每次她说的话总是很多，我表面上是一个专心的倾听者，实际上却心不在焉。

我要求自己每天都有一点儿成绩，但是，她来的这一天，我就只好陪伴她了，想到这些，我的心便惶惶然。

她也知道我的忙碌，每次临别时总说："又占用了你这么长时间。"说得我心里顿生歉意。

我不知道自己什么时候变得这么吝惜，竟连一个聊天的时间也不肯给朋友，而她又是这么一位孤独的朋友。

我想等晚上时，给她打一个电话再问候她一下，但是，纷繁的事务又使我忘却了心里对她的这一承诺。

一个星期、两个星期，转眼一个月过去了，她又给我打来电话说："我真得很想你，你不想我？"我对她猛然间提出的这一问题有些不知所措，我稍稍停顿便说："想啊，怎么不想呢！"她说："你想我，你也不给我来个电话，我早就想给你打电话了，又怕影响你的工作。"我说："我一忙就晕头了。"

的确，我的心里拥塞着许多事情，很难让她在我的心里占据一个位子，不是我薄情寡义，实在是身不由己。

那个晚上，劳累的我却久久难以入眠，我忽然觉得自己愧对好多人，包括我的孩子和父母。仔细想一想，我的时间分配给他们的真是很少很少。但是，我又在心里安慰自己说，我的确是身不由己啊，然而，内心里的愧疚，这一句逃避的话又怎能去掉呢？

苦中作乐

她有一头乌黑的头发，扎成两条粗黑的辫子，一双灵动有神的眼睛，精精神神的一个人。她的学习也很好，成绩总是排在班里的前几名。我看过她写的作文，字迹工整，文章也特别有灵气。

在我眼里，她像一只白天鹅，而我像一只丑小鸭。说实在的，那时的我真的很羡慕她。

盼着毕业了，同学们都如离巢的小鸟，各奔东西。之后是工作、家庭，肩头挑着担子，在各自的人生道路上跋涉，无暇去梳理以往的记忆。

十几年后，偶然间在某一次聚会相遇的我们，只能相互猜测着才能喊出对方的名字。岁月在我们脸上刻下了沧桑，蓦然回首中，曾经的美好都成了遥远的记忆。已为人父、为人母的我们不再是一首活泼的诗。

无意中，听另一个同学说，她疯了，没有确切的原因，但是可以想象，她是受了生活的打击。她忍受不了，化解不了，摆脱不了。她的那一种生活让她压抑、痛苦，像高压下的保险丝，在某一刻会烧熔断裂。

听到这个消息，我很长时间都摆脱不了悲伤的情绪。我回忆着她的音容笑貌，回忆着她青春靓丽的样子。生活可以让一个人疯掉，足以证明它的冷酷与无情。

正像一首歌中唱到的：“生活是一团麻，那也是麻绳拧成的花；生活是一根线，也有那解不开的小疙瘩呀；生活是一条路，怎能没有那坑坑洼洼；生活是一杯酒，饱含着人生酸甜苦辣……”

生活很少能够一帆风顺，许多时候，我们只是在苦中作乐。风来了，我们随风而舞；雨来了，我们在雨中歌唱。在萧然的秋风里回味着夏的缤纷绚烂，在冬的凛冽中盼望着春的明媚可人。

困难只是一道坎、一面墙，跨过了这道坎，翻越了这面墙，就会看到前面的风光，就会知道还有那么多阳光融融的日子可以享受，还有那么多真情与笑容可以面对。

月光饼

儿时的记忆中，每年中秋节，母亲总会从姥姥家带回一块月光饼。母亲告诉我，这是姥姥家的团圆饼。母亲把这块月光饼小心地掰成几个小块儿，分给全家人。

出嫁后的第一个中秋节，我去看望母亲，临走时，母亲从柜子里拿出一块已准备好的月光饼。我拿着这块儿月光饼，一股暖流从心上划过。

回到家后，我把这块儿月光饼分成两块儿，一块儿给自己，一块儿给了爱人。从那以后，每年中秋节，母亲总会给我保留一块月光饼。在我心里，它不是一块普通的月光饼，是母亲无私的爱分作了一块又一块。不管我在哪里，不管我到哪里，母亲的爱永远追随着我、温暖着我，一如这香甜的月光饼。

母亲是这样，姥姥也是这样，所有的母亲都为她们的儿女留着那块饱含着母爱的月光饼。母亲的心牵挂着儿女远行的脚步，儿女走得再远，也走不出母亲的心田。

撑起一片阴凉

天上像有九个太阳，目光所及，到处白花花、亮光光。黑的马路被晒得油腻腻、汗津津的，发着乌亮的光。迎面吹来的风已经感觉不到一丝凉爽，一浪又一浪热的蒸气扑到脸上、胳膊上、腿上，人在热的气流里穿行着。

鸟儿噤声不叫了，虫儿躲着不鸣了，一棵棵静立的树迎着烈日的灼烤，却为行进的人们撑起一片又一片难得的阴凉，让热得受不了的人们在它的庇护下短暂地休憩。

种树的人们早已仙逝他乡，一代又一代不相识的后人，却享受到了他们亲切之手的爱抚。

现在，人们在无法逃避的炎热里穿行着，男人为了事业，女人为了家庭。这挑在肩头的责任让人们选择在热的日头下，在热的气浪里行进。还有无数的工人、农民，他们一天又一天，一年又一年，在烈日下挥汗如雨。就像那一棵静立的树，自己迎受着难耐的火热，却为别人撑起一片又一片的阴凉。

装修的乐与忧

谁都想让自己拥有一套令人心仪的居室，既温馨典雅又不乏浪漫气息。尤其是刚买了新房，如何打扮自己的快乐老家，成了一个既让人兴奋又令人头疼的问题。

装修是其中不可或缺的程序，这程序里有着无数的子程序。大到做家具、铺地，小到一颗钉子，细碎得让外行的你理不清、算不明，只好一股脑交给装修公司。但是和装修公司讨价还价的较量中，也有着许多搞不明白的蹊跷。

价高怕水分大，价低怕质量差，再会买的也不如会卖的。在装修过程中，那些事与愿违、不合初衷的疏漏分明告诉你，你很难成为那个例外的幸运者。

当面对装修好的房子时，你只能由细微观察变为宏观浏览。此时，最怕的是上门的客人对你刚装修的房子品头论足。你最愿意听的只是，这房子装修得真漂亮，哪怕是违心的赞美，对你也是极大的安慰。

中　年

小时候的我们是无知的，但也是无畏的。一个小孩能信口说出大人羞于出口的大话、真话。青年时是莽撞的，但也是热情的，我们凭了这热情仿佛能烧毁一切，又似乎可炼就一切。

我们用简单的思维应对着复杂的社会，任一颗狂傲的心主宰着自己，去实施那些可行与不可行的计划。

像一个弄潮儿与浪涛搏斗着，一会儿在浪尖上大笑，一会儿又在谷底中痛哭。日子一天天过去了，我们慢慢地长大了，懂事了，成熟了，同时也变得胆小了。

那些儿时的大话让我们脸红，那些青年人的莽撞也令我们感到好笑，然而我们又分明地怀想着那一段时光。

人到中年，该经历的，也大都经历了，不再像年轻时动不动就热血沸腾。我们的心被喜悦抚摸过，也被忧愁浸染过，面对得失也具备了能从容面对的冷静，不再去兴奋地大笑，也不再去痛悔地大哭，我们明白了生活中不存在绝对的完美。

比河宽的是海，比山高的是天，我们走不完那个遥远，我们也追不上那个极限，我们所能做的只有尽心竭力。

中年的我们熟读了人生的大半部书，我们该给自己做一个定位，而不要还是幼稚地问自己为什么活着，要明白人活着就是一种可贵，活着就具有无穷的意义，就能去创造奇迹。

时间之河

夜晚的灯，张着疲惫的眼，照着雪白的墙壁，给它抹一层茸茸的光芒。钟表“嘀嗒、嘀嗒”地响着，迈着坚定而轻捷的步伐。

所有的一切都在夜的黑色斗篷下睡熟了，唯有时间悄悄地行进着，似一个偷儿藏着诡秘的笑在行窃。它偷走了少女灿烂的青春，将皱纹轻轻镶在她的额头；它偷走了孩子稚嫩的天真，将成熟渐渐印入他的心中；它偷走了所有物体上的那一份光鲜，而将古旧的光芒涂在它的表面。

时间，静静地走了，如一个脱了壳的灵魂般飞走了，只留下钟表一个木呆而机械的样品，在那里茫然地转动，琐碎地诉说。

转动着，唤醒着人们离开温暖的床榻，迈动起勤劳的步伐；诉说着，时间能使勤奋积淀出成功，时间也能慢慢抚平你失败的伤痛。

我是一个守夜的人，钟表不停不息地嘀嗒，如一记重锤敲击着我的耳鼓，我听到了它急匆匆的步伐。

熟睡不失为一些人明智的选择，在漆黑的夜色中，伴着悠长的梦境，直睡到晨光放明，而醒着的我却痛苦地低下了头。

时间，在你欢快流动的水域里，我没有捞起一条小鱼或一枚贝壳，生命之舟只随着水势向下流、向下流。然而，在分明的夜色中，一颗启明星已经在东方闪烁，呼唤着人们苏醒、苏醒……

幸福的母亲

那一天，感觉肚子有些疼，便到临近的诊所里检查，医生检查之后，让到市里的医院。心里虽然慌慌的，但想着只是去检查，未必有什么大不了的事，去时和爱人一人骑了一辆自行车，去了后却被留了下来。

一会儿吸氧，一会儿检查，说孩子的心律不太好，需要做剖宫手术。从那时起，身上便发冷，一个劲地发抖。直到被推进手术室，一直抖着，牙齿打着战。想着，肚子里的孩子，万一有个长短，我可怎么办？

躺在手术台上，眼前晃动着一个个蓝色的影子。还是冷着、抖着，耳边是一阵阵的说笑，说笑声伴随着金属器具的碰撞声。

肚子一阵阵的疼，却能忍受，忍着、忍着，终于无法忍受。像一双手拽着体内的一块肉，使劲地往外拽着、拽着，却是一下拽不掉，连着筋、连着肉，还是拽着，整个身子随着这手中的肉提起来，还是连着筋、连着肉，终于无法忍受，疼得大叫。

疼得仿佛已失去了知觉，却听到“噗”得一声，那一块连着筋、连着肉的肉和我的身体分离开来，我被提起来的身体便重重地落在手术台上。

一阵哭声响起，我流下了眼泪。疼痛使我忘记了疼痛的原由，那原由就是我的孩子的降临。因为孩子是我身上的一块肉，连着筋、连着肉的一块肉，所以才有着这般彻心彻肺的疼痛。

我被推出手术室，躺在手术车上的我只听着身下那一个车轱辘隆隆地转着，转得我晕头转向。

一会儿，进了病房，微微地睁开眼，看到了母亲，看到了爱人，看到了躺着、站着的一些陌生人。

我成了一个产妇，像许多产妇一样躺在病床上，床上面挂着吊瓶，床下面吊着尿袋。我对自己的身体失去了控制的能力，任凭床上面那一瓶瓶的药液一滴一滴地注入身体，又任凭这药液变作尿液一滴一滴地流入床下面的尿袋。

身体里的麻醉药还没有扩散，所以，麻醉药集中的肚子只是隐隐感到了疼痛，而没有麻醉到的脚后跟却是一阵阵的疼、一阵阵的麻。

开始忍着，终于无法忍受，于是让母亲捏着脚后跟。捏一会儿后，脚后跟终于摆脱掉了麻着、疼着的痛苦感觉。

麻药终于扩散，顾不了脚的麻和疼，只集中精神对付肚子的疼痛。感觉肚子里有一双手，这双手一会儿拿着刀子在某一处割一下、挑一下，一会儿又拿一把大铲子将肚子里的五脏六腑整个地翻一下、搅一下。

肚子里的五脏六腑似乎都肿胀庞大起来，一下一下地顶着肚皮，好像要破肚而出。

正疼得翻江倒海之时，听到了婴儿嘹亮的哭声，接着一张病床被推进来，微微地睁开眼，看到床上一溜小包袱。

爱人低头看了一番后，把一个小包袱抱起来，像抱着一件珍贵的瓷器。

于是，我看到了我的儿子，脸红着、黑着、皱着，细细的眼闭着，嘴巴张成了一个黑洞。

出院那天，母亲把缝好的小被子拿来，把儿子包在被子里抱着。

打开家门，母亲把儿子放在炕上，我看一下炕上的儿子，感觉简陋的小屋一下子成了一个丰富的所在。

从怀孕时起，就成了医院的常客，定期的检查，每一次检查都忐忑不安，心里一遍又一遍地祈祷，祈祷着不管丑俊，只要孩子健康聪明。

感谢上苍，儿子好胳膊好腿，感谢上苍，当我又拿一个红苹果，在儿子的眼前晃动时，儿子一对黑眼珠跟着苹果左右转动。感谢上苍，我获得了一个健康的孩子，而我也成了一个幸福的母亲。

为了儿子

儿子出生不到半个月，我便拿了一枚红苹果在他的眼前晃动，看他黑黑的眼珠跟着苹果转来转去，我激动万分，感谢上帝，儿子是健康聪明的，这比什么都重要。

之后，我买了一套《零岁方案》，按照书里的要求开始对儿子进行早期教育。

儿子出生五个月便认住了灯、沙发、柜子等家里的用具和摆设。当我问儿子灯在哪儿时，儿子的目光在屋顶上搜寻一番，然后停在灯的位置上；当我问儿子沙发在哪儿时，儿子的目光又在地上搜寻一番，最后目光停在沙发的位置上。

书中说，在孩子的眼里，文字和其他物品都是一样的，他会把文字当作物品来认。

我家的墙上贴着一幅字画《学无止境》，我一遍遍地指着念给儿子认。几天后，当我问儿子《学无止境》在哪儿时，儿子的目光便准确无误地停在字画上。

以后我又买来许多动物的图片让儿子来认，并带他去公园，抱着他看树叶、鲜花和真实的动物。

儿子不到一岁时，我又自制了许多识字卡片和儿子做游戏。那时，儿子还不会说话，他看着字时，就做了各种动作模仿。比如看到笑时，儿子就假装笑；看到哭时，用手揉着眼睛假装哭；看到狗时，就汪汪地学着狗叫；看到老虎时，就张开双手、张大嘴巴做一个恐怖的动作。

儿子两岁能说话时，我就买了童话书，给他讲故事，听得多了时，虽然说话还不太清楚，儿子也会对着童话书，讲一个一个的故事了。

书上说，核桃补脑，我便买了核桃；虾皮补碘，我又买了虾皮。隔一段时间，我还带着儿子去妇幼保健院做体检。每次体检表出来后，看着上面显示的优或者优+，我便特别欣慰。儿子是健康的，这比什么都重要。

体检完毕，保健医生会给开一个营养食谱，那时工资虽然不高，但是，我还是根据食谱来搭配儿子的饮食。

也许是小时候身体底子打得好，儿子从小到大都不怎么生病，偶尔感冒，也只是喝点药而已，从没有输过液。

没有力量陪伴你

孩子，当你看到妈妈时，为什么不笑呢？只是那么可怜巴巴地坐在炕上，忽地将手中的瓶盖塞进嘴里，我赶紧上前将瓶盖从你的嘴里掏出来。你又站起来，从炕的这边跑到炕的那边，将炕上东西摔过来掷过去。

我知道，你是以你反常的行为发泄着你的怨恨，你恨妈妈为什么丢下你这么长时间才来看你，妈妈只流着泪却回答不了你的这个问题。

天黑了，儿子才终于搂着我的脖子睡下，而我却睡不着。

妈妈明天又要走了，又要离开你了，孩子，你小小的欢喜又要被打碎了。

你半夜醒来，要吃东西，我拿了苹果、月饼、饮料，你高兴地拍着小手，睡眼蒙眬地喊着妈妈抱、妈妈抱。

我抱着你，你坐在我的腿上吃着、笑着、做着鬼脸，而我看着你，一会儿笑，一会儿又哽咽着想哭。

第二天，你拉着我上这儿、上那儿，我尽量满足着你的心愿。可你知道吗？妈妈就要走了，妈妈的归来带给你小小的希望，妈妈的离去，又将留给你更大的失望。

那一幕，我永远都不能忘记，当我推着自行车要走时，儿子眼巴巴地看着，不哭、不笑，只是嘴角抽动着，忽地，将头埋到台阶上，然后抬头含了一嘴的土向着我。

我呵斥儿子，儿子用手抹一下嘴苦笑着。当我推了车要走时，儿子才哭出声来。

那一刻，我的心抖动着，泪迅速地流下来。我感觉自己像一个罪人，可是面对自己犯下的罪过，却无能为力。

就像是上了发条的钟表，我只随了那嘀嗒声不停地转动。而那一时，我真想甩掉一切羁绊，只留下来陪着你。

祝福儿子

风在欢笑，云在翘首，太阳播洒下无数金色的祝福，祝健康与你朝夕相伴，祝快乐与你永远相随。

十二年前的今天，你诞生在这个色彩缤纷的世界，使十二年后的今天成为一个最最美丽的日子。

十二年来，我们操劳着，这操劳因你而快乐无比；十二年来，我们奋斗着，这奋斗因你而动力无限。

我要说，爸爸是舵，却不能永远为你导航；我要说，妈妈是桨，却不能永远伴你远行。要到达那胜利的彼岸，还要你自己去扬帆起航。

你要坚强，要让那希望的帆永远不落；你要勇敢，要让信念的旗高高飘扬。

你要记住这个美丽的日子，记住这个幸福的时刻，记住这歌是为你而唱，记住这烛是为你而亮。要记住这温暖如阳的祝福，要记住这翠绿如叶的期盼。

祝福你像早晨喷薄欲出的朝阳，祝福你像夜晚璀灿夺目的星光，期盼你的收获如八月的果树挂满果实，期盼你的收获如秋天的田野遍野芬芳。

新鞋的回忆

节日是孩子的专利，节日的快乐也应该是孩子所独有的。这是我有了孩子，做了母亲后才体会到的。对于成人来说，节日更多的是一种责任。我们要搜寻快乐的元素，然后把它们交到孩子手里，让孩子感受节日的快乐与温馨。

每当快过年时，我便领着儿子走进超市。超市里的货物琳琅满目，让人目不暇接。但是，儿子对这繁华的一切早已失去了兴致，他们生活在一个物质繁盛的年代，目睹了许多繁华场景，繁华在他们已成了一种常态。所以，面对繁华时，他们不会惊奇，不会感动，也缺乏对于珍惜的理解。

面对着这繁华的场景，我想到了我的父母，当年的他们到哪里去为我们搜寻这年的快乐与温馨呢？钱是那样的少，物质又是那样的匮乏。但是，在我的印象中，我们似乎从没缺少年的快乐与温馨。

在我儿时的记忆中，母亲仿佛就是忙碌的代名词。她不但参与着春种秋收的劳动，还要做饭、喂猪、喂鸡。

冬天，当飘飞的雪花撒满田野，母亲便歇下外面的劳作，但是，她的一双手还是没有停下的理由。冬天一到，年便在不远处遥遥眺望了，母亲又投入新一轮的忙碌中。白天，她坐在缝纫机前，为我们一家人赶制着过年的新衣；晚上，她坐在灯下，为我们一家人赶制着过年的新鞋。

多少个夜晚，都是母亲牵针引线的声音伴着我进入梦乡。当我偶然从睡梦中醒来时，总会看到那一星如豆的灯光下，母亲执着劳作的身影。

母亲怕这灯光搅扰了我们的睡眠，便用一张纸遮挡着灯光，这样，我们的睡眠便沉在夜的阴影里。我们在这夜的阴影里沉沉地睡去了，母亲依然在微弱的灯光下继续着她的劳作。

每天晚上，我不知母亲是多会儿睡的，只是像变魔术般，几天后，一双新鞋便出现在她的手上。

每当一双鞋完工后，母亲一边看着我们穿上新鞋在炕上来回地走着，一边紧张地问着，“咋样，合适不合适，挤脚不挤脚呀？”只要听到我们那一声满意的答复，她憔悴的脸上便会显露出笑容。

但是，那时的我也像现在的儿子一样，对于母亲的付出总是无所谓的，也是淡漠的。直到现在想起来，我才觉得自己的无知对于母亲的残忍。

那时，我十一二岁，是一个不懂事的傻丫头。当得知母亲准备为我做鞋时，我便盼着这新鞋早日穿在脚上。尽管母亲夜以继日地劳作，我却还是嫌她的手不够快，嫌这等待的日子太过漫长。

每天放学后，我进门的第一句话便是，“鞋做好没？”母亲笑着说，“哪有那么快，你以为我长着几只手呀”。

过了一段时间，新鞋终于做好了。但是，母亲让我试这新鞋时，没有平时做好一双鞋时所表现出来的欢快。

当我穿着新鞋高兴地在炕上走着时，我终于明白了，原来母亲匆忙中铰错了鞋样。

我生气把这难看的鞋脱下来，扔在母亲的面前。父亲骂了我，母亲却没有说一句话，只是默默地把鞋收起来。从此，那双鞋便再没有出现在我的眼前，我也不再关注母亲做鞋这一事情了。

一天晚上，母亲喊我过去。因为怄着气，我没有答应，只是不情愿地走到她的跟前。母亲没有说话，从旁边拿过一个布包，打开后，我看到一双漂亮的新鞋。

母亲把新鞋递到我的手上说，“试试看。”穿上这新鞋，看着母亲，我终于笑了。我不知那双做错的鞋被母亲搁在了哪里，也不知母亲多会儿为我做了新鞋。那时，穿上新鞋的我全没有顾及母亲的劳累，好像一切都是理所应当的。

直到我有了孩子，做了母亲，我才理解了当年母亲的难和母亲的苦。也许母亲早已忘记了这件事情，但是我却不能忘记自己的无知对于母亲的伤害，只是这伤害留在我的心里，我替母亲疼着。

我不能请求母亲的原谅，也不想请求母亲的原谅！我愿永远记着自己的无知对于母亲的残忍。

这么好、这么好！

一

对于狗我是不陌生的，因为生长在农村，而农村的每家每户似乎都养着一条狗，这狗的作用是防盗。

那时，因为物质贫乏，人们手里的东西都少得可怜，所以维护得特别仔细，生怕被偷了去。钱倒是没有，但院里的猪、鸡、羊却是一家人的安排和打算，少了哪一样都是一笔不少的损失。家里养一条狗，虽然费一些吃食，但却保全了许多东西，还是比较合算的。尤其是庄稼人，白天劳累了一天，晚上沉沉睡去，养一条狗就大可放心了，只要院子里有什么响动，狗就会叫个不停，那偷儿尽管有天大的本事，听着这响天动地的狗吠，自然失了胆气，所以，养一条狗实在是必要的。

那时，一物有一物的用，狗要看家，猫要灭鼠，鸡要下蛋，猪和羊要杀肉，全不像现在的人们，为了好玩养狗或猫。

狗用铁链拴在院里，瞪着两只铜铃般的眼，警惕地望着院门，一副尽职尽责的样子，还要练就一双火眼金睛，倘若咬了久不上门的女儿、女婿、儿子、媳妇，会被男女主人叫骂。但是，如若一个陌生人进了院，而悄无声息，那更会遭到一顿暴打。

二

小时候，我也是喜欢狗的，尤其是那刚刚出生一两月的小狗，圆滚滚、肉乎乎的身子，两条小短腿，抱在怀里，毛茸茸地挨在脸上，痒痒的、柔柔的，像抱着一个小孩子，心里不由得会生起一丝怜爱来。但是，我对于狗真正地产生感情却是在成年之后，而且是受了儿子的影响。

那时，因为上班，儿子就养在父母和婆婆家里。直到三岁时，我才把他接回身边。

刚接回来时，儿子像一个生客一样，对家里的一切都陌生着。坐在炕上的他，看着那些紧闭的箱子、柜子，抬起头，睁着好奇的眼，怯怯地问我，这里装着啥。我说，你打开看看。他抬起头疑惑地看着我，我给他一个鼓励的微笑，他下了地走到柜子前，打开柜子，小脑袋扎在柜子里探索一番后，回头给我一个顽皮的笑。

以后，儿子一天天地活泼起来。家里的柜子、箱子对他已不再是秘密。他跑到院子外面，去探索外面世界的奥秘了。

我们租住在郊区的一间平房里，附近是即将被城市占领的空地和田地。儿子把这里当作了他的乐园，他在田地的边上扑蝴蝶、捉蝈蝈，在空地上挖一个又一个的地道，建一个又一个的城堡。

一天，我正在收拾家，儿子急急地从外面跑回家。我抬起头，看到儿子一双黑眼睛亮亮的，手里抱着一个黑乎乎的东西。他把手里的黑东西往我跟前一探说，咱们要吧！我低头一看，原来儿子抱着的是一只刚刚死去的小猪。我摸了一下这小猪的身子，还热乎着，大概刚刚死去，被主人丢在了外面。

这小猪胖乎乎的，身上的毛黝黑发亮，好像睡着了一般，使我怀疑它并没有死去，会立刻从儿子的手里惊跳起来。但是好大一会儿，这小猪还是安然地睡在儿子的手里。

儿子抬起头，眼里是乞求的神情，咱们要吧！看着这一头黑亮的小动物，我又想起了那一只刚刚出生的，被我抱在怀里的小狗。那小狗也有着黑亮的皮毛，也有着这样肉乎乎、圆滚滚的身子，当年的我也如现在的儿子一样怜爱地将它抱在怀里。

我真不想违拗了儿子善良的愿望，但是，我只能告诉他，小猪死了，我们不能养它了。儿子用手摸着小猪的身子，说，这么好、这么好。我无言了，泪差点下来。我扭过头，继续擦着柜子。我想告诉儿子关于死亡的一些事情，但是面对他那一双黑亮的眼睛，却失掉了勇气。

儿子抱着那一个温热的但已逝去了生命的黑亮躯壳，默默地转身出去了。这是他第一次接触到死亡，正像他说的，这么好、这么好，但是一个这么好的生命却没有了。

生活是残酷的，小小的儿子怎么能够知道，以后，还将有许多这么好、这么好的生命消失掉。但是，不管怎样，我们还得继续活下去，为了这么好、这么好的生命能够在这个世界上留存得久一些。

三

儿子真正拥有一条小狗是在他七岁的时候，是亲戚送给他的。一条白色的狗，却脏成了黑黄的颜色。儿子把狗牵到家里时，我又看到了他眼睛里那一种黑亮的东西，一如当年抱着小死猪时的神情。

我对儿子说，给它洗一个澡吧！看它脏成这样。儿子要抱它、亲它，摸它，我不能够阻拦，只能把狗洗得干净些。

水倒在洗衣盆里，我说，来，把它放进盆里。儿子把脸挨近狗的脑袋，小声说，洗澡澡了，不怕的。儿子抱起狗，要往盆里放，狗挣扎着。儿子把狗放下，对我说，要不别洗了，狗狗怕。我说，不洗咋行呀，这么脏。儿子犹豫了，望望我，又望望狗，又把狗抱起来，说，不怕的，洗澡澡的。

狗的四条腿站到洗衣盆里，儿子用手捧着水，往狗的身上撩着。狗拒绝地抖着身子，把水抖在我和儿子身上。那水有一股不好闻的味儿，我掉过脸去，儿子却笑了，拍拍狗的脑袋说，听话。

儿子又将水轻轻地撩在狗的身上，看着儿子那过分的小心翼翼，我有些急了，心里想着，像这个洗法，多会儿才是个完。我找来水瓢，倒上热水和凉水，一次次地浇在狗的身上，并把肥皂抹在狗的身上，使劲地揉搓着。

洗着洗着，儿子说，狗狗怎么发抖。我也注意到，狗的身子在不停地颤动着。儿子说，要不别洗了，狗狗别感冒了。我说，那也得洗完。我又在狗的身上抹了肥皂，继续揉搓着。

儿子呆呆地看着我，一会儿又说，别洗了，妈妈。我说，好吧，把它身上的肥皂冲掉。冲肥皂时，狗的身子抖得更厉害了。儿子又摸着狗的脑袋安慰着说，快完了，狗狗不怕。

狗从洗衣盆里出来后，使劲地抖着身上的水，我躲在一边愤愤地看着狗的举动，儿子则拍着狗的脑袋哈哈大笑。

给狗洗完澡，地下已是积了一大摊的水。我收拾着，想着以后因为这狗而添的烦乱，心里也不由得烦乱着。

该睡觉了，儿子问我，狗狗睡哪儿呀。我说，睡外面吧！儿子说，不。看着儿子执拗的神情，我说，那你让它睡哪儿。儿子立刻显出高兴的神情，他指着床边说，就让狗狗睡这儿吧！

我找出儿子不穿的两件棉衣服，一件铺在地上，一件预备着给狗盖在身上。儿子看我想得这么周到，感激地看了我一眼，那一眼竟使我的眼里一热。这就是爱，儿子爱他的小狗，我爱儿子，为了爱，我们都无怨无悔着。

很晚了，儿子还是趴在床边，看着睡在地下的狗。一边看一边向我汇报着，妈妈，狗狗闭上眼了。一会儿又说，狗狗是不是做梦了。

最后，儿子总算睡着了，睡梦里竟然笑出了声。我不知道，他梦到了什么，但那梦里肯定是有着一条小狗的。

第二天，儿子一睁眼，就下地去看他的狗。狗早就醒了，“呜呜”地叫着，挠着门。儿子摸着狗的脑袋轻轻地说，外面冷。我说，放它出去吧，它要撒尿去。儿子听了我的话，把狗放到院子里。

儿子趴在窗前看着狗在院子里撒尿，同时不忘向我汇报这狗的丰功伟绩，妈妈，狗狗尿尿了。我也笑了，为儿子的笑。虽然这狗给我添了许多烦乱，但是儿子高兴，我也没什么好说的了。

四

第二天，我到单位上班时，想着儿子和狗玩耍的样子，不由得笑出了声。但是中午下班回家，打开门的一瞬间，我闻到一股特别难闻的气味，那是尿味混合着动物皮毛的气味。

我捂着鼻子进了家，儿子从里屋跑出来。我说，狗在家里尿了。儿子低下眼睛说，就尿了一回。我生气地说，下午把它弄到外面。儿子看着狗，低下头不作声。

我开始做饭，儿子在院子里和狗玩着。饭做好后，我喊儿子吃饭，儿子又把狗领回了家。儿子吃饭时，狗就卧在他的脚边，脚边放着一只碗，那是儿子让我寻了放在那里的。儿子用筷子把自己碗里的肉夹到地上的那只碗里，说，吃肉肉，吃肉肉。看狗把碗里的肉吃了，儿子高兴地说，妈妈，狗狗爱吃肉。

晚上，下班回来吃过饭后，儿子又把他的旧衣服铺在地上。我说，看家成啥样了，你还让它在家里睡，让它到外面睡去。儿子说，不行。我看硬的不行，就只好来软的，我说，你看姥姥家的狗不是在院里吗？狗狗身上有毛不怕冷的。儿子想了想说，那狗狗睡哪儿呀。我说，咱们给狗狗弄一个家。

我找出一个纸箱子，放在院里的门旁边，儿子跑回家，把放在床前的旧衣服拿出来说，把这个给狗狗铺上。铺好后，儿子把狗叫到箱子跟前说，狗狗睡觉吧！开始，狗不愿意进去，坚持了一会儿，便也躺在箱子里面。

儿子看狗进了箱子里，又摸着、拍着狗的脑袋，在它的耳边说了许多话才回了家。

我和儿子前脚刚进门，狗就从箱子里跳出来，然后挠着门，“呜呜”地叫着。儿子说，妈妈，狗狗想进家。我说，不行，家里都尿成啥了，还让进来。儿子开门出去了，又是一阵拍、一阵摸、一阵说，但是，儿子刚回来，狗便又从箱子里跳出来，继续挠着门，“呜呜”地叫着。儿子说，让狗狗进来吧！看着儿子眼里乞求的神色，我的心软了一下，但闻着屋里难闻的气味，我坚决地说，不行。儿子看坚持不了，就又出去安慰他的狗狗去了。我不知道儿子是多会儿睡的，也不知道狗的叫声是多会停止的。

儿子尽管睡得很晚，第二天却早早地醒来了。他穿好衣服下了地，把狗放进家里，摸着狗的身子说，看把狗狗冻的。看着儿子怜惜的神情，我也不好再说什么了。

五

对我的坚决，儿子也感到了无奈。每天晚上，他便对那狗进行一番劝慰，有时竟是三番五次。我觉得那狗是故意耍赖，故意让儿子去进行这番温柔的劝慰。但是儿子这温柔的劝慰却没有彻底感化他的狗狗，几天之后，这狗便不辞而别了。

儿子说，狗狗跑了，我要出去找狗狗。好大一会儿，儿子回来了，说，妈妈，狗狗找不见了，狗狗跑哪儿去了。说着，说着，儿子眼里黑亮的光便暗下去，低了头一副心事重重的样子。我说，大概，狗狗回它原来的家了。我一边说，一边却感到了这话的虚空。但是儿子却认了真，他说，那打个电话问问，看狗狗回去没。我给亲戚打了电话，亲戚说狗并没有回到他们那里。

此后，儿子每天都要出去找狗，找了后便回来问我，狗狗哪儿去了，后来又问，狗狗会不会死。我只能安慰他说，不会的，狗狗是跑到了别的小朋友家里，小朋友喜欢它不放它走了。儿子抬起头看着我，我看着那一泓清澈如水的眼眸，心虚地低下头。

儿子也低下头，小胸脯起伏着，我不知道是怎样的痛苦折磨着他，他竟重重地叹了一口气。他是否想到了那一只死去的小猪，那死去的温热的小猪，在他的怀抱里，尽管这么好、这么好，却成了一个失去生命的黑亮躯壳。现在，他的狗狗也是这么好、这么好，但从他的眼前消失了，消失得无影无踪。

后来，儿子又渐渐地活泼起来了。我想，他大概已忘记那一只小狗了吧！毕竟他还是一个孩子。但是，不久后便证实了，我的所想是错误的。

六

俗话说，“牙疼不算病，疼起来要了命。”那几天，我被牙疼折磨在床上，肿着半边脸，身上还发着热。

我微闭着眼睛，看见儿子悄悄地走到我的床边，黑亮的眼睛盯着我，然后轻轻地叫着，妈妈，妈妈。我睁开眼，他对我笑一下，就跑开了。一会儿，他又跑回来，又悄悄地站在床边，定定地看着我。我说，出去玩吧！他没有动，满脸疑惑地问，妈妈，你会不会死。我笑了，他似乎从我的笑容中获知了我生命无恙的信息，而且也觉出了自己这一个问题的突兀，脸红了一下，跑开了。

一会儿，爱人从外面买回了药，儿子也跟着回来了。儿子着急地倒了水，然后把药放在我的手里说，妈妈，吃药吧！那一刻，我的泪差点流下来，就着水，把药和泪一起咽到肚子里。

我一直以为儿子的担心解除了，但是我想错了，那一个死亡的阴影留在了他小小的心里，因为那一个小猪死去了，那一个狗狗不在了，他便担心他的妈妈是否也会死掉。

虽然，他的妈妈不是这么好、这么好。她不能让他可爱的小猪复活，还狠心地把他的狗狗关在门外，但他只有这一个妈妈，他也是不能够失掉的。

彩色的记忆

我生在农村，又出生于一个物质贫乏的年代，所以在我的印象中，童年像一部没有色彩的黑白影片，这黑白影片是暗淡的、灰蒙蒙的颜色。父母总是一身或蓝、或黑、或灰的装扮，家里也没有什么鲜亮的饰品，暗红的柜子，暗黑的水缸，白的墙上贴着什么画忘记了，应该也不是鲜亮的颜色，而让人产生记忆的欲望。

后来，不知从什么时候起，一切似乎在悄悄地发生着变化，一些鲜的亮的物品陆续闯进我的家里，闯进我的视线。这些物品都是父亲从城里带回来的，于是，城市对童年的我便充满了诱惑。

那时的小学课本还是板板正正的样子，我对它没有特别的兴趣。使我产生兴趣的是两本儿童画报，那是父亲从城里带回来的。原来，父亲进城后遇着了一个原先在村里插队的知青，这知青回城后当了教师，父亲和知青相遇后，便得了这两本画报。

我不知画报是如何到了父亲手里的，是郑重其事的馈赠，还是只是顺手的人情。反正，当这两本画报到了我的手里后，我的眼前一亮。这两本画报之前，我是从来没有接触过课外书的。

看着这两本画报，我竟有些发傻，我不知道，书可以是这个样子。绿的草、红的花，穿着漂亮衣裙的娃娃。在我眼里，一切都是那样得不可思议，我的眼前似乎打开了一个奇异的世界。

那时，只是高兴、羡慕，现在，才觉得我与许多童年伙伴的悲哀。农村和城市的差别，不仅是记忆的差别，也不仅是彩色片与黑白片的差别。

过年时，吃的要比平时好，穿的要比平时亮，所以，小孩子都盼着过年。大人呢，虽然过年时辛苦地劳作，还要愁苦许多花销的出处。但是，因为孩子们的快乐，他们也便展开了愁眉，毕竟一年就这么一个新年，愁也罢、苦也罢，一年总算熬下来了，况且，许多美好的希冀与盼望还可在来年慢慢地实现。

现在想来，父亲应该是一个浪漫的人。如果他读了许多书的话，没准会成为一个诗人，写出许多浪漫的诗句。

我觉得，农村应该有着许多像父亲一样的人。他们虽然怀着一颗浪漫的心，只因为没有读过太多的书，便限制了他们的表达。

那一年，我应该是八九岁的样子。父母终日劳碌，换来的依然是入不敷出，但这仍然打击不了我们对于年的渴盼。

钱是有限的，除了必不可少的东西，我们也就不敢有更多的奢望，或者虽然有一点奢望，也只悄悄地藏在心里，觉得不应该去为难父母。

但是，我们都是快乐的，因为年快要到了，只听到新年爆竹的鸣响，就会感到无比快乐。

让我没有想到的是，父亲竟然为我们制造了那么一个巨大的快乐。

新年的前一天，父亲从柜子里取出一串花花绿绿的东西。我和弟弟们小鸟般地聚拢到父亲的周围，睁着渴盼的眼睛，盼望着父亲那一双满是老茧的手为我们变出什么新奇的快乐。

一展一折，一个红灯笼便出现在我们的面前，又一展一折，又一个红灯笼出现在我们的面前，父亲像变魔术一样变出了两个这样的小红灯笼。

红灯笼挂起来了，我们灰暗的屋子一下子亮堂起来。接着，父亲拿一个东西吹起来，原来是一个红的气球。红的气球挂起来了，又吹一个，是绿的气球。于是，红的、绿的、黄的、粉的气球在屋里飘荡着，那一刻，我的家似乎成了一个梦幻之境。

那一年，因了这灯笼和气球，我对于年便有了不一般的感觉。我开始觉得，年是有颜色的，是带了缤纷色彩的，而这个印象正是父亲给的。父亲用他一颗浪漫的心为我的童年涂抹了一丝色彩，我暗淡的童年便有了亮色。

人生的许多可能

不知道父亲是多会儿衰老的，仿佛只是一眨眼的功夫，生龙活虎的父亲便成了一个老人。迟缓着脚步，花白着头发，额角也添了许多皱纹。

人老不光是表面的衰老，与之相应的还有内部机能的衰退。父亲自嘲说，零件不行了，得到大修厂修理了。父亲所说的零件就是身上的器官，大修厂就是医院。

父亲患有慢性气管炎，是气管这一零件不行了，可是，这零件是多会儿不行的，连父亲自己也是说不清的。

也许这就是人老的症状，不知不觉中，一些莫名其妙的病就会找上门来。

我说，住院吧！父亲不想住院，父亲说，那地方，好人也能住成病人。

父亲不承认自己是一个病人，因为除了气短，父亲能吃能睡。可是，能吃能睡的父亲却被气短这一病症折磨着。尤其是不小心感冒，常常咳着、喘着，胸口也一阵一阵地疼着。

我说，住院吧。父亲没有再坚持说不住院了。也许，父亲的内心里也有一丝盼望，就像我的内心里的那一丝盼望一样，那就是这个病或许也有治疗的办法。

我被这个盼望鼓舞着、激励着。这个盼望似乎成了我人生中又一个宏大的计划，我要为这个计划努力、奋斗。

我想着自己宏大计划变为现实的那一天，那也是父亲病好的那一天。

我想象着父亲病好后会是一个什么样子，气不喘了，腰不弯了，脸上的皱纹减少了，花白的头发滋润了，这些都不是没有可能的。

父亲常说的一句话是，人这一辈子，谁能说得准呢。父亲说的是人生的许多可能，谁也说不准自己究竟会走哪一步路，能走到多高、走到多远。

每当听着父亲这一句话，我的心便像长了翅膀一样，我会想到很高很蓝的天空，想到很远很美的风景。

这就是梦想吧，父亲无形中将梦想植入我的心里，我便成了一个有梦的人了。

生活像一个巨大的泥淖，行走期间，时常会感到步履的艰难与沉重，而梦想却像是这泥淖里长出的一朵莲花，高洁而美丽。这美丽的莲花鼓舞着、激励着我，也召唤着我，使我感到了生活的勇气、力量与希望。

现在，病中的父亲也需要梦想的鼓舞与激励，也需要那一朵美丽莲花的抚助与安慰。

我也要如当年的父亲把梦想植入我的心田一样，把这梦想植入父亲的心田，让父亲相信，人生的许多可能，包括他的病，也不是没有治好的可能。

我对父亲说，病有可能很快就好了，您可能很快就能出院了，您出了院，走很远的路，可能都不会气喘。

那么，您就有可能去旅游、去散心、去爬山、去逛街，去做许多想做的事情。

锻炼多了，身体可能会很快好起来，您会像没有得病之前一样，气不喘、弯不腰、腿不疼、胸不闷。

我为父亲铺展着一个个美丽的可能，却不知父亲是否受到了这许多美丽可能的诱惑。

父亲只是听着、笑着，我却猜不透父亲笑容背后所包涵的意义。

我忽然想起父亲那一个含糊却是充满诱惑的表达，人这一辈子，谁能说的准呢？

现在，我才捉摸出这话语里许多的不确定成分。说不准会好，也说不准会坏，可是，当年的我却从没有从父亲的话语里想到坏的一面。因为父亲和我说这话时，也从没有显露这可能还有坏的一面。

现在，我重复着父亲当年说过的话语，就像是玩着父亲当年玩过的魔术一样。所不同的是，当年的我完全沉迷于这魔术的变幻莫测，而今的父亲，却早已深知了这魔术的底细。

所以，当我重复着父亲当年说过的话语时，父亲只是看着、笑着，因为他深知那一个谜底的两面，有好的一面也有坏的一面。

老　　年

人老了就如一台陈旧的机器，今日螺丝松了，明日轴承坏了，转动不灵活了，听声音也不顺溜了，时不时要滴几滴润滑油，防止正转动着忽然卡壳。老人吃药，一如给旧损的机器上油，维持着那个病，延缓着那个老，拒绝着那个死的到来。

虽说“人不要老，钱不要少”，但是生老病死是不可逆转的。人总是要老的，老了就要添病，这病有的能治好，有的却是花再多钱也治不好的。

年轻人都要走向那个老，虽然我们多么不愿意那个老和我们沾边，也极不愿意想象自己老了的模样，但那个老正一天天地涂到我们的脸上，落到我们的身上，我们是不知不觉地走向那个老了。

对于老，我们是拒绝不了，抵御不了的，我们该怎么办呢？我们唯一可想的办法是趁着那个老、那个病没有把我们罩住，那个死没有将我们找到、网住，我们要珍惜每一分、每一秒，过好每一天。我们要尽快尽早地认清自己，给自己找准方向、找到位置。总之，我们要明白自己来世上是干什么的。

人的一生是短暂的，我们想要干好一件事情也往往来不及。儿时无知，少年莽撞，青年迷茫，中年又肩负着许多的责任，属于我们的时间是那样的少。我们唯有抓紧时间，去尽心竭力地做好自己该做的事，做好自己要做的事，那以后纵然老吧、病吧、死吧，我们也无怨无悔了。

爱的坚守

到医院输液时，发现那个病人已经从轮椅上站了起来，我不由得叫出了声。那病人抬起头，脸上是幸福的表情，他旁边的母亲和妻子望着我，眼里也是满满盈盈的感动。

因为要到这个医院的这个病房里输液，所以几乎每天都能看见这个轮椅上坐着的男人，以及陪伴在左右的他的母亲和妻子。

男人躺在病床上，母亲和妻子分别站立两边，一个拿了碗，小心地喂饭，一个拿了杯，小心地喂水，像侍候襁褓中的婴儿，只是，这硕大的婴儿不像那小小婴儿，长到一岁时就会必然站起来，长到两岁时就会忽然跑起来。

这两个女人等待的是一个未知的结果，这个结果是好是坏都不是她们所能预料的，但是，她们还是那般虔诚地等待着。

母亲说，“不管咋样，哪怕侍候着，只要人在，眼睛里每天能看见他就好。”说着重重地叹一口气。

可是，以她们的努力，她们想着的何尝只是能看见他而已。除了小心地喂水、喂饭、喂药，她们每天早晨都要推着这个男人到康复室去进行康复训练。

曾经到过那个康复室，一个厚厚的床垫放在地上，一个年轻男子跪在床垫的这头，一个中年妇女跪在床垫的另一头，一个中年男子也跪在床垫上，用力扶着年轻男子摇摇欲坠的身体。

前面的中年妇女一边拍着床垫，一边着急地喊着，因为说着蒙古语，听不懂她喊着什么，可是，那急迫的表情应该是一个母亲对儿子的盼望与关切。还有那旁边的中年男子，也一样拼劲全力地扶着这年轻的男子，眼睛里的急迫也应该是一个父亲的爱抚与关注。

不知这年轻男子得了什么病，一张苍白的脸，两只露在衣袖外面的手也苍白着、抽搐着，尽管有旁边父亲的帮助，有前面母亲的呼唤，可是，他的一双手始终不敢放到床垫上。

像哄小孩一般地哄着，也像吓小孩一般地吓着，那一双抽搐的手终于落在了厚厚的床垫上，那母亲笑着、笑着，那笑着的脸上应该有着激动的泪水。

再往里面看时，看到几个年轻或年老的男人女人坐在椅子上，他们的前面是一个个的小篮和一个个圆圆的小球，他们两手合作，费力地拿起小球，然后一下一下地投到小篮里。虽然那小篮近在咫尺，可是，这近在咫尺的投递还是一次次地出现失误。

另一个屋子里，是一张张竖起的单人床，绑在床上的人一动不动地被迫站在那里。看了这无可奈何的被迫站立，那些淡定地投着小球的人们，即使小球投得如何差劲，也应该是一种特别的幸运。

两个女人每天都要推着她们的丈夫和儿子到这里来进行康复训练，不管她们让这亲人从事何种训练项目，或是淡定地投放小球，或是被迫地绑定站立，她们的目的只有一个，那就是让眼前的亲人尽早地站立起来，恢复如常自由的行走。

在我眼里，这康复室更像是一个婴儿活动室，因为所有人都丧失了一个成人该有的正常活动功能，他们都无可奈何地退化成了一个婴儿，像婴儿一样学着爬床，学着站立，学着走路，也学着玩一个个简单的游戏。

除了康复室的训练，一老一少两个女人还要轮流给病床上的亲人做细致的按摩，从手到脚，从腿到胳膊，以及全身的每一个部位，一边按摩一边注视着男人的反应。

她们似乎要把自己的力量注入亲人的体内，然后看着这力量在亲人体内会发挥怎样的效应。

也许，这样的努力终于感动了上天，那个男人终于站了起来，并且实现了勉强的迈步行走。

慢慢地熟悉了，男人的母亲向我讲述了他们家庭所遭遇的那一场灾难。

完全没有任何征兆，一家人欢欢喜喜地迎接新年的到来，新年如时到来，可是灾难却也猝不及防地携手同来。

吃着年夜饭时，男人的身体慢慢地软下去、软下去，一家人慌慌地看着，不知道发生了什么，不知道为什么一个好端端的人会出现这样的状况。

感谢现代通讯的发达，一个电话打过去，救护车便呼啸着赶来了。年的欢乐在救护车的鸣响声中画上了句号，此后的一家人便开始了惊心动魄与漫长而难熬的等候。

县城医院急救后，又转到了市里的医院，无法相信，但又不得不接受，那个生龙活虎的儿子，那个健健康康的丈夫，成了一个软弱无力的病人。

医院的检查、化验，让他们知道了这一灾难的全部起因，血压高、血脂高，以及过年之前的操劳，过年之时的兴奋，让本已有了危险的身体达到了难以承受的限度，于是，出现了脑出血。

“以后过年可不要再折腾了，平平常常的就行了。”儿子的病让这位母亲对过年有了深切的恐惧，年的过度操劳与年的过度欣喜夺去了儿子原本健康的身体，年从此成了她一个不愿意提及的话题。

但是，她依然怀着无比的欣慰，因为儿子毕竟保住了性命，无论病是怎样的一个结果，儿子活着，就是天大的恩赐。

况且，那一个原本未知的结果也正向着好的方向发展，儿子站了起来，就是一个很好的证明。

男人躺在床上时，两个女人还是分别站在男人的两边，一个拿了杯小心地喂水，一个拿了碗小心地喂饭，喂着、喂着，她们之中的一个会突然笑出声来，而另一个也会跟着绽出笑容，而那笑的起因或许只是沾到男人脸上的一颗饭粒而已。

她们每天还是定时带着男人去康复室训练，只是，那推动轮椅的脚步比起刚入院时，分明轻快了许多，遇着有人问候时，她们也会无比轻快地回答着，“好多了，快出院了。”

还有那每天轮流着坚持的按摩，看着也更为细致，更为体贴入微，因为她们坚信自己力量的注入会获得丰厚的回报。还有那磐石般坚定的坚持，让她们看到希望正如初升的太阳般冉冉升起。

可是，她们何尝没有忍受失望的折磨，因为结果是那么难以预测，只是，心里满溢的爱让她们选择了义无返顾地坚守，选择了全心全意地付出。

医　　院

父亲要住院了，我四处打听着，哪一家医院检查好一些，哪一家医院治疗好一些，我想给父亲一个更好的照顾，可是，我也只能是尽力而为。

曾经，听到一位朋友说起她的父亲，住在高干病房里。想象着高干病房里优越的待遇，想着父亲如果能住在这样的病房里就好了，可是我知道，这只是想一想而已。

父亲却是很满足，他时常说的一句话是，现在的社会真是好社会。他指的好社会是，夏穿得凉，冬穿得暖，白面馒头管饱吃。赶上这样的好社会，父亲却是病了，唯有这一点，父亲有些遗憾而已。我决定让父亲住院，把父亲的病治好，让父亲过一个无憾的人生。

父亲要住院了，我必须停下自己的部分生活，来照顾病中的父亲。比如，每天都起得很早，可是，起得很早的我只是在家里写作而已。这一习惯一直坚持着，很少有中断的时候，偶尔停下来心里便空落落的。

就像今天一样，起床后，我盯着电脑的黑屏看了一会儿，还是毅然走出了家门。

自从结婚后，三天两头地和医院打着交道，直到孩子长大，除了每年一次的体检，似乎好多年没和医院打交道了。

没来之前，想着来得早了，空空的大厅里是否只有我一个人傻傻地等在那里。可是，等到了医院后，却是另一番景象。

病人以及陪着病人看病的家人，他们在电梯前等着，在叫号台前围着，在四周的椅子上坐着，医院似乎比超市还要拥挤些。

叫号台被围得水泄不通，人们都踮着脚尖、伸着脖子，手里举着单子，一眼眼地盯着一身白衣的叫号护士。

叫号护士脸上捂一个蓝色的口罩，只露一双黑亮的眼睛。蓝口罩一动一动的，人们从动着的口罩里捕捉着自己要获取的信息。

每一分钟都有人说着话，每一分钟都有人在提着问题，叫号护士一会儿抬起头回答问题，一会儿俯下身操作电脑，她的头的近处是一大堆五花八门的脑袋。

叫号台被挤得似乎有些倾斜了，终于叫来了保安。可是，保安来了，人们依然要挤在叫号台跟前，叫号护士依然要回答各种各样的问题。

人们都等得不耐烦了，有的说住院的病人等累了，有的说要上班，不能再等了。叫号护士却是一副老练的样子，只微微地笑着说，“都急，我让你插了行，你问他们答不答应。”要求照顾的人看着后面的一堆人，都是一副怒目而视的样子，也就作罢了。

一个病人躺在病床上，由家属直接推到了叫号台前。病人脸朝天花板躺在病床上，头上裹着一块看不清颜色的布，睁着一双无力的眼睛，病床前走过来走过去的人将病床挤得一会儿扭向这边一会儿扭向那边，床上的病人似乎有些头晕，有些害怕，赶紧闭上了眼睛。

看着叫号台前拥挤的人群，看着那个无力地躺在病床上的病人，我不再奢望高干病房，只想着父亲能够早早地检查，检查结果早早地出来，出来后的检查结果证明父亲的病不是很重，我就心满意足了。

病了的时候

不只不觉中，人就病了，拖着扛着，以为病也有厌烦的时候，比如感冒，来势虽然凶猛，头晕、咳嗽、发烧、发冷，一两个星期也就好了。

可是，许多病却不像感冒那样好打发。比如，那一个颈椎病，就是一个死乞白赖的病。它在我的身上存在了十多年都没有厌烦的时候，反而铁了心要在我的身上安营扎寨。

十多年前，当颈椎病找到我的时候，我并不知道它叫颈椎病，只是觉得脖子难受而已。

医生说我得的是颈椎病时，我怀疑这是医生的突发奇想，或者是随意捏造。那时候网络也不盛行，不像现在，哪儿不懂得不明白，上网一搜一查就行了。

我就那么疑惑着，因为疑惑，便没有把这颈椎病当回事，想着自己只是累了，脖子才会难受，不累时它自然而然地就会好起来，就像感冒一样。

几年来，忙着、累着，似乎很少有不忙不累的时候，脖子也就时好时坏地难受着，却并没有像感冒一样，迅猛而至，缠绵一番后悄然离去。

这时，我已知道了颈椎病这一病症，这颈椎病并不是医生的突发奇想和随意捏造。只是，我知道得晚了一些。当我明白了颈椎病这一病症的强大与顽固的时候，它早已在我的身上安营扎寨了。

颈椎病似乎也在报复我的轻视与忽略，一次次地加重对我的折磨。开始只是脖子难受，后来便头疼头晕，再后来又影响了胳膊，连胳膊抬升都受到了限制。

对于颈椎病的穷追猛打，我也开始奋起反抗，只是我的反抗始终没有它进攻的火力猛烈。因为它对付我时始终全神贯注，而我对付它却总难做到一心一意。

虽然也扎针、吃药、按摩，可是生活照旧，工作照旧，所以疼痛也依然还是照旧。

有时疼得厉害，便下了决心，要彻底检查，彻底治疗，并彻底治愈，过了两天，不疼不痛时，想着许多的忙碌，也就作罢了。

忙碌始终是生活的常态，即使被颈椎病折磨着的时候，我想着的依然是病好后的宏图大志。

那天，我到医院看望父亲，走到康复科的门前时，停下了脚步。那个年轻的男子，苍白着面容站在那里，他的周围蹲站着三个人，老的女人蹲在地上，两手抓着男子的膝盖，向后推着。老的男子抓着年轻男子的左胳膊，年轻女子抓着年轻男子的右胳膊。

我猜测着，这老的男人和女人应该是这年轻男子的父母，至于那一个年轻的女子，我却猜不出，或者是他的姐妹，或者是他的妻子。

那个年轻男子不知得了什么病，让他失去了站立的权利。他的父母应该也是忙碌的，可是面对无法站立的儿子，他们的所有忙碌便都失去了意义。

还有一个非常年轻的女子，身体靠在一个年老男子的身上，一步一挪地走着。那年老男子应该是她的父亲，因为只有父母可以把一切的忙碌丢下，来安心陪伴自己的儿女。

女儿的一双腿软着、抖着，虽然有父亲的搀扶，每一步依然是一个艰难地跨越。

站立与行走本是一个简单得不能再简单的动作，在这里，却成了一些人需要一生来完成的浩大工程。

那时，我也想到了自己的颈椎病，想到了最初的轻微的疼痛与难受，这一个轻微的告诫，并没有让我停下忙碌的脚步。

一次次的疼痛，都是身体向我发出的信号，面对一次次鸣响的警报，我却没有给予应有的重视。

现在，当我站立行走在这一个不能站立行走的人的区域时，我开始体验到了健康的难能可贵。我开始觉得，只健康地站立行走，也是命运多么大的恩赐。

第三辑

绿色的呼吸

真的期待，真的盼望！

书读着，作品写着，却像泛潮的湿柴，虽点着了，却是不明不亮的火。想着，多会儿才能亮成一根火把，照亮前方的路。

迷茫着，沉闷着，偶然获知了文研班招生的消息，但听说是学习三年，而且要求脱产全日制学习，便有些犹豫了。单位规定，连续请假三个月就要调离原来的工作岗位，请假三年，是想也不敢想的事情。

工作是我的饭碗，而且不是我一个人的饭碗。文学是我的追求，追求了半辈子，已成了一种生活常态，始终无法离弃。

总是面临各种各样的选择，时常被这样的选择折磨着。得到了这个，就要失去那个，这是生活的公平，却也是生活的残酷。

可是回头想一想，还要资格审查，还要考试，要是审查不能通过，考试不能过关，自己的忧虑未免有些自作多情。

但是，还是不由自主地忧虑着，因为真的期待，真的盼望。

得知了考试时间、考试地点，却不知考试的范围，也无从复习。看着书架上的书，抽出这一本看看，拿出那一本瞅瞅，一会儿觉得会考这个，一会儿又觉得会考那个，终于又都全盘否定了。

对于那个未知的结果，有些焦虑，有些茫然，但也没有办法可想。在考试的日子尚未到来的这段时间里，还是如常地于单位和家之间奔波着，如常中却有些心不在焉的感觉。

想着笔试的场面，发一张试卷，然后要在上面作答，这已是许多年没有经历的场面了。

正正规规地写字也是好多年没有的事情了，每年填年终总结时，也只填姓名、出生年月几个小格，总结一大块却是电脑打了字，然后粘贴上去。

现在，试着拿起笔，想着正正规规地写一些字，手和笔已是很陌生、很隔阂了，只写了一小段，手指与笔接触的地方便有些疼痛的感觉。

那个疼痛的地方有一块硬硬的老茧，那是当学生时写了许多字磨成的，工作后只是用电脑打字，这老茧便娇贵了，也学着撒娇了。

终于鼓起勇气给报名处打一个电话，虽然心里知道那个结果的确定无疑，还是怀着侥幸的心理，“考试是电脑答题还是笔答？”“笔答啊！”问得有些底气不足，感觉自己提的问题会被对方怀疑有些不太正常。

确实需要写字，确实写不了字，也终于想出一个应对的办法。考试前一天买了一卷医用胶布，第二天早晨，洗过手后，用胶布把右手中指那一个娇嫩的老茧缠起来。

怕迟到，早早地出门，却是早早地到达。进入校园于第一个十字路口停下，看几位中年男士一起向左拐过去，便想着他们是不是参加文研班的考试。这时，一位中年女士走过来，向我询问文研班考试的地点。“我就是来参加考试的，你也是来考试呀！”虽然是陌生的面容，但是因了这一场相同的考试，我们的脸上绽出了亲切的笑容。

早晨没有食欲，只吃了两口面包，这会儿想着，考试时会不会饿，饿了会不会发晕，晕了会不会没有思维没有感觉。

我对她说，“我去买点早点。”其实，我想着的是买一块巧克力，巧克力可以补充体力，还可以提神。她说，“我和你去吧！”可是，到了超市门前，才发现超市还没有开门。

那一块补充能量和提升智慧的巧克力被隔绝在紧闭的大门里面，那么我只有冒饿晕的危险，冒饿晕后没有思维没有感觉的危险去参加考试了。

后来，一切想象的担心都没有发生，没有饿晕，思维和感觉也都很正常，只是有些紧张，写着字时手有些僵、有些抖，但是题却不难。

时间只过去一半一个男士便交了卷，想着这第一个交卷的是答得太好，还是答得太差，却也顾不得想太多与己无关的问题。

考试结束了，继续在家和单位之间奔忙。有时想着，考不上倒也罢了，要不请假也是个问题。但是，还是盼望着。

虽没有刻意等待，却也期待着那一个结果，不管怎样，也是对于自己的一次检验。如果考不上，虽然不会因此而放弃写作，但是会不会有一种挫败的感觉呢。

考上了文研班

接到文研班录取的通知时，有些不相信自己的耳朵，或者说不相信好运气真的降临到自己身上。

我考上了文研班，虽然表面风平浪静，内心却不由得波涛汹涌。

上学时，对于大大小小的考试总是莫名的紧张，我不知道，是不是冬天的那场考试，给我留下了心理阴影。

那是奇冷的冬天里奇冷的一天，我却要坐在一个奇冷的教室里参加考试。

试卷发下来，把手伸出来，一双手暴露在外面，手上那一点微小的热量在干冷的空气里，迅速地四处消散。

手抓着笔，却握不成原有的姿势，放下笔，两只手伸在面前，一个个手指抽搐着，尝试了半天，还是无法伸直。两只手合力搓着、搓着，稍稍有了一点热度，但是抽搐却无法解决。

无奈，只好用这抽搐的手指应对这必须应对的考试，然而，试卷上却是一个接着一个的颤抖，一个接着一个的歪斜。

现在是九月，虽然稍有凉意，却没有冷的感觉，况且教室早已今非昔比，即使冬天，手指也不会冷成抽搐的样子。

可是，抓着笔的手却有些僵直，也有一些的颤抖，当然不是冷的缘故。

老师发试卷时，喊着每一个人的名字，有的陌生，有的有些记忆，却又疑惑着是否是同名同姓的另一个人。对于意外的碰面，总会生出难以置信的感觉。

有时，从报纸上看一些作者的文章，会不由得想象作者的模样。有的读者说，“从报纸上看你的名字，以为你是一个小姑娘。”除了奢侈的高兴外，还有一些失落，这证明我的文字还是不够成熟。

但是有时想象也会出现偏差，想象也会受到打击。比如，看了有些作者的文字，我只看到了她或他的悠闲，喝着清茶，找一点浪漫来冲淡寂寞的时光，却没有捕捉到他们现实生活里的艰辛与苦难。

其实，浪漫只是生活微小的装点，艰辛与苦难才是生活应有的常态。

上学路上

一

六月，是一串骄阳似火的日子，乘坐公交车，走着、走着，走了很久、很久，直到繁华渐失，公交车才停了下来。

下了车，完全没有了方向感。询问路人，按照指点，盲人瞎马地往前走着。那一条乡间土路，让我一遍遍地发出疑问，难道这就是通向高等学府的道路?

路边田地里的庄稼茂盛地生长着，我心头似长出乱草的感觉。前面来了一男一女，看着学生的模样。

“内蒙古大学南校区在哪里？”不管他们是何身份，我现在首要的任务是赶快到达目的地。

“就在前面。”两人扭头用手一指，我看见了老师电话中说的那一个蒙古包的楼顶。

虽然撑着遮阳伞，但是，六月的阳光却有着极强的穿透力。带着太阳泼洗下那一付无奈的狼狈，走进了九楼办公室。

一遍遍地拿纸巾擦着脸上、额上的汗水，接过老师递过的矿泉水，虽然没有喝，却有了凉爽的感觉。

回家时，又走着那一条炎热无比、漫长无比的路，想着，如果考上的话，我的两点一线的生活，又要多一个点的停靠，多一条线的行走。

二

终于坐进教室，没有久违的感觉，那一种感觉早已随岁月风化消逝，留下的只是一个模糊而斑驳的影子。

所有的一切都是新鲜的，新鲜的校园，新鲜的教室，还有新鲜的同学和老师。

现在是十月，一个收获的季节，我收获了文研班，这个期待中的果实，丰盈而饱满。

此后，两点一线的生活扩展延伸成了三点两线的奔波。每天从家到学校，然后又从学校赶往上班的单位。

累吗？真得很累，紧张吗？真得很紧张，但是，也有一种快乐在心底悄悄地流淌。

有时，选择其实就是一种别无选择，仿佛是一种宿命，我们每个人所过的只是早已安排好的、命定的生活。

三

不知不觉间，冬天来了，冬天的天总是亮得很慢很慢，当街道上人流如水的时候，路灯还是睁着红红的眼睛。还有天边的那一弯苍白的月牙，一晚的行走，早已磨成了细瘦的模样。

于半睡半醒中，人和车都别无选择地交给了街道，交给了往来如梭的行走。我也是行走大军中的一个，等待着公交车把我拉到远方的那一个目的地。

每当走到那个小广场时，就会听到“咚咚”的鼓声。抬眼望去，便是一幅花扇翻转的风景。

那是一支老年秧歌队，胖的老婆，瘦的老头，逢到要庆祝什么节日时，便会穿着表演的服装，或是绿裤红袄，或是粉袄红裤，很抢眼的色彩。

每人手里举一把扇子，那扇子也是抢眼的红、抢眼的粉，随着“咚咚”的鼓声，一团团流动的斑斓，耀着人的眼目。

公交车晃动着走远了，那鼓声逐渐哑了嗓子，回头望去，那大团的斑斓色彩，也缩成了一只只飘忽的蝴蝶，在杂乱的街道旁悠然地飞着舞着。

心情好时，觉得这样的舞动，除了把时间磨得细瘦外别无意义。心情不好时，便觉得这一种恣意的舞动，是人生最大的快意。

四

公交车于一个十字路口停下来，坐在车里，一边听时针咬着链条铮铮地走过，一边看外面早已看熟的风景。

街道成了人的河流、车的海洋，却失去了畅然的流动。车停在那里，人停在那里，等着红绿灯不紧不慢地眨着眼睛。

河流流动起来，却是电动自行车的方阵。前面坐一个大人，后面坐一个小人，小人的背后背一个大大的书包。那是父亲或母亲送孩子上学，都是从郊外往城市里行走。

学校在城市里，而他们住的地方却在很远的郊外，电动自行车就成了他们最好的代步工具。

把孩子送到学校，然后骑着电动自行车，到一个固定的地点，他们管那个地点叫“桥头”。

他们于“桥头”上等待着别人的雇用，这种或漫长或短暂的等待，也是生活的必然选择。

孩子的学费，一家人的维生之资，他们的等待里有着太多的期盼、太多的焦虑。

想着多年以前采访零就业家庭时，走进的那个冬天里的小屋，窗户上蒙着塑料布，看不清屋里的摆设。女主人拉一下墙上的灯绳，一盏昏黄的灯，把屋子照成了昏黄的颜色。

很早便淡出视野的组合家具，又出现在了我的眼前，还有那一台十二英寸的电视机，感觉像走进了一个出售旧物的商店。

但是，组合家具上那个女孩的照片，还有照片旁边的那个小巧的手链，一下子让这个古旧的屋子泛出了青春的活力。

然而，那张加宽的双人床，却是刺痛了我的眼睛，我无法想象一个十三岁女孩的尴尬睡眠。

这个流动的电动自行车的大军后面，也有着许多昏暗古旧的小屋，也有着许多在小屋里尴尬地睡着的女孩。

这些女孩和她们的父母一起努力着、奋斗着，摆脱着小屋的昏暗与睡眠的尴尬。

知识殿堂

一

公交车上晃荡一个小时或四十分钟，下了公交车也并不会沾沾自喜，因为离内大南校区还有二十分钟的路程，需要徒步前行。

躲过一辆辆急驶的大小车辆，到达路的对面也是一个斗智斗勇的过程，因为没有一辆车停下来，或者放慢速度，等待一个强壮或柔弱的人，从容地走过。

城市总是有着太多的忙碌与焦躁，在城市里生活的人都要学会机智地躲避和默默地等候。

好在，很快地就走进了内大创业学院的校园，铁的栅栏将人的嘈杂、车的繁乱挡在了外面。

最喜欢校园的安静和绿树成荫的样子，像一个无忧的避难所，只可惜不是永久的归宿。

右边是绿的草坪，草坪上是一簇一簇的玫瑰花，走在旁边，一缕缕的幽香随风飘舞。

对面走来一群群的学生，抱着书本，拿着水杯，青春的身体，弹性的脚步，连羡慕都觉得是一种奢侈。

校园中间有一个街心公园，四周是树木和草坪，中间铺着方砖，方砖上放着几把长条椅子。常常有一男一女两个学生坐在那里，一边说笑，一边呆看着彼此。

忘了自己拥有过这样悠闲的时光，忘了自己拥有过这样傻傻的快乐。

二

走进内大南校区的校园，一栋宿舍楼跃入眼帘。走到宿舍楼门口，看到的都是青春的容颜，虽然青春已逝，但是，我依然走入了这青春的队伍。

和青春的女生和男生一样，手里提着暖壶，红的、绿的、蓝的，汇聚成一个流动的暖壶大军。

食堂的门口是暖壶大军的休憩之地，一个个暖壶像士兵一样，整齐地排列在那里。

迈步走进食堂，红的桌子、蓝的椅子，排着队打饭的学生，坐着吃饭的学生，吃完饭拿着书本、水杯走开的学生。这是多年没有见过的风景，如今，我却成了这风景的点缀。

成年以后是一种按部就班的生活，上班工作，下班回家。像调好的时钟，顺着时间的转盘，有条不紊地转着，有条不紊中与所有的新鲜与奇异剥离。

可是，陈旧的生活偶然也会萌发新意，当提着暖壶走在内大南校区校园的时候，我便成了这新鲜队伍中的一员。

每天，我和这些新鲜如太阳的孩子们一起，提着暖壶，夹着课本，混迹于他们青春的队伍，随他们一起走进那一座巍峨的教学楼，去迎受知识雨露的灌溉与滋养。

新鲜的生活就此开启，从我手中那个鲜亮的暖壶开始，那个色彩鲜亮的暖壶，让我的生活也注入了鲜亮的色彩。

三

一遍遍地遥望之后，终于走进了那个有着蒙古包顶的巍峨大楼，那是内大南校区的教学楼，许多老师办公的地方，也是许多研究生上课的地方。作为内大文研班的研究生，我也获准进入这个装载知识的殿堂，接受知识雨露的灌溉与滋养。

走进大厅，右边是教室，教室是落地的磨砂玻璃窗，磨砂玻璃窗内是一排排黑黑的身影，那是正在上课的学生。

老师抑扬顿挫的讲课声从门窗的缝隙间飘出来，那时，我便猜测我的老师此刻是否站在了讲台上，这一种猜测让我不由得加快脚步。

拐弯到了电梯前，伸手快速地摁下电梯的按扭。或焦急地等待红字一个接一个地变换，一个接一个地闪亮，或者按下按扭时，电梯门刚好徐徐打开，心里便灌注一个小小的快乐。

电梯里左右两面都是镜子，一个人时，便从容地理理头发。如果电梯里还有学生，或是旁若无镜子，或是看着学生们对镜欣赏自己青春的面容。

有时，来得早时，便赶上乘电梯的学生潮，每一个电梯前都站满了学生。

与学生们挤在满满的电梯里，总会感到一些莫名的压力，喜欢远远地欣赏青春的朝气蓬勃，却不喜欢这种太过青春逼人的气势。

好在，那一个个青春的身影走出了这一个小小的阁间，只留下我，来不及凭吊自己已逝的青春，电梯的红字已亮到了八楼。

“804”，一个普通的数字，只是八楼顺序排下来的一个房间，因为挂着内蒙古大学文学创作研究班的牌子，于我便有了特殊的意义。

有时，来得早些，教室的门还没有开，便从容地等在外面，看着电梯门打开，一个个同学被从密闭的电梯间放出来，或是默默地看着、默默地笑着，或是大声地问好，很青春的样子。

有时，来得晚些，听到老师抑扬顿挫的讲课声传出来，便小心地打开门，轻轻走进教室，快快坐到自己的位置。

手的沉重与心的快乐

下课走出教室，走出教学楼，右拐是一条林荫小道。图书馆在这林荫小道的另一头，林荫小道上走着的是朝气蓬勃的身影。虽然不再朝气，不再蓬勃，但是喜欢这青春而闪光的行走。

走进图书馆，是一排排的验证机，验证机旁站着一名工作人员。不知他是否记得，这一个不再年轻的身影，对于她的频频进出，是否发生过疑惑与猜测。不像学生，又不太像老师，只一个尴尬而临时的存在，像脱离了正常的运行轨迹，突然滑入一个奇妙的所在。

呈现在我眼前的奇妙，是满排满架的书籍，一个个安静的身影隐在书架间，与先哲进行着默默的交流。

喜欢与书为伴的生活，便与图书馆结下了不解之缘。许多年前便在内蒙古图书馆办了一个借书证，一次允许借三本，半个月去一趟，或骑自行车，或坐公交车，路途很远，走得很累，但是只要借到可看的书籍，便常常乐此不疲。

后来，我居住之地附近的小区内也办起了一个图书馆，是内蒙古图书馆下设于社区的分馆，得知这个消息后，竟有些骄傲当初选择的明智。银行、邮局、商店、医院、药店……居住之地的周围，似乎无所不包、无所不有，只少一个能借书的场所，现在图书馆的加入，这个地方便成为我心目中的一个完美无缺。

小小的图书馆里，两个图书管理员除了每天接待几个孩子、老人，以及像我一样的不识时务者，剩下的就是百无聊赖地聊天、喝茶。

一边听着这无聊的漫谈，一日日地变淡，像他们喝得淡而无味的茶水，一边挑着很少更新的书籍，我仿佛也受到了这无聊的感染，只感觉无聊得乏味。

图书馆的门外是一个楼梯，二楼是健身房，常常听到“咚咚咚”上下楼的脚步声，可以猜测楼上的那一番火热。

不管冷得如冰或是热得如火，喜欢总是没有道理，不是刻意的坚守，而是一种命定的归宿。

依然如故地于图书馆与家的之间奔波着，只是因为距离的缩短，便少了奔波的疲累。手里拿着书，走在车流、人流拥挤的街道上，虽然寂寞，虽然孤独，但是，因了书籍的丰富，便淡漠了现实的冷酷。

再次光顾图书馆时，却再也看不到图书馆的影子。一次次的冷遇，一次次的漠视，图书馆也失去了坚守的耐性，而选择了义无反顾地离去。

不知是不是山穷水尽，不知算不算柳暗花明，走进内大图书馆，却有一种旧友相逢的喜悦。

此后，那一条林荫小道便有了一种感召的力量，下课后，会不由自主地向那里走去。从图书馆出来，提着一袋子十多本书，走在这一条林荫小道上，总有些不相信这太过奢侈的拥有。

三年来，看过多少书，没有细细地计算，只记着每一次手的沉重与心的快乐。

行走校园

在即将离开校园的前一天，几名同学把整个校园走了一遍。

我也真的想再走一遍，用脚步去触摸校园的每一寸土地。那绿的树、红的花，还有波光闪动的湖水，还没有看够，便都成了过往的一段记忆。

毕竟还有记忆，还有那一张张储存着记忆的照片，照片上那一张张依然亲切与熟悉的面容。

虽然厌烦了照片那一种死板的沉默，但是照片可以提醒记忆，让记忆有了重现或复活的机会。

重现在我记忆中的是哪一次，七八个人站在或坐在一起，然后便有了这美好的定格。

很相信人生的偶然，许多偶然之间发生的事情，便促成了一个必然的结果。

那一张照片也该是偶然的合成，放了学，我往回走时，看到路边的湖水波光闪动，炎热下行走的我，无法拒绝路边这一个清凉的邀约。

走近，是因为无法拒绝，不仅是因为景色的美丽，更多的是因为曾经的拥有。不想离开，但是注定要离开，不想忘记，但是无法保证记忆会永远地忠实自己。有时，刻意要忘却的，往往留存在了最深的记忆里，而刻意想要记住的，总在一遍遍的触摸中，慢慢地变薄变脆。

站到湖边，坐到桥上，只是一种亲密的接触，终不能将这美丽打包带走。于是，掏出相机，把湖水和自己永远地定格，并期望在记忆中永久留存。

想留存这美丽的不仅是我，不远的湖边立着五六个艳丽的身影，红的、绿的、蓝的，好像专为和这湖水相映成趣。

他们是文研班的蒙古语班同学，虽然文研班分了蒙汉班，但是，许多次分分合合的上课，我也慢慢地叫出了那一个个名字。

“你们好！”一个蒙古族同学大声地问候着我们。

我们七八个人坐在湖水边，站在桥上面，一起喊着“茄子”，于是，一张张灿烂的笑容便永远地定格。

文心飞翔

黑色不是我喜欢的颜色，我却无法拒绝书页间那黑色字迹的诱惑。也许是命定的安排，我要与这黑色的精灵游戏一生、相伴一世。

于是，于纷乱的生活中求得片刻的宁静，于这片刻的宁静中摊开一本书，展开一页纸，去感受语言的魅力，去体味文字的诱惑。

2009年秋天，我走进了内大文研班，见到了许多以前仰慕的作家、学者，而之前，我只是读着他们的作品，暗里想象了他们的样子。

聆听着文学前辈的讲座，原来，在通往成功的道路上，他们也有着与我一样的迷茫，也有着与我一样的犹豫与徘徊，只是，他们让自己穿越了迷茫，让自己丢掉了犹豫与徘徊，而最终踏上了成功的坦途。

阅读引领我走上文学之路，我也从来没有放弃在书籍中汲取营养，我还是一如继往地在阅读中寻找着文学的真谛与快乐。退掉内蒙古图书馆的借书证，我成了内大图书馆的常客。三年来，我不知借阅了多少书籍，曾记着通往图书馆的那一条小路上，那一株株嫩绿的小树，小树上那一片片嫩绿的叶子，此一时还是快乐地随风而动，彼一时却又无奈地随风而落。

荣枯是自然界的不变法则，而人的一生何尝没有春夏秋冬。走在那一条绿树掩映的小路上，我感觉，生命的绿色正在慢慢地淡化，慢慢地退却。

忽然觉得，时间是那样少，少得让人心疼，少得让人害怕。但是，谁也无法阻止时间的脚步匆忙。

来文研班之前，因为家庭与工作的纠结，三年似乎太过漫长，又太过煎熬。现在，当临到结束时，三年却成了一个珍贵而短暂的记忆。

许多的老师，许多的同学，从陌生到熟悉，从熟悉到日渐亲切，而亲切起来的面容又成为一种永久的难以忘却。

三年里，怀着同样的梦想与渴望，我们坐在同一间教室里。现在，我们又将回归到原有的生活轨迹，重新开始各自的生活。

曾经，我们是一个个独立的个体，现在，我们成了一个不可分割的整体，这个整体的名字就是文研班，而文研班也成了我们共同拥有的名字。

阅读点亮梦想

“子适卫，冉有仆。子曰：庶矣哉！冉有曰：既庶矣，又何加焉？曰：富之。曰：既富矣，又何加焉？曰：教之。”这是当年孔子在卫国与冉有的一段对话。

如果孔子在世，到了现在中国的任何一座城市，都会禁不住发出这样的感叹：“百姓真多啊！”而且这感叹会来得更强烈一些。

如果驾车的还是冉有，那么听到孔子感叹的冉有依然会问：“百姓已经众多了，还应该做些什么？孔子也会回答：使他们富有。冉有追问：已经富有了，还应该做些什么呢？孔子说：教育他们。”

两千多年前，孔子为卫国的百姓设计了一个幸福的模式，那就是物质的丰盛与精神的富足。其实，这幸福的模式两千多年之后依然没有过时，因为孔子给出的幸福模式是从无数百姓的希冀与盼望出发的，而百姓的希冀与盼望，何尝不是一个远古的中国梦。

中国梦其实就是许多老百姓朴素的梦想的汇聚，而老百姓朴素的梦想就是有房住、有饭吃、有衣穿，对于当下的老百姓来说，他们还希望吃到安全的食品，呼吸到新鲜的空气，等他们老了病了时，他们希望自己年轻健康时为之服务的社会，能够给予他们很好的照顾。

曾经读到诺贝尔文学奖获得者的一些作品，也曾细细品读诺贝尔文学奖的颁奖词，发现颁奖词中频繁出现的关键词语是“理想主义”和“人道主义”，而“理想主义”和“人道主义”精神主旨的其中一点就是“从多个角度对人类生存境遇给予关注”。

中国梦是老百姓的梦，它的主旨也是对老百姓生存境遇的关注。所不同的是，诺贝尔的精神主旨是从多个角度对人类生存境遇给予关注，中国梦的精神主旨是从多个角度对我国老百姓的生存境遇给予关注，而多个角度的关注则既有物质方面的关注，又有精神方面的关注。

身体的健康除了吃饭还有运动，而精神方面的提升除了学校的教育就是阅读。

在德国，一个孩子一生要“打”三次“阅读疫苗”，所以爱批判、爱思考成了德意志民族的标签。刚入学的小学新生听第一节课时会吃到蜜糕、苹果和核桃，父母要通过这一方式告诉自己的孩子，知识是甜蜜的，应抱着欣喜和愉悦的心情开始学习。

莎士比亚说：“生活里没有书籍，就好像没有阳光。智慧里没有书籍，就好像鸟儿没有翅膀。”俄罗斯人嗜书如命，各城镇的书店都是星罗棋布，爱书的冰岛人则把书籍作为嫁妆送给自己的女儿。而尊重劳动、尊重知识、尊重人才、尊重创造，也成为我们国家治国理政的一项重大方针。

一个不读书的民族，是没有希望的民族。由于爱读书和对于教育的一贯重视，使犹太民族在长期的颠沛流离中能够不断涌现出优秀的思想家、科学家、艺术家和一流的经营者。由于爱读书，使看上去弱小的犹太民族成了一个伟大的民族。

“书籍是人类进步的阶梯”。从“两弹一星”到“载人航天”，每一个中国梦的实现，都离不开书籍，离不开人们对于新知识的学习和运用。

中国梦不是某一个人的梦，中国梦也不是靠某一个人来完成的，中国梦是全中国老百姓的梦，中国梦的实现也需要全中国的老百姓一起努力、一起奋斗。

“知识就是力量。”要想实现中国梦，我们就要蓄积力量，那么我们就得学习知识。用知识来武装自己，用知识来振兴国家，用知识来点亮我们的中国梦。

阅读中寻找生活的真谛

人到中年，坐在教室里读书是一件奢侈的事情，没有想到的是，这份奢侈却真实地落到了我的头上。除了奢侈的高兴外，有些不相信这奢侈的幸福会被自己所拥有。

面对这奢侈，除了幸福的陶醉，更多的则是内心的一种压力。或许是这压力的催逼，才拥有了无比的动力。从春到秋，从冬到夏，工作、学习，竟也走过了三年的时光。

三年来，每天六点出发，赶往学校上课，下课后，又匆匆地赶往单位上班。坚持着，读完了三年的文研班，即使劳累、痛苦，即使嘲讽与不解，只坚持着自己内心的信念。

或许命中注定，我的生活不会拥有斑斓绚丽的色彩，或许黑与白的简单更切合我追求纯朴的心境。捧着一本书，思想在白纸与黑字间游走，便是一种小小的幸福，一种小小的快乐。一时顿悟，原来幸福也可以这样简单，快乐也可以这般易得，只要一个捧读的姿势，只要一个陶醉的阅读。我似乎也陶醉在这简单的幸福与快乐之中，忘却世俗的欲望与纷争，忘却身外的繁华与炫丽。

阅读的习惯，培养了写作的习惯，感觉落在纸上的话语更切合自己心声的流露，说出嘴的话语因为许多的顾忌，反而少了些真实与坦诚。

三年文研班的学习，研读了许多的经典作品，从这些经典作品中，我学会更多的也是作家真诚的写作态度。真诚地面对自己内心的告白，真诚地面对无数读者的期待。

尽管真诚几近奢望，尽管真诚渐次凋零，但是，每个人内心里期待的其实还是真诚的交流。只是，社会需要更多华丽的装扮，需要更多虚假的掩饰，所以，看似虚假的文学作品反而成为真诚与真实的避难所。

是的，故事可以无限地虚构与魔幻，思想与情感却务必真实与真诚，这或许可以看做是作家必备的素质与良心。所以，曹雪芹的“满纸荒唐言”却赢得了一把辛酸泪。卡夫卡笔下的推销员变作甲虫也是那般顺理成章、合情合理。

“人们为了获得生活，就得抛弃生活。”这是卡夫卡的一句名言。卡夫卡看透了人生的矛盾与无奈，可是，看透是一种清醒又何尝不是更加的痛苦。

纷繁、炫丽，人生的舞台从来不乏华丽的演出，年年岁岁，华丽的身影渐次模糊，分不清哪个是你哪个是我，也不知哪里才能找到生活的真谛。

或许，更多的只是一种无奈，因为无论是选择还是抛弃都是一个艰难的面对。想抛弃的生活是我们需要活着的生活，想获得的生活是我们真正快乐的生活。而活着快乐，便可看做是我们一生所追求的幸福的极致。

活着快乐，如果单看字面的组合，是一种无比的和谐与完美，然而，和谐从来都是奢望，完美往往只是假想，和谐完美更是拟想出来的自我安慰。虽然许多时候，我们需要阿Q式的自我安慰，但许多时候，我们更需要鲁迅的呐喊与嘲讽。

时代的列车轰隆隆地向前驶去，坐在车里的我们被摇得昏昏欲睡。每一个时代都需要鲁迅式的呐喊与嘲讽，因为只有在呐喊与嘲讽中，我们才可以清醒地活着，而非只迷醉地快乐。

毕淑敏来了内蒙古

那是十多年前，忘了在哪儿见过，电视上，还是真实的面对面，家常的短发，家常的衣服，朴素得有点不像作家的样子。可想着作家又是怎么的样子，描了红、画了黑，艳艳的出场，那要使人怀疑是歌星或影星的出场了。

想着，作家应该就是这个样子，朴素着，甚至沉默着，藏身于小小一隅，只伏身打扮着自己的思想，却让自己的形象荒芜着。

一本接一本地书写着华丽，却是一年接一年让自己黯然憔悴，当读者想要目睹这华丽背后的憔悴时，便感到了恐慌与惭愧。

这只是我的猜测而已，猜测着女作家们书写的美丽，定是以耗费美丽作为代价；男作家书写的强壮，定是以磨损强壮作为交换。

女作家毕淑敏的出场，让我对自己的猜测产生了怀疑。还是家常的短发，还是家常的衣服，还是朴素得不像作家又太像作家的样子，只是，她的面容也还是十多年前的样子。

仿佛时光倒转，似乎岁月停滞，十多年在她这里成了一个透明的存在，她可以随便穿越，而不留下任何痕迹。

十多年，我却是实实地老了十多岁的。一时，又是非常的欣慰，写作虽是磨折人的事情，但是，有了一个年轻不老的榜样，我也可以放心地将一生投入到写作中去。

有一句话，“世界上最宽阔的是海洋，比海洋更宽阔的是天空，比天空更宽阔的是人的心灵。”人的心灵宽阔过天空，浩瀚过海洋，但是心理学却可以探究它的奥秘，而毕淑敏却是揭示这奥秘的心理学专家，一时非常的佩服。

佩服的不光是我一个人，当我到达演讲现场，彻底相信了毕淑敏所拥有的魅力。那个还算宽大的会议室一时窄了许多、小了许多，真正的座无虚席、站无虚位。

毕淑敏讲的是写作的奥秘，但是她谦虚地一次次地更正，这只是在和大家交流一下写作体会而已。

曾经看到她写的《紫色人形》，看过许久之后，某一时一个意外相似的情景，眼前便会出现那一个紫色的影子。也曾经看到她的《素面朝天》，终于下决心洗掉了脸上的铅华，也让自己以清新的面容去面对清新的空气和阳光。

王蒙评价说：我真的不知道世界上还有这样规规矩矩的作家与文学之路。我本来以为新涌现出来的作家都可能是怀才不遇、牢骚满腹、刺儿头反骨、不敬父母（而且还要审父）、不服师长、不屑学业、嘲笑文凭。突破颠覆、艰深费解、与世难谐、大话爆破、呻吟颤抖、充满了智慧的痛苦天才的孤独哲人的憔悴冲锋队员的血性暴烈或者住院病人的忧郁兼躁狂的怪物。毕淑敏则不是这样，她太正常、太良善，甚至是太听话了。即使做了小说家，似乎也没有忘记她的医生的治病救人的宗旨，普度众生的宏愿，苦口婆心的耐性，有条不紊的规章和清澈如水的医心。她有一种把对于人的关怀和热情、悲悯化为冷静的处方的集道德、文学、科学于一体的思维方式、写作方式与行为方式。

沧桑的故事

一面旗飘着、飘着，走在旗的后面，像出行的战士，想象了激昂的乐曲，好想唱一首激情的歌曲。

也许，这就是年轻的感觉，却成了难以记起的忘却。现在，我们要去寻找，寻找那一串过往的美好记忆。

一条路那么高、那么陡，像立起来一般，大巴不紧不慢地走着，坐在车里，会不断地怀疑车被高陡所阻，然后从这高陡的路上滑下去、滑下去，但是，车依然不紧不慢地走着，终于走到一个平坦之地。

此去的目的地是和林格尔的盛乐博物院，和林格尔是剪纸之乡，快到博物院时，便看到两边的墙上全是石刻的剪纸。

远远地，看到一个灰蓝的屋顶，像一个沉闷的兽类趴在那里。灰蓝屋顶的四周也是一片灰蓝的颜色，那是古旧的方砖铺成的道路。

我们于古旧的灰蓝中穿行，像是穿越一条古旧的时光隧道。

灰蓝的屋顶开启了一个小门，顺着梯子爬下去，下面是由昏暗灯光点缀的昏暗世界。

这是一个巨大的墓穴，我也感到了来自墓穴的那种阴冷。墓穴的四周都是彩色的壁画，壁画上的那个小人，就是这墓穴的主人。

我看到，壁画上的小人一会儿乘车，一会儿骑马，一会儿又在屋子里快乐地喝酒、饮茶。

这是一个人一生繁忙生活的展示，壁画上的小人也如现实中的人们一样，每天乘了车到某个地方上班挣钱、养家糊口，星期天时，便骑了马外出游玩散心，然后于阔绰的屋子里喝酒、饮茶。

这壁画所展示的只是墓主人生活的一个平面，墓主人立体的生活远非这样的简单而快乐。壁画上的小人也如现实生活中的人们一样，也要遭遇权的困惑、利的争夺。困惑与争夺中，他慢慢地白了头发、弯了脊背。

某一天，当无法预知的死亡到来时，权与利便脱离了他虚弱的肉体，死后的他被获准住在这个漂亮的墓穴中。

当时光穿越了许多年代之后，人们发现了这一座古墓，也发现了埋葬于这古墓中的主人。

活着的人永远都无法揭开亡者的全部秘密，亡者以往的所有生活便只能由猜测来弥补或完成。

那斑斓的壁画，那锈迹斑斑的陪葬品，便成为编织这美丽猜测的线头。

寻找年轻的感觉，找到的却是一个沧桑的故事。不想拥有沧桑，但沧桑却是人生无法拒绝的馈赠。因为年轻尽管美丽，但是美丽于短暂的人生中，只是一个太过短暂的拥有。

辽阔的草原

这是一个太过炎热的季节，在这炎热的季节里，我们要去草原。

想象中，草原应该是一个清凉的所在，一望无际的草地，阳光下白得闪亮的羊群，还有奔跑如风的骏马。

关于草原的一切想象都是美丽的，因为歌唱家腾格尔所唱的蓝蓝的天空，清清的湖水，洁白的羊群。

向往中的城市久已成为一种厌倦，厌倦人流车流的拥堵，厌倦日日重复的繁忙。

楼房在依次地变矮，道路在依次地变窄，嘈杂也依次地减少，终于成为一种祥和、一种静谧。

路的左边是一排排的农家小院，可看到院里黑的粗壮的猪，红的俏丽的鸡，还有安静地卧着的狗，因为没有危险的光顾，正悠然陶然地闭目养神。

路的右边是一面缓缓的山坡，草绿着，羊白着，赶羊人黑的身影立在旁边。羊们不慌不忙，有的吃草，有的呆看着路上的旅人。赶羊人不着不急，一杆羊鞭夹在胳膊弯里，任鞭梢耷拉在地上。

草地向远方铺展着，像一方绿绿的毡毯，诱惑着疲倦的旅人，在上面放宽身心。

草地上是一个长胳膊长腿的巨人，立在那里，在风里雨里，无所顾忌地舞动着手臂，他从《唐·吉诃德》的传说中跑出来，让我们领略了那种现实的力的震撼。

车停下后，依次走下车厢，忽然觉得身上衣衫的轻薄。终于到了草原，也终于体验到了草原特有的清凉。

站在草原上，抬头是无边辽阔的蓝，好想做一只鸟，在蓝的空中自由自在地飞翔，远望是无边辽阔的绿，好想做一匹马，在绿的地上无忧无虑地奔跑。

爬山调的优美

四月本是春暖花开的季节，却忽地飘起了雪花。开始，只是小朵小朵地落着，落在路上的雪花很快地化成了一摊摊的水迹。后来，从车窗望出去，便看到了扯天扯地的白，白的雪花絮絮叨叨、着急忙慌地落着下着，地上白了，屋顶白了，还有要去的武川，此刻也定是被这眩目的白一层层地包裹起来。

到了出城口时，看到一个车的长龙，车的前方设着路障，前方的前方空空如野。

后面是我们所在的城市，已经离开了很长的一段距离，前方是或清晰或模糊的山头，武川就隐在前方某一个遥远的山的后面。

望着那一片迷迷茫茫的白，虽然满心的忐忑，但还是选择了义无返顾地前行。

雪花昏天黑地地落着，路边的山越来越高，沟越来越深，汽车行驶在一条盘山路上，坐在车里的我们都屏气凝神，心里巨大的不安虽然深藏，但还是不由得显露在眼底眉梢。

路边沟里的那一排排房子，红砖红瓦，不知住着什么样的人家，应该也是有着顽皮的孩子、慈祥的老人，还有勤劳的男人和女人。因了风雪的缘故，他们都躲在自己温暖的屋子里，说笑取乐。

武川是爬山调之乡，望着那一个空寂无人的山头，我想着，如果是一个晴好的天气，那边的山头会不会立着一个放羊的男子，一边放羊一边扯开嗓子，吼一段、唱一曲。而不远处的另一个山头上，那一个红袄的女子，听着这唱时，会不会做一个深情的应和。

想象着这一幅温馨的图画，紧绷的神经不由得舒展下来，或者觉得既然选择了这危险的行程，一切就只能听天由命。

闭上眼睛，再不管外面扯天扯地的雪花，也不管那山的高拔、沟的陡峻，只想象了那一个爬山调的优美。

不知走了多长时间，忽地睁开眼睛。汽车已行驶在一条平展展的柏油马路上，路边商铺林立、市声喧嚣，抬眼望去，高拔的山已退到了远处，有一些隐隐约约。原来，我们已到了武川的县城里。

爬山调不在山上，不在沟里，想来，这县城里更是没有爬山调的容身之地。隐隐有些失望，可是，这失望没有变成绝望，我还是听到了这土得掉渣却美得动人的爬山调。

> 听见哥哥的说话声，圪蹭蹭打断个头号针。
>
> 看见哥哥朝南来，热胸脯趴在个冷窗台。
>
> 只要哥哥炕上坐，觉不见天长觉不见饿。
>
> 泪蛋蛋和泥盖了座庙，想你不想你天知道。

放声高歌的是当地的一位史志专家，老人虽七十多岁，却是精神抖擞，毫无老态。

回来的路上，雪还是下着，却没有了来时的紧张。汽车向前行驶，一座座山向后退却，山上没有放羊的男子，没有红袄的女子，可是，我的耳边却萦绕着爬山调的优美。

阿拉善之行

一

女人的头上都围着头巾，红的绿的黄的，很鲜艳的色彩，脑门儿也包在头巾里，成为小镇一道独特的风景。

宾馆可以洗热水澡，被子很松软，没有一点潮湿的感觉。回来后很久依然想念那里的被子，像是在太阳下长久地晒过。

吃着饭时，看到几辆大巴依次停下，从上面下来一个个老人，老头儿搀着老婆儿，或老婆儿扶着老头儿，或是独自一个拄着手杖。

都是南方的口音，一边羡慕地看着，一边暗自伤感。羡慕他们的出行，但是伤感这出行为何要等到很老的时候。

年轻的时光虽然美好，但是美好的时光却总是伴随着许多的不由自主，家庭的羁绊，工作的困扰，直等到退休，直等到孩子长大，直等到白了头发、弯了脊背，才想起外面那一个个的广阔，一个个的美丽，所以才拄着拐杖，相互扶持着走出家门，去寻找年轻时丢失的梦想。但这也证明，阿拉善确实是一个迷人的地方，即使蹒跚着脚步，人们还是愿意欣赏她的美丽。

二

第二天，要去居延海看日出。大巴徐徐前行，外面是黎明前的黑暗，我们要赶在太阳升起之前，到达居延海。

一路的寂寞行进，到达的却是一个热闹场所。虽然天还黑着，但是，抬眼望去，四处都是隐隐约约的人影。

人影立在湖水边，湖水里是随风摇曳的芦苇，湖面上是轻灵飞动的水鸟。

有些不太相信眼睛看到的真实，因为太美，因为孕育这美丽的地方原是一派的寂寞、一派的荒凉。

不相信的还有远方那一抹淡粉的颜色，难道这就是太阳的雏形，像一个害羞的脸庞，半遮半掩。

只一眨眼的工夫，那一抹淡粉已经变成了一个娇红的半圆。那半圆努力地向上升着，要挣脱海的屏蔽、山的遮挡，要呈现给世人一个绝对的完美无缺。

终于看到了那一轮火红的太阳，那是光的集合、火的汇聚，温暖与温馨的最好表达。

三

应该是第三天吧，似进入坟茔的感觉，因为没有生命的迹像。坟茔是一种掩蔽，而这里却是一种暴露、一种展示。

暴露的是惨白的骨，展示的却是死后的不屈。不是个体的死亡，而是一大片、一大片……

看到这些挺立的身影，会联想到一场英勇的战役。这些惨白着挺立的骨曾经是一个个鲜活的身影，它们与敌人拼死搏斗，直到流尽了最后一滴血。肉体虽然死亡，但是精神依然不屈，它们以惨白的骨站立成一种骄傲、一种自豪。

这惨白挺立的骨，是一个个曾经青葱的生命，它们都有一个美丽的名字——胡杨。

一棵胡杨扎根于这荒芜的沙漠，最后繁衍成一个巨大的家族。年老的、年轻的胡杨们承受着阳光雨露，扶老携幼快乐地生长，用自己的美丽来装点一寸又一寸的土地，为燥热的沙漠奉献了一片又一片的阴凉。

风沙、干旱似恶魔袭来，胡杨林的生存便成了一场旷日持久的战争。它们的根更深地扎入地下，它们的枝更长地向着天空伸展。可是，扎入地下的根终于吸不到一滴水的清凉，伸展到天空的枝也不能求到一滴雨的滋养，生命的绿色无可奈何地退却，直到最后，成了一种惨白的骨的挺立。

四

第四天，我们来到了航天城。天似穹庐，笼盖四野，每天于这巨大的穹庐中生活，可是头顶的穹庐仍是一个巨大的秘密。

太阳温暖，月亮柔美，还有那一颗颗亮着闪着的星星，以及白了黑了的云朵。神奇的天宇时刻挑战着人类的好奇，可是因为无法接近，一切的好奇便由想象来完成。

想象了凶恶的风神、雷公，高兴时便是和风细雨，不高兴时便是雷霆万钧，想象美丽的月亮里定然住着美丽的嫦娥，美丽的嫦娥掌管着四季月亮的阴晴圆缺。

想象是美丽的，可是再美的想象都无法代替真实。于是，有了航天城，人类要乘了宇宙飞船去往太空，去了解宇宙的秘密。

曾经于电视里看到宇宙飞船升空时的情景，那冲天一射无比的壮观，可是谁又知道这壮观背后的许多付出。那是无数智慧的结晶，无数梦想的汇聚，还有勇气的较量。

远远地看到了发射塔，很有气势地矗立在那里，虽然没有像宇航员一样于天宇翱翔，也没有参与这伟大工程哪怕一项很小的工作，可是还是不由得自豪，不由得高兴。

第四辑

飞鸟的庄园

文学是什么?

文学是什么？虽然写作多年，却是从来没有问过自己这样的问题。因为我的写作，不是为了解决这个问题，没有这个问题的提出，我已写作多年，而且发表了许多作品。

我觉得，自己这一种盲目的写作状态应该在此画上句号，我必须要回答一些问题，包括文学是什么？这样一个看似简单却是无比深奥的问题。

文学是什么？那一时，我真的感到了茫然。开始，我觉得文学是一种倾述，倾述烦恼、倾述苦闷、倾述快乐。因为烦恼与苦闷是心中最大的沉重，所以，也成为我一次次倾述的主题。

倾述仿佛一种情绪的发泄，而发泄又不能永无止境，某一时，会觉得，发泄的我似乎成了一个怨妇的形象。

我想到了表达，倾述是情绪的宣泄，而表达却让我抬起头，去看清大众的苦难。

我看到，人类的生存是如此的艰难，身体无比劳累，心灵依然无法愉悦。

也许，我看到了苦难，但是，我无法看清苦难的形状，更无法知道苦难的根源，还有困扰人类的烦恼、忧愁的情绪缘何而来？

我想到了透视、剖析，透视伤病的所在，剖析伤病的根源，可是，又感到了这透视与剖析的艰难。虽然有勇气去面对，但要把这真相很恰当地表达也是一种天赐的机缘与才能。

什么是美?

美是一个让人陶醉的字眼，因为人人都喜欢美的东西，美的女子，美的花朵，美的房子，但是什么是美？我又无从回答。

如果美人只有一个标准，那么不符合标准的女子，是不是都将与美无缘？

还有美的花朵，美的房子，作为美的标榜，使得美的模仿无处不在，那么美的泛滥成灾对于眼睛是否也是一种伤害？

美没有一个标准答案，眼睛也不需要美的整齐划一，眼睛需要的是美的多姿多彩。

生活是一日又一日的重复，可是，文学却要在这惯常的重复中发现那颗新鲜的种子，然后用这种子种出属于自己的一片美。

因为无法拒绝写作，所以也无法拒绝语言，而写作便是抓住语言的线头编织出一幅幅美的图画。

想象中的编织是一个无与伦比的美，可是，手、脑、心的配合，总是无法接近那样的一个完美无缺。

还是很年轻的时候，很喜欢诗歌，雪莱、普希金、泰戈尔，徐志摩、戴望舒、舒婷、汪国真，因为诗歌的语言轻灵而优美，后来又喜欢上了美文样的散文，散文里那一种淡淡的忧伤总是让我难以释怀。

那些轻灵而优美的语言，那些透着淡淡忧伤的句子，被我一遍遍地反复诵读，之后又郑重其事地抄录到笔记本上。

因了诗歌与散文的优美诱惑，便喜欢上了在文字的游戏中寻找安慰。

之后，我发现诗歌的轻灵、散文的优美，不适合表达太过沉重的话题，于是，我找到了小说。

我喜欢小说语言的直白，喜欢这直白的语言后面所蕴藏的深刻意蕴。

发出自己的声音接通大众的心灵

这应该是我几年来一直追寻的目标，也是我对自己作品的一个要求，或者说一个理想。那就是我必须要发出自己的、与别人不同的声音，而且这声音还要接通大众的心灵。

那么什么才是我的声音，怎么才能区别于别人的声音？性格决定命运，而性格的形成又离不开所生活的环境。我的生活环境决定了我这样一种性格，我这样一种性格又决定了我今天的这样一种对话方式。

那么我的性格是怎么形成的呢？应该是由我所归属的民族，出生的家庭，生活的环境决定的。那么，我要在这些前提下寻找自己所专有的、独特的语言风格。

一直以来，我比较喜欢明清的小说和的元代的戏曲。我觉得，这些小说和戏曲里面的语言特别生动形象，读着时，仿佛一个个人物活灵活现地站在面前。

如何古为今用，如何让自己的语言也能够生动贴切地表达自己的思想，这是我努力的方向。

另外，在地球村这样一个大的背景下，文化相互融合的机会越来越多，这使我们有机会获取更多前沿的文化信息，但是，另一方面，受大环境的影响，我们也极易迷失自我。加之城市化进程的加快，我们的乡村记忆越来越模糊，我们的生活环境越来越雷同。所以，在吸取新鲜文化营养的同时，我们不能丢弃本我的东西。

那么什么是本我的东西？除了自己以往的文化心理，还有一点不容忽视，那就是地域文化特色。

我想，做一个有根的作家，就是要抓住自己生活的地域文化特色。那么，我脚下的这块土地究竟有着怎样的文化特色？

当我开始思考这些问题时，我发现，我记忆中一些代表地域特色的文化符号正在日渐衰微。

我生活在千篇一律的城市中，我的生活环境已慢慢地失去了个性，那么我的作品是否也要失去独特呢？

曾经喜欢卡夫卡的《变形记》，因为那里面有一个孤独的保险推销员，他的身上有现代人的许多影子，背负着生活的重担，没有片刻喘息的机会。

他的生命似乎只是一个挣钱的工具，像陀螺一样不停地转着、转着，没有快乐，没有自我，当失去了挣钱这一机能时，便成了众人眼中的累赘。

也许，孤独原本就是人类的通病，就像马尔克斯描绘的马孔多，那个孤独了一百年的小镇。以及刘震云的《一句顶一万句》，一句知心的话胜过一万句废话、无聊的话，可是，那一句知心的话，那一个知心的人又在哪里呢？

发出自己的声音，接通大众的心灵，那是一颗颗孤独的心灵，我祈望我的声音是那一句知心的话语，能够抚慰那一颗颗孤独的心灵。

以一颗纯净之心面对写作

卡夫卡说，“我没有文学兴趣，而是由文学组成的。”卡夫卡视文学为生命，我视文学为血液，没有文学，我的生命注定是苍白的、病弱的。

几年前，我的第一部诗歌散文集《心之花》出版。我在后记里写道：春是叶的期盼，夏是花的梦想，对我来说，那一天天走过的日子就是我生命之树抽出的叶，而即将出版的《心之花》则是我生命之树绽放的花。这花凝结着我童年、少年、青年的梦想，这梦想牵着我一路走来，走过泥泞，走过坷坎。我不知道我盼望的花会不会再如期开放，而坚持到底已成了我唯一的选择。

纵观以前的写作，主要还是停留在抒发情感上，即使表达了一定的思想，也还不够深刻。转眼几年过去了，回头再看，需要学的东西很多。

鲁迅说，若作者的社会阅历不深，观察不够，那也是无法创造出伟大的艺术作品来的。所以，在今后的日子里，我给自己定的目标是深入生活、研究生活、潜心读书、寂寞写作。

之所以把读书列在第一位，是因为提高写作技巧没有别的办法，就是好好读书，读好的作品，反复读。列夫·托尔斯泰也说，正确的道路是这样，吸取你前辈所做的一切，然后再往前走。

以前读书时，不管中国的、外国的、古代的、现代的，对每一本书都满心热爱。以后，读着读着便有了自己的喜好。所以，开始读书时要广泛涉猎，读到一定程度时，就要取其精华。对我来说，读书依然是必不可少的训练。我今后的第一要务还是要潜心读书。在广泛阅读的基础上，多读一些与自己经历和心性接近的自己所喜爱的作家的作品。

生活是创作的源泉，作家不只创作时才是作家，他每时每刻都要意识到自己是一个作家。沈从文说：作家的心永远要为一种新鲜的颜色、新鲜的气味而动。作家对色彩、声音、气味的感觉应该更敏锐更精细些。所以，我们要学会不断地向身边的生活要素材。

要研究生活，就是要研究当下的生活。果戈理说：不管出版什么样的艺术作品，如果里面没有今天社会围绕着转动的那些问题，如果里面不写出今天需要的人物来，它在今天就不会有任何影响。所以，要研究前人的作品，研究当下的生活，努力写出反映当下社会现状的作品。

深入了解本民族的古典文学与借鉴西方文学是十分重要的两面，要借鉴最主要的是借鉴西方文学的内核和境界，因东西方思维方式的不同，在形式上要有中国民族的特色，即中国的作派。

一个人准备写作时，他并没想到自己将来要成为一名作家，他最初的写作动机无非是借助手中的笔倾诉自己内心的积怨与痛苦，当这种倾诉成为一种自觉与习惯时，他才意识到自己可以成为一名作家。

文学是卡夫卡的一个伤口，血液的流出使他感到快意。所以，作家要善于挖掘自己内心这种隐秘的记忆，虽然这是痛苦的，但是作家要有撕碎自己的勇气。

卡夫卡说的写作是面对自我的写作，所以他的小说真正是源于生活发自内心的。对于心中的故事，卡夫卡的追逐是执着的，他不让它们逃走和消失，为的是探究人性的奥秘，从而爬出心灵的地狱。所以，他的文字才无比真实和纯粹，从而直抵人性的深处。

写作除了要真实地表达自己，还要写自己熟悉的生活。果戈理就曾经说：只有被从现实中提取，并且熟悉的一切东西，才是我写出来的好东西。就像园里的一棵树，天生在那里的，根深蒂固，越往上长，眼界越宽，看得更远，要往别处发展，也未尝不可以，风吹了种子，播送到远方，另生出一棵树，可是那到底是很艰难的事。

作家要认清自己，要找到最适合自己的写作领域，找到最适合自己的表达方式。

写作是寂寞的，它要求写作者摒弃一切利益的诱惑，以一颗纯净之心面对它。

追寻真实的写作

一部作品成功与否，有时候不是作者能决定的。即使是伟大作品的问世，有时作者也并不能意识到，他们甚至不知道，自己写出来的作品会不会被读者认可和接受。

我曾经写了一些诗歌、散文和小说，就像《民族魂》，写的是青城公园三角湖牺牲的三个孩子，我所要表达的是一个年轻生命逝去后的那种无奈的疼惜的感觉。

如果他们活着的话，那么他们的生命就会有许多可能。但是他们的生命之树拦腰截断了，他们生命中可能开的花，可能结的果都失去了可能的一切机会。

你们走后/天空飘起了晶莹的雪花/你们走后/大地铺满了缟素的白色/你们走后/哭哑了嗓子的风总停不下号啕/你们走后/静默成雕塑的山老抬不起头颅。

悲伤只是生者对死者的一种祭奠与怀想，再强烈的怀想也不能让生之大门重新开启。

人的一生注定是一次孤独的旅行，我们永远都无法找到那种心无间隔的沟通、了无猜忌的理解。“在朝霞中等待，在晚幕下期盼，那一双望穿的双眼，已静守了无数个年代。”虽然我们都渴望至死不渝、生死契阔，但是这注定只是一次穿越千年的茫然等待。

人类的本性中都有对于自由的向往，现代科技实现了我们上天、入地、下海的梦想，但是无法回避的是，无论怎样发达的科技，都解决不了人类与生俱来的孤独。

我们的生活富足了、方便了，但是感情的饥渴却更甚了。我们呼唤善良，善良却被玷污；我们呼唤诚信，诚信却一次次失落，我们身边更多的是怀疑与不信任的眼睛。拥有诚信，我们的生活就会变得简单而快乐。可悲的是，诚信就像纯净无污染的空气一样越来越稀薄。

“在快速变换的时代，人们已失去了以前的耐心，你的矜持，你的含蓄只能孤芳自赏，人们没有时间剥开你厚重的外层，去透析你的奇异与出众。现代人欣赏的是直接，最好将过程化整为零，一步到位成为一切行动的准则。”这是生活给我的启示，也是我对于生活的理解。可是，我真的希望这启示和理解只是一种错觉而已。

拥有独特的思想

张爱玲说，“人生是件华美的睡袍，里面长满虱子。”表面看似美丽无比的人生有着许多我们无法回避的丑恶，作为生活中的一个弱小者，我们别无选择地要受到这些丑恶的击打，不可避免地要受到丑恶的伤害，有时甚至会伤痕累累。

我们不能像乞丐一样将自己的伤口暴露给他人，以获取施舍、博得同情，我们能做的只是找一个角落，慢慢舔干身上的血迹，疗治自己的伤口。

对于爱好写作的人来说，疗伤的工具就是手中的笔。当悲伤与痛苦倾泄到纸上，化作一个个黑色的字体时，他心中的重负与煎熬便减轻了许多。

虽然社会在不断发展，但是人类并没有获得真正意义上的快乐和幸福。劳动本身是人的价值所在，但是许多时候，我们的劳动却成为单纯的谋生手段和可以出卖的商品。

我们许多人仍然像卡夫卡笔下的格里高尔一样，每天面对着纷繁而机械的工作，每天面对着老板板正的面孔和被解雇与驱逐的阴影。

虽然工作对于我们来说是痛苦的折磨，但我们又似乎别无选择，因为我们不只为自己活着，肩膀上扛着一大堆脑袋，老的要赡养，小的要抚育。

虽然我们也像那一只甲虫，随时防备着外来物的袭击，随时准备缩进自己的壳里躲避生活的重创，但是，我们又不得不感谢生活这痛苦的馈赠，因为这痛苦的生活毕竟养育了我们。

生活是一个巨大的泥沼，我们要随时提升我们的思想，净化我们的心灵，让生活的泥沼变为养育我们思想的肥料，使我们的思想开出一朵圣洁的莲花。

生活于世俗中，我们每个人都难以脱去世俗的沉重，但是我们仍然向往着像蝴蝶一样拥有破茧的快乐。文学为我的思想插上了翅膀，有了文学，我的梦才得以飞升。

贾平凹在《高老庄》的后记中写道：我再也没有兴趣在其中摘录精彩的句子和段落，感动我的已不再是文字的表面，而是那作品之外的或者说隐于文字之后的作家的灵魂！我无论写的什么题材，都是营造我虚构世界的一种载体，载体之上的虚构世界才是我的本真。

许多时候，作者不是为了写作而写作，他总是要通过他的作品表达一定的思想，表达他对于生活、人性、世界的看法，无论是揭露丑的，或颂扬美的，都是他对他所生存的世界的一种看法。我们对这个世界的、生活的、人性的一些独到的看法就是我们的思想。

当我们有了思想，我们就要寻找表达思想的一个载体，这个载体就是我们要书写的作品。当我们要写作时，我们记忆中所有的事件、人物、环境都被我们的思想召唤了来，来为我们的思想服务。

一个人没有灵魂是可悲的也是可怕的，同样，一部没有倾注作者思想和感情的作品也只是言语的堆砌，而这个思想还得是独特的新颖的思想。

作家要有忧患意识

老舍说，“风格与其说是文字的特异，还不如说是思想的力量。”

作品最主要的首先是语言，其次就是思想。语言就像人的外貌，第一眼看到的首先是人的外貌，所以，语言作为读者与作品的第一媒介是非常重要的，所以作家首先要过语言这一关。

那么，什么语言才算好语言呢？最简单的，能够吸引人读下去的语言便是好语言。我们写出作品首先是让人读，读者有兴趣读下去，才能了解作品的内涵，了解作者的思想。

语言要学习借鉴古代、现代、当代一些伟大作家的伟大作品，通过学习和借鉴，形成自己的风格。要形成自己的风格，就必须经过一个漫长锤炼的过程，锤炼是艰难的，但是，不锤炼就实现不了跨越，就成不了作家，或者成不了一个名副其实的作家。

再就是作品所含有的作者的思想，一部好的作品总要有所揭露、有所批判，对世人有所警醒，这是作品的价值所在。

一个作家不只是一个写字的匠人，他还应该是一个思想家、哲学家和心理学家。有所思有所想，块磊塞胸，述诸文字以抒己愤，就像鲁迅创作的《孔乙己》《阿Q正传》《祥林嫂》等。所以，作家必须要有忧患意识，要关注当下时代，关注当下时代老百姓的生存境遇。

自由是衡量幸福与否的指标，可是幸福似乎成了人类一个遥不可及的梦想。

愈来愈激烈的竞争，让高贵的智慧沦为拼杀的利器，人类的生存似乎也沦为一场永无止境的搏杀。在搏杀中，我们耗费着时间、精力、心力。

作家不只是一个写作者，他还应该是一名医生，他要把人类的痼疾、病痛指给大众，让大众在触目惊心的伤病面前，认识自己、提升自己。

对当下文学现象的思考

一个时代有一个时代的困惑、迷茫与疼痛，作家应该是最为敏感的个体，他最先感觉到了那困惑与迷茫的窒息，还有疼痛对于身心的伤害，所以，他最先从麻木的群众中跳出来，把这困惑与迷茫揭示出来，把疼痛的病因找出来，让大众看到、听到、感觉到。这是作家的责任，也是作家的良心。

《儒林外史》揭示了贪官酷吏对百姓的压榨，《红楼梦》演示了美好人性在封建专制下的香消玉殒。之后，鲁迅又借狂人之口道出封建社会所摆出的人肉宴席，还有祥林嫂在封建礼教压迫下逐渐枯萎的生命，以及阿Q、孔乙己等，每一部作品都是一部血泪的控诉，作品中的每一个人物的身心都有着无以言说的疼痛。

还有卡夫卡笔下的那个变成甲虫的保险推销员，契诃夫笔下那个被巨大苦恼所填塞的马车夫，他们是受损害、受屈辱的形象，但是他们内心也有着对于命运的反抗，像海明威笔下那个与马林鱼搏斗的老人。

那么，当下的文学应该表达怎样的主题，抒发怎样的情感？每一个生命的诞生都是一首伟大的赞歌，每一个生命都有着存活下去的理由，并且得到应有的尊重。但是，时至今日，弱者依然在强者的脚下呻吟，无辜者依然带着脚镣，无法自由清新地呼吸。我们的生活中依然不乏鲁迅笔下的祥林嫂、阿Q，也不乏那个被生活挤压得变了形的保险推销员。

作家要把目光投向那些在贫弱的生活境遇中挣扎的人群，那些只为了生活已经精疲力竭的人们。

如何把一些问题不动生色地反映出来，如何引领人类摆脱掉那一种旷世的孤独与苦闷，从而健康快乐地生活，是每一个作家应该思考的问题。

每一个人都需要内心的救赎，不管是富有的还是贫穷的，每一个人都有自己的苦闷与迷茫。所以，我们要把目光投向人的心灵，要找到人的心灵的那一丝隐痛，然后给予关注、温暖、抚慰，让这隐痛的伤口慢慢地愈合，让这隐痛的感觉慢慢地消除，让每一个人都能够健康快乐地生活。

当代小说如何实现诗意的表达

阅读汪曾祺的小说《受戒》，我感受到的是一种流动的诗意。曾经，这流动的诗意触动着、激荡着、丰满着我的想象。我迷醉在这流动的诗意中，升腾着如莲的梦幻。如今，这如莲的梦幻还在，可是梦幻中的景致早已沧海桑田。

沧海桑田中，我依然搜寻着梦幻中那一个美好的地方，那是有着紫的白的桑椹和红的石榴花、白的栀子花的地方。当明海到达这个美好的地方时，一切美好都张开手臂等待他的到来。当和尚只是一个偶然的选择，却为明海解锁了幸福的密码。这幸福的密码就是明海和小英子的相遇，他们一起听青蛙打鼓、寒蝉唱歌，看萤火虫在夜空中闪闪地飞来飞去。幸福似乎就是这样简单，只是一处美丽得让人迷醉的风景，只是一个活泼得让人心动的身影。如今，这美丽的风景与活泼的身影在哪里呢？

乡村一直是中国作家抒写的母题，汪曾祺、沈从文等作家，都对乡村进行过诗意的描绘。在小说《边城》中，沈从文为读者画出了一幅斑斓多彩的风俗长卷，长卷里有触目的青山绿水，有在风日里长大、活泼如小兽，不知愁、不知苦的翠翠。

在汪曾祺的《受戒》中，我们看到的是散文式的抒情和画面式的描绘，这种抒情与描绘赋予了小说质感的真实与想象的空灵。随着阅读的进行，我的耳朵听到了清悦的鸟鸣，鼻子闻到了陶醉的花香，眼睛看到了缤纷的色彩，我的每一个细胞都被这声音和色彩迷醉着、愉悦着。这是诗化小说的魅力，诗化小说在乡村背景的铺设下，得到了很好的抒写，这种抒写让小说呈现出如诗如画的美感。

时代的列车不断地向前行驶，在这快速的行驶中，乡村不再是以往的一派田园风光，《受戒》中的青浮萍、紫浮萍。长脚蚊子，水蜘蛛，以及《边城》中柔软又缠绵的情歌和肥大的虎耳草，逐渐成为一个遥远的记忆。农耕文化的逐渐退位与商业文化的渐次占领，田园生活虽不是库切的《迈克尔·K生活和时代》中的坚守，但是，不适与迷茫却真切地存在着。农村中年轻的一代不再依赖土地，但是城市又有着突破不了的壁垒。就像我创作的小说，《排毒胶囊》中的“我”和秀云，他们像许多农村青年一样，怀着一个“幸福梦”，投入到城市的怀抱，可是，他们感受到的却是城市的坚硬与冰冷，那鳞次栉比的高楼和变幻莫测的霓虹灯闪烁出来的繁华，并不属于他们。这些农民的后代，充其量只是行走于城市的一个过客、一个暂住者。可是，他们中的许多人都不愿屈服于命运，“留下”是选择，“奋斗”是精神，“挣扎”是意志。

乡村纷繁复杂的现实，让一些作家把建构故事作为小说的最终选择，在作家编织的许多离奇故事中，我们看到更多的是利益纷争和情感纠葛，沈从文、汪曾祺小说中那种浓郁的地域特色和民俗风情的诗意描绘逐渐退居其次，而这种故事为先的写作方式，让小说人物淡化为一个个模糊的影子，我们于小说人物长廊中，已很难寻觅到如翠翠、明海、小英子一般鲜活、灵动、饱满的人物形象。

虽然我也沦为了故事的编织者，但是，我也在有意无意地抗拒着这样顺应潮流的写作，我想找到那种诗意的表达，让我的抒写与寻找诗意的人们达成共识。

在现实超越想象的当下，作为写作资源的记忆与经验，已不能作为足够的支撑，来架构一个丰富饱满的写作。写作者必须有到场的亲闻、亲历、亲感，才能获得有温度的创作素材。近年来，我先后深入到边远的农村、牧区和城市进行田野采访，我把关注的目光投向那些被遗忘的角落里小人物的命运。相对于全球化的大概念，小人物虽然渺小，但却不容忽视。作为小人物的一分子，我与自己的抒写对象有着感同身受的体验，这种熟悉的体验给了我抒写的信心、决心与勇气。

我的鲁院表达

一

初到鲁院时，正是春风抚柳的三月，首先映入眼帘的是一院郁郁葱葱的绿。绿树婆娑的倒影镶嵌在湖水的微波上，风儿轻轻地吹来，微波荡呀荡，荡出一个似有似无的笑影。我把这看作是鲁院的表情，浅浅地微笑着，欢迎一个个来自四面八方的学子。

湖水快乐的波纹里，是鱼儿自由自在游来游去的身影。在我默默的注目中，红的、黄的、黑的、花的一尾尾鱼儿，也是那样快乐地欢欣鼓舞。一个接着一个的鱼跃，像是精心编排的舞蹈，我把这也看作是鲁院独特的欢迎仪式。

欢迎仪式过后，我便开启了鲁院四个月的学习生活。每天于教室上课、食堂吃饭，之后便于校园里漫步。每当路过湖边，总不由自主地停下脚步，望一望湖上的垂柳，看一看湖里的游鱼，看它们或三五成群地追逐嬉戏，或形单影只地独自徘徊。某一天，我便望到了湖里亭亭玉立的荷花。虽然还是含苞待放，却更让人满怀期待。每天对着将开未开的荷花一遍遍地行注目礼，直到荷花褪去羞涩的衣衫，开成了“接天莲叶无穷碧，映日荷花别样红”的风景。

有时坐在湖边，想着那一首《采莲曲》，似乎看到远古的舞者，衣红罗，系晕裙，乘莲船，执莲花，载歌载舞的样子，内心便生出许多羡慕来，这大概也和“你在桥上看风景，看风景的人在楼上看你”是一样的心境吧！

来鲁院的路上，眼见林立的高楼、奔驰的车辆，身被疲累占据，心被嘈杂装满，一脚踏入这个纯净自然的清悠之地，享受着“水光潋滟晴方好，淡妆浓抹总相宜”的美丽景致，身瞬间卸掉疲累，心即刻荡净嘈杂，每日里面对“出淤泥而不染，濯清涟而不妖”的君子之花，这样美好的心境，也是该被他人羡慕的了。

二

回首之间，看到了那一尊矗立的鲁迅雕像，我仿佛一个自远方赶来的朝圣者，久久地站立于前，心里默想着先生的那些经典篇章。从《故乡》到《祥林嫂》，再到《狂人日记》和《阿Q正传》……文学之路上的跋涉，总是漫长而又充满艰辛，不能缺少心灵的滋养与精神的鼓励，而这一部部传世经典仿佛一个个指路的灯塔，让我在艰难的行进中依然选择了义无返顾。

漫步绿树掩映的园中小径，抬头之间，我又看到了老舍、巴金、茅盾……曾几何时，这些闪光的名字，像高远天空上的星辰，现在看着大师们近在咫尺的雕像，我仿佛穿越了时光遂道，滑入到过往生命涌动的河流里，而逝去岁月里的那些精彩瞬间也被完美定格。我似乎看到，他刚为小说完成一个精彩的结尾，他放下正在冥思苦想的小说开头……他们陆陆续续地汇聚在这园子里，伸展着疲累的腰身，然后或坐或站，围聚在一起，开始了激昂而热烈的讨论。一番讨论之后，他放弃了那一个自认为精彩的结尾，他找到了那个完满而漂亮的开头。抬头仰望之间，一时顿悟，原来大师也有苦思冥想而不得的烦闷，也有自认为精彩而遭人贬斥的尴尬。一时顿悟，大师之所以成为大师，是因为他们有承认失败的勇气和推倒重来的决心。

三

与鲁院邂逅是北京最美丽的季节，蓊蓊郁郁的绿依旧傲然枝头，将开未开的花便开始吐露芳芬。只几天时间，校园里便是粉白一片、嫩红一片。穿行在校园小径上，像是于花海中徜徉。“新诗已旧不堪闻，江南荒馆隔秋云。多情不改年年色，千古芳心持赠君。”这是赞美玉兰花的诗句。玉兰花无愧于这样的赞美，那绽放枝头的花瓣，白得像雪、粉得像霞，白里透红的样子，像极了学员们青春而朝气篷勃的脸庞。

梅花层层叠叠开成一片云霞时，来自全国各地的五十四名同学差不多都能叫上了名字。为了不辜负这一场盛大的梅花之约，许多同学都来到楼下的院子里。这个闻着梅花的香，那个看着梅花的美，那绽放的笑脸和绽放的梅花都是一样得灿若云霞。

梅与兰、竹、菊一起列为四君子，与松、竹并称为“岁寒三友”。梅以它的高洁、坚强、谦虚的品格，给人以立志奋发的激励。这说的是梅花也是我的同学们，来自全国各地的五十四名同学，以文学的名义聚会在这里，他们在探究文学要义的同时，也在追求着梅一样高洁、坚强和谦虚的品格。

最喜欢玉兰花的花语，因为她代表着报恩。我觉得，报恩是人最可贵的品质。望着粉的、白的玉兰花瓣，像是望着亲人、老师、同学、朋友的脸庞，面对他们，我内心里感激的话语，就像满街、满树开得繁盛的玉兰花。感恩的玉兰花，你能捎去我对亲人、老师、朋友、同学的惦记与思念吗？人生有着许多的聚散离合，不久之后，这开得繁盛的玉兰花便会随风飘落，而我也会告别鲁院，告别相聚了四个月的老师与同学。

四

当然，来鲁院不只是赏花看鱼，鲁院的景色故然美丽，也不能沉迷其中而不能自拔。开学典礼之后，紧接着就迎来了鲁二十九的首次联欢会，就像我在联欢会上朗诵的散文《写作的幸福》里描述的那样："人到中年，坐在教室里读书是一件奢侈的事情。面对这奢侈，除了幸福的陶醉，更多的则是内心的一种压力。"

鲁院有着让人倾慕的湖水、游鱼和花树，可更让人倾慕的是她所达到的文学高度。从《我的鲁院》一书中，我看到了邓友梅、王安忆、张抗抗、刘兆林、叶梅、邱华栋等著名作家的名字。

我想象着，若干年前，这些文学大家也像我一样，怀着朝圣的心情来到鲁院，然后像一个个小学生一样安静地坐在教室里，期待着走进通往文学圣殿的大门。若干年后，他们真的找到了各自打开文学奥秘的钥匙，书写出一部又一部伟大的宏篇巨著。如今，站在文学圣殿的大门前，我也期待着找到那把开启圣殿的钥匙，让我的作品能够走进读者的心灵。

视野决定作家的格局，对文学的理解与认知，则决定了作家可能到达的高度。来到鲁院，我更多的是扩大了视野，增长了见识。四个月来，历史、文化、政治、经济等各个领域的顶级专家都先后走进鲁院，聆听着专家们的讲座，静坐于鲁院一隅的我，仿佛穿越了上下五千年，纵横了十万八千里。

中法文学论坛、陈忠实作品研讨会、柳青作品研讨会等文学活动中，我和中法著名作家进行了交流互动。这些高规格的文学活动更像是一扇扇打开的窗户，透过这一扇扇窗户，我得以瞭望到了文学更广阔的世界、文学更丰富的内涵。李敬泽、邱华栋、胡平、郭艳、李洱、梁鸿等著名作家和评论家也先后走进鲁院，为学员们破解着一个个文学创作的谜题。

在老师和同学那里，我获得了启示，那就是，一名成熟的作家，除了要有深厚的文化积淀、新颖而恰如其分的写作手法，更要有关照现实的情怀；不但要具备圆熟的文本能力，还要有对历史与现实审辨的人文认知和价值判断；要根植于传统文学与文化的沃土，观照现实，洞察人情，并有着鲜明的写作个性与批判色彩。在鲁院的学习，让我开始重新审视文学，并反思自己的创作。对照以上的文学理念，我认识到了自己以往创作上的一些误区，而要成为一名成熟的作家，我还要在文学之路上不断地跋涉。但不管前方的路多么遥远，多么难行，我都将义无返顾。

李敬泽老师说：“写作者要深刻认识我们现在所处的环境，要认识到，我们可以做什么？这个世界期待我们做什么？”

我出生于内蒙古，这里是我生命的根，也是我创作的根，我的写作必须从这里出发。幸运的是，在文学之路上，我与鲁院不期而遇，她鼓励我向着文学更广阔的世界进发。

记忆中的那一座白楼

一院郁郁葱葱的绿，绿树婆娑的倒影镶嵌在湖水的微波上，风儿轻轻地吹来，微波荡呀荡，荡出一个似有似无的笑影。这是我在鲁迅文学院学习时看到的景致。驻目眺望，凝神沉思，这样的景致尽是这样的稔熟。我于记忆的深巷里找寻着，我找到了那个让我怦然心动的名字——内大文研班。内大文研班代表内蒙古文学的最高殿堂，鲁迅文学院代表中国文学的最高殿堂，我有幸迈进了这两个神圣的文学殿堂，得以学习深造。

2015年，登上第十一届内蒙古自治区文学创作“索龙嘎”奖的领奖台时，我想到了向往已久的鲁迅文学院，想到了内大文研班三年的学习，也想到了我第一次去往呼和浩特日报社时，内心的崇敬之情。

那是许多年前的一天，我骑着自行车，一路打听着来到呼和浩特日报社旧址。停好自行车，我手里攥着稿纸，心“咚咚”地跳着，只管仰望面前那一座高大的白色楼房。

站立许久，我终于鼓起勇气走进大楼。进到楼里，我放轻脚步，调匀呼吸，可到了编辑部门前，还是由不住心跳手抖。

我大着胆子推门进了屋，将那一页汗湿的稿纸递到编辑面前。编辑一边看着稿子一边招呼我坐下。我小心地坐到椅子上，看着满屋堆放着书籍、报纸，崇敬之情油然而生。

从编辑部出来，我长长地呼出一口气。这一页稿纸在身上装了许久，我才终于鼓起勇气走进报社，送到编辑面前。骑着自行车回家时，我尽然像办完一件大事般如释重负。

几天后，我看到《呼和浩特日报》刊载的我的那一篇小文《时间之河》，也看到了报纸右上方编辑的名字高培萱。我这才知道，那天我见到的编辑是高培萱老师。

此后，我又陆续将稿子交给高培萱老师。虽然走进报社的那一座白色大楼不再心跳手抖，可每次都是匆匆地放下稿子，然后匆匆地转身离去。

呼和浩特晚报社和呼和浩特日报社在一栋楼里，我又大着胆子去了呼和浩特晚报社，见到了郝来旺老师和邢诚老师。此后，《冬天里上学的日子》《母亲做的鞋》《一幅画》等文章陆续刊发于《呼和浩特日报》和《呼和浩特晚报》，可由于生性不擅与人交往，我和编辑老师们一直没有太多的交流与沟通。此后，随着《呼和浩特日报》和《呼和浩特晚报》发稿量的增加，我慢慢有了在文学之路上一步步走下去的信心与勇气。

2009年10月，通过资格审查、作品审核、考试，我有幸进入内大文研班学习。通过聆听专家、学者的讲座，我的文学创作水平得到了很大提升。

2016年3月，受内蒙古作家协会推荐，我去往鲁迅文学院第二十九届作家高研班学习，聆听了国内外著名作家、评论家的讲座，并参加了中法文学论坛、陈忠实作品研讨会、柳青作品研讨会等文学活动，和中法著名作家进行了交流互动。这些高规格的文学活动更像是一扇扇打开的窗户，透过这一扇扇窗户，我得以瞭望到文学更广阔的世界、文学更丰富的内涵。

千里之行，始于足下，这些成绩的取得离不开《呼和浩特日报》《呼和浩特晚报》等区内外报刊编辑老师们对我的关注与支持。在今后的日子里，我只有努力创作出更好的作品，才能回报所有关心帮助我的人们。

第五辑

葱茏的田野

《诗经》：真实与朴素的存在

《诗经》是一个真实朴素的存在，真实的是感情，朴素的依然是感情。

真实和朴素的感情是我们向往的，但是在现代社会，我们往往很难拥有如此美好的感情。“窈窕淑女，寤寐求之。求之不得，寤寐思服。悠哉悠哉，辗转反侧。”真实朴素地思念一个人是美好的，也是幸福的，但是，忙碌的我们甚至无暇去体味思念的滋味。

现代社会，许多人都讲求利益的最大化，而思念的一厢情愿和不求回报，本身就是一桩没有收益的事情。所以，许多人将思念冷藏在心底，成为冰山一角，不敢去轻易触碰，只悄悄地让它消融、消减。

作为一个现代人，我们需要的是果敢、冷硬，需要把一切真实的感情隐藏起来，让自己成为一块冰、一块铁，成为刀枪不进的勇士，一部高速运转的机器！

许多时候，我们都生活在自己制造的假象里，不敢真实地表白，不敢真实地愤怒。

读着《诗经》，我似乎找到了自己，找到了那个没有被浸染的本我。我发现，自己依然需要拥有真实朴素的感情，仍然希望活在爱里，活在真实朴素的感情里。

整理或写作《诗经》的人离我们已经是非常遥远了，作为物质的存在，他们永远地消逝了，但是他们的精神却烛照了无数的后人。

从字里行间，我们读到了先辈不死的灵魂。我们甚至羡慕着古人那种“死生契阔，与子成说。执子之手，与子偕老”的温暖，与那一种“山无陵，江水为竭，冬雷阵阵，夏雨雪，天地合，乃敢与君绝”的伟大承诺。

试想如今，我们能否得到这样的一种承诺，能否守候这样的一种温暖。一切似乎都是浮光掠影，一切似乎都是海市蜃楼。

仿佛一切都可以遗忘，一切都可以抛下。在滚滚红尘中，找不到自己内心的需求，只是像一只钟表般盲然地转动着，把时间演化成一串冰冷的数字，这似乎已成了现代人的通病。

忙碌却不知所为何忙，仿佛生活就该是这个样子，直到无聊的忙碌将我们带到生命的最后一刻。也许，只有那时，我们才会幡然悔悟，才会明白自己内心真实的需求。

古人于贫困中守望着自己真实而朴素的感情，但是，我们却于有意无意中丢失了他们守望着的这一幸福。

当我们发现，自己依然需要这种真实而朴素的感情时，我们甚至忘记了找回它的途径。但是，不管需要多少时日，我们依然会继续寻找下去……

莫言让我们回归真实

一直以来，感觉诺贝尔文学奖离我们很遥远，遥远得有点虚幻，像天上的月亮，虽然明亮，但是，只静静地、冷冷地挂在天边。因为莫言，这清冷的月亮变作了一轮温暖的太阳。

第一次读到莫言的《透明的红萝卜》，便记住了那个黑脸大眼的男孩子，记住了那个似被撒了一层金粉的红萝卜。莫言说，“由于饥饿，由于孤独，使我的童年时代有很多难以忘怀的事情，等我拿起笔开始写作的时候，就感觉到我所有的小说都难以摆脱这两个主题。”

《透明的红萝卜》一文中的黑孩便是一个饥饿的形象，冬天仍然打着赤脚、光着脊梁，只穿一条肮脏的长裤，在砸破了的手指上按一把黑土。像一个木然而虚无的存在，对于一切的苦难与巨大的疼痛都失去了感知的能力。

但是，这个被苦难和疼痛麻木了的身体里却包藏着一颗敏感而抒情的心灵。

他看到了一个金色的萝卜，晶莹透明，玲珑剔透。透明的、金色的外壳里包孕着活泼的金色液体。就在他要把这美好的萝卜抓在手里的时候，这美好却被粗暴地夺走丢弃。

人类的生存面临着各种各样的挑战，在恣意的践踏中，肉体如微贱的尘土。可是，在卑贱的躯体内，灵魂的歌唱却从未停止过。因为苦难到来的时候，我们都看到了一个金色的透明的萝卜。

出生于上个世纪50年代的农村，饱受饥饿的折磨，小小年纪辍学，之后务农，当了工人，应征入伍……这是莫言的人生轨迹，这人生轨迹似乎饱含着一种悲壮的韵味。

我们的眼前会浮现出一个孤独而单薄的身影，带着红高粱的记忆，从一个叫做高密的寂寞山村走出，走向一个陌生的世界。

谁会想到，一次偶然的出走就走出如此的精彩无限，如此的光芒万道。

只有小学文化的莫言似乎掌握了抒写的密码，将家乡高密抒写成了一个似幻似真的地方。

红高粱像火一样在高密的土地上燃烧着，在这片土地上生活的人们因为这火红高粱的滋养，也拥有了激烈与火热的感情。

他们敢爱敢恨，无论男人还是女人，他们表达着生命原初与自然的状态。正因为这一状态的存在，他们才更加血肉丰满，更加美好可爱。

《红高粱》是莫言对过往记忆的一种怀念，也是对未来生活的一种向往，怀念那一种自由纯朴的生活，向往那一种无所畏惧的表达。

《丰乳肥臀》：母性的美丽与丰饶

时下，文化快餐的泛滥成灾，让许多人对于文学失去了应有的敬畏。他们往往以点盖面、以偏盖全，认为作家在利益的诱惑面前，早已将崇高置之肚外，《丰乳肥臀》这样一个看似媚惑的标题，当然也未能免俗。

《丰乳肥臀》是莫言的作品，获得诺贝尔文学奖的莫言是否会让国人对于自己的文学、自己的作家树立起强大的信心呢？

借着莫言获得诺贝尔文学奖这样的一个契机，我们也可以重新认识自己的文化，重新审视那些每每被误读的作品。

抛却那些低俗淫秽的无聊想象，丰乳肥臀无疑是一个美好的女性形象，而莫言为我们描绘的也是健康无比、热情无比，孕育生命的伟大母体。

“上官鲁氏是铁匠的妻子，但实际上她打铁的技术要比丈夫强许多，只要看到铁与火，就热血沸腾，血液冲刷着血管子。肌肉暴凸，一根根，宛如出鞘的牛鞭，黑铁砸红铁，花朵四射，汗透浃背，在奶沟里流成溪，铁血腥味弥漫在天地之间。”这就是莫言笔下母亲的形象，她们有着铁的刚强健壮，有着火的热情暴烈。

作为媳妇的上官鲁氏不但拥有婆婆的健壮与热情，而且把母性的光辉发挥到了极致。

虽然饱受婆婆和丈夫的凌辱，可是，她一生中却孕育了九个子女。公公和丈夫惨死，婆婆得了疯病，在那个饥寒交迫的年代里，她带领着她的儿女们艰难度日。

可是，在那个动荡不安的年代里，她伟大的母爱也无法让子女们得到庇护。几个儿女死去后，她把全部的爱都投注到仅剩的另几个儿女身上。

“她用手捂着嘴巴，跑到杏树下那盛满清水的大木盆边，跪在地上，双手扶住盆沿，脖子抻直，嘴巴张开，哇哇地呕吐着，一股很燥的豌豆，哗啦啦地倾泻到木盆里，砸出了一盆扑扑簌簌的水声。……母亲把木盆中的豌豆用清水淘洗了几遍，盛在一个碗里，竟然有满满的一碗。”

娘的胃，现在就是个装粮食的口袋。一个食物极端匮乏的年代，逼着母亲想出如此极端的方法。为了让儿女们活命，她用她的胃为儿女们偷取粮食。

莫言说，“由于饥饿，由于孤独，使我的童年时代有很多难以忘怀的事情，等我拿起笔来开始写作的时候，就感觉到我所有的小说都难以摆脱这两个主题。”

该小说虽然拥有一个丰满柔美的标题，可是，它的主题依然没有脱离掉饥饿这一底色的映衬。

极度的饥饿在灼烤人们贫弱肠胃的同时，也拷问着人性的丰饶与卑劣。我们看到，饥饿可以让男人卑劣，可以让女人无耻，可是母亲们依然无损于她们这一伟大的称谓。因为母亲的眼里只有儿女，她早已将自己的生死置之度外。

莫言出生于山东高密，他在《红高粱家族》中有过这样一段话：我终于悟到，高密东北乡无疑是世界上最美丽最丑陋、最超脱最世俗、最圣洁最龌龊、最英雄最王八蛋、最能喝酒最能爱的地方。

莫言的这一段话揭示了一个真实存在的美丽与丑陋，真实人性的丰饶与复杂。就像《丰乳肥臀》中的女性形象，莫言在充分展示她们母性美丽光辉的同时，并没有将她们描绘成中国传统文化所赞颂的三从四德的妇女形象。

他写她们的争斗，也写她们的欲望，还有许多内心的隐秘，然而这样的描写非但没有对人物造成伤害，反而使得人物更加血肉丰满。展现在读者眼前的，不但是坚强伟大的母亲，而且是敢爱敢恨的女性形象。

莫言也想用作品来召唤人类回归一种真实的生活状态、真实的情感表达，而这种召唤似乎也得到了人们的普遍认同，只是，认同却不表示回归会成为真实。

获奖后的莫言在接受记者采访时表示："我的小说描写了广泛意义上的人。我一直是站在人的角度上，立足于写人。"

站在人性角度写作的莫言，很早便意识到了人性所受到的禁锢与压抑，所以，他为我们铺展开了一片火红的高粱地。

他试图让这火红的高粱点燃人性原初的激情与火热，让人们摆脱掉虚假的束缚，回归到真实而纯粹的生活，在真实的生活中呼吸到自由清新的空气，寻找到甘甜纯洁的快乐。

俞胜：这个时代出色的观察者

野菊花刚从草丛中露出笑脸，白色的花、黄色的花像星星般点缀在绿茵茵的草坡上，一个十二岁的稚嫩少年在放声歌唱，这绿茵茵的草坡、五彩缤纷的花朵为歌唱的少年铺展开一个绚丽多姿的背景。若干年后，这个曾经大声歌唱的少年成了一名作家，开始用自己手中的笔发出声音，他就是青年作家俞胜，被著名作家范小青赞许为一位有潜力、值得期待的优秀小说家。

从《城市的月亮》到《寻找朱三五先生》，俞胜用他的作品打动了许多人。正像范小青评价的那样，俞胜小说的广度，从农村到城市，从城市到农村；俞胜小说的深度，从我心到你心，又从你心到我心。

俞胜从农村一路打拼到城市，他熟悉这样的生活，也愿意描写这样的生活。像发表于《鸭绿江》的《城市的月亮》，发表于《中国作家》的《水乳交融》，发表于《北京文学》的《谢兰香还能再来北京吗》等，都反映了进城农民的生活状况。这些小说中，提出了非常现实的问题，那就是进城的农民能否留在这座他们曾经挥洒着汗水参与建设的城市？如果留下来，成为新市民的农民们，又如何融入这座现代化的城市？城乡的空间转换，对他们的内心会产生怎样的影响?

青年批评家、文学博士李德南在评价俞胜小说时说：俞胜着力关注中国从乡土中国到城市中国的转变，意识敏锐，视野开阔，运笔沉实却不高冷。他的《寻找朱三五先生》一书，从个体的衣食住行等基本需求和喜怒哀乐等基本情绪入手，抽丝剥茧，层层深入，最终揭开的是复杂的局势与真相。他是这个时代出色的观察者，更是一位有担当意识的优秀作家。

俞胜的作品关注的始终是人，人的生存境遇，人的喜怒哀乐，他的笔触到达的是人性最幽暗的区域，探寻的是人性中善与恶的微妙之变。像著名评论家、鲁迅文学院教研部主任郭艳评价的：俞胜的小说聚焦了当下生活图景，又往往有着奇绝跌宕的构思和叙事。他的小说在日常摹写中凸显出对于生活本质的叩寻与追问。《人在北京》中对于庸常生活围城的左突右冲，伴随着黑色幽默的结局，在世相的人情冷暖中体验人性的况味。《寻找朱三五先生》呈现出对于当下现实人心的细密揣摩。俞胜小说具有相当宽阔的写作景深，语言穿越在日常性与罗曼斯传奇之间。

小说家的任务，不是叙述重大事件，而是把小小的事情变得兴趣盎然。俞胜的小说落笔都是平凡的小人物，他通过对浸润在酸甜苦辣生活中的小人物的摹写，为我们呈现了生活的原貌，透析了生活的本质，挖掘了人性的善恶。

王威廉：拥有利斧刨冰的勇气与智慧

卡夫卡说，“书必须是用来凿破人们心中冰封海洋的一把斧子。”这是对书作者最高的赞誉，也是最高的要求。卡夫卡的《变形记》，让我们看到了斧子的利刃。在王威廉的作品中，我也看到了这样的利斧，还有那一种利斧刨冰的勇气与智慧。

生活的残酷让卡夫卡笔下的格里高尔变成了一只甲虫，小说家王威廉也意识到了残酷生活对于个人肉体与心灵的伤害与扭曲，他的小说集《内脸》便可看作是种种伤害与扭曲的集体亮相。

简单的生活是我们所向往的，但复杂却成了我们无法逃避的一种宿命。面对纷繁复杂的生活，我们能做的只是让自己戴上各式各样的面具。就像《内脸》中的主人公“我”，生活中各种各样的套子，让“我”无法看到生活的真象，“我”渴望脱下套子，实现自由自在的生活。所以，虞芩摘下话筒套子一个简单的举动，“我”却认为是她摘下了笼罩在“我”生活上方阴魂不散的套子。这一个小小的方式给了“我”启示和希望，仿佛是神灵给“我”的额外恩宠。这一个小小的举动，也让“我”有了知己般的温暖与感动。可是具有讽刺意义的是，让“我”着迷的虞芩的微笑，尽然只是一个病态的假像。而在众人面前威风凛凛、不可一世的女领导，包裹她的只是一件伪装的雨衣而已，等脱下雨衣，我们便看到了人性的各种丑陋与罪恶。

凭着丑陋、凶狠、冷酷就可爬上金钱、权利的塔顶而为所欲为，这是王威廉的小说《第二人》中描绘的社会现实，这样的现实让人看到了奋斗的绝望，勤勉的无力。连尚有名气和才气的“我”都宿命般地沦为金钱与权利的奴隶，那么，我们普通人的希望又在哪里呢?

王威廉的笔法是冷峻的，他用冷峻的笔法直指人性幽暗的区域。在这个幽暗的区域里，我们看到了人性的挣扎与撕裂。虽然挣扎是残酷的，撕裂是疼痛的，但是，挣扎与撕裂都是必须的，它们都是我们向善的一种表示，它们代表着，在艰难的行进中，我们许多的反抗与拒绝。

通过偷情这一个俗常的题材，我们看到的是王威廉所揭示的人性的异化。《水女人》中的冯正，为了夺回妻子丽丽的爱，不惜给妻子下药，以抹去妻子对过往生活的记忆。除了人性的异化，该小说中，作者还借人物之口表达了真实与虚构的哲辩。作者认为，真实看似丑陋，是因为裂缝都在表面；虚构看似美妙，是因为裂缝都藏在里边。所以，人们总是倾向于选择虚构，便是虚构容易令人麻痹，一旦出现问题，由于伤痕隐蔽太深，也难以愈合。

王威廉喜欢将小说中的人物推向极致，因为人到达极致后的反应最为强烈，最能揭示出人性的复杂，《没有指纹的人》就是一个典型的例子。各个单位进行打卡管理时，许多被卡管理的人都感到了自由的限制，但是由于管理与限制是一个渐变的过程，一切早已成为一种水道渠成，不会掀起太多的波澜。但是，抗拒和抵制还在，只是变作了一种内心的暗流涌动。没有指纹的“我”，生怕这一缺陷被昭然若揭，而进行的一系列费尽心机的遮掩，竟然将“我”逼向了死亡的境地。

困境中获得自由，这是《内脸》后记的标题，这个标题的意象贯穿了王威廉的许多小说。自由的最基本含义是不受限制和阻碍（束缚、控制、强迫或强制），或者说限制或阻碍的不存在。自由在中国古文里的意思是由于自己，就是不由于外力，是自己作主。那么，在当下社会，我们是否达到了那种自由自在的状态呢?

“害怕失去饭碗，这种恐惧心理败坏了人的性格。生活就是这样。”这是卡夫卡的一句名言，这句名言道出了当下人们许多的无可奈何。无可奈何的生活让小说《秀琴》中的秀琴夫妇像许多农民工一样，踏上了艰难的打工之路，可是，让他们始料不及的是，他们微薄的收入付出的却是牺牲生命的代价。为了表达自己与丈夫在一起的愿望与希冀，秀琴让自己生命的躯壳成为丈夫灵魂的驻地，而这种表达方式又是多么令人齿寒心冷。

可以说，王威廉是一名高明的外科医生，他用他的笔切开了生活的肌理，让我们看到了生活骨与肉的质地。这是小说家的预见、胆识与勇气，社会需要这种带血的剖析，这种大声的警示，这是一个小说家的良知，更是一个小说家的责任。王威廉深厚的文学功底、锐利的观察能力，让他成为站在这个时代前沿的一位智者，他用智者的眼光指出暗藏在蓬勃生命之下的那些隐秘的病痛。

李清源：小说家的良心与责任

古典小说萌芽于先秦，发展于两汉，雏形于魏晋南北朝，形成于唐代，繁荣于宋元，鼎盛于明清。这是中国小说的发展脉络，小说家李清源把这脉络的根须枝叶条分缕析，直到这智慧的河流清澈透明地呈现在他的面前。

李清源毅然投身到这智慧的河流里，先哲智慧的营养渗入了他的五脏六腑、血脉筋骨，他成了那个被天将降大任的斯人，接受苦其心志、劳其筋骨、饿其体肤、空乏其身的磨难与修炼。

《21世纪文学之星丛书·2016年卷》入选作品出炉，李清源的小说集《走失的卡诺》榜上有名，这应该是他漫长磨难与修炼之路上，上天对他的格外奖赏。

小说《走失的卡诺》以职场为台子，演绎了人性的复杂与多变，通过一系列的演绎，我们看到了社会现实对于个体生命的挤压，被挤压的皮二娟一步步走向怪异，并以怪异为自己打造了一副坚硬的盔甲，应对着周遭的冷漠与伤害。而小说中的卡诺不单单是一条狗，它更是一个符号，代表一种与世无争的态度和与人为善的情怀。卡诺的走失，预示着这样的态度与情怀正在被逐渐淡漠甚至渐次遗忘。淡漠与遗忘的结果是，道德的沦丧、人性的扭曲和各种险恶与暴虐的轮番上演。

《苏让的救赎》中，飘泊于城乡之间的苏让，既没有获得在城市安身立命的资本，又无法实现农村人所谓光宗耀祖、衣锦还乡的梦想。他只是于现实生活的夹缝中努力挣扎，但即使拼尽全力还是免不了落到一败涂地的境地。而为了让儿子过上所谓的幸福生活，苏让的父亲毫不顾惜道德伦理，甚至撒泼耍赖，即使忍受各种诟病都在所不惜。在以竞争为荣的时代，苏让无疑是一个失败者，或者牺牲者，可是苏让又不完全是一个独立的存在，他代表一大批进城的农民青年，他们是既回不了故乡，又难以在城市立足的尴尬存在。所以，我们不由得会发出一个疑问，如果时代的进步，必须要以牺牲苏让等一批人为代价，那么，被牺牲的苏让们又何罪之有？正像小说所提出的问题，苏让通过一系列遭遇和行为，完成了对父亲和女朋友的救赎。而苏让们身处夹缝的现实困境，又该由谁以什么方式来救赎呢？

悲悯是每一个善良人都应该拥有的情怀，李清源的小说也充满了悲天悯人的情怀。《青盲》一开始便点出了翟瞎子的死亡，可是为什么死亡？读者追随着作者探寻的脚步，从年意气风发的翟干事，到老朽枯干的翟瞎子，直至病死床榻的孤独者，当谜底彻底揭开，我们看到主人公不幸的命运是那么惨不忍睹、猝不及防。就像小说中的那一段话，那枚炸烂老先生裤裆的弹片，真应该存放到博物馆，它的丰功伟绩完美地诠释了某些战争的残酷和下流。可是被这残酷和下流的战争戕害的翟瞎子却落得何等悲惨的下场。虽然假装青盲侥幸躲过一劫，可是却不得不面对生命中各种的难以承受之重：儿子被发疯的妻子活活掐死，发疯的妻子又疯狂地落水身亡。“有些选择无法中止，也不能回头。”这是翟瞎子绝笔中的留言，道路选择的对错，自有其运行的轨迹与路线，不管对错外力都将无法改变，无法回头，而最可悲的是，选择的被逼无奈与权益之计，却成为一生无法挽回的良心责罚。或许这一切可归究于命运，可是小人物的命运许多时候就像是一片树叶、一粒微尘，大风刮来，树叶的战栗总是在所难免，而微尘又到哪里找寻？

碰瓷是人们所不耻的行为，在《晚节》中，作者李清源并没有一味地去遣责碰瓷的恶劣行径，而是更深层次地挖掘出了碰瓷背后隐秘的原因。人原不是性本善或性本恶一句话就可以简单概括的，但是，人们往往只享受指责恶的畅快淋漓，却不愿去探究作恶背后的各种隐情。穷生奸计，那温床也许只是贫穷无助、疾病缠身的无可奈何。在许多无可奈何的逼迫下，尊严和脸面有时真的不值一钱。

在《门房里的秘密》中，李清源关照的依然是老百姓的生存境遇，那就是，民众是否有权力选择自己想要的生活。小说《门房里的秘密》的门房到底归谁？赵所长一语道出了端倪，就连你的命也是国家的，国家需要，随时都得交出来。相信，许多读者读到这里，都得和窦怀章一样愣在那里，不知如何应对。窦怀章别无选择，应对的办法就是拿命死扛，死扛着直到熬干了自己的生命。这个结果尽管可悲，可是在冷酷的现实面前，作者又无法为窦怀章寻找一个更为体面的有尊严的活法抑或死法。

纯文学中的小说体裁讲究纯粹性。谎言去尽之谓纯。小说在构思及写作的过程中能去尽政治谎言、道德谎言、商业谎言、维护阶级权贵谎言、愚民谎言等谎言，使呈现出来的小说成品具备纯粹的艺术性。小说的纯粹性是阅读者最重要的审美期待之一。从李清源的小说中，我们看到了小说的纯粹性，也收获了文学的审美期待。

卡佛说，“我想，文学能让我们意识到自己的匮乏，还有生活中那些已经削弱我们并正在让我们气喘吁吁的东西。文学能够让我们明白，像一个人一样活着并非易事。”

小说家李清源没有躲避匮乏对人的伤害，也没有逃脱气喘吁吁给人的压抑，就像他小说中的人物，他让他们在无常命运的车轮下呻吟、哭喊，在那一个血肉丰满的故事中，读者仿佛亲眼看到、亲耳听到了人物悲苦的表情和哀伤的哭诉，那么这悲苦、哀伤的原因何在？这样的思索虽然痛苦，却自有其收获的丰满。读李清源的小说，我们看到了一个小说家的良心与责任，这应该是一个小说家最值得崇敬的品格。

曹寇：寻找小说的多种可能

小说是一种有节制的自由表达，它是打破边界的写作，它应该尝试各种可能，以让写作者的心灵插上想象的翅膀，获得自由自在的飞翔。

阅读曹寇的小说，第一个感觉是小说营造的陌生化氛围。这是曹寇找到的小说的一种可能，这是属于他的独有的表达方式。

什克洛夫斯基认为，只有陌生化的语言才具有文学性。所以，陌生化应该是小说作者的自觉追求。曹寇小说的陌生化不仅在于语言的陌生化，还在于视角的陌生化，这种陌生化让曹寇确立了自己的叙述风格。

阅读曹寇的小说，第二个感觉是碎片化。阅读曹寇的小说，感觉很难捕捉到一个完整的故事。他的小说只是有选择地选取了一些生活场景，然后将这些生活场景组合在一起，通过这些特定的生活场景的呈现，展示出小说主人公的生存境遇和个人命运。比如《风波》，通过喝粥舔碗的生活场景，表现出当时人们生活的窘困。通过二姐听到初小毕业后发抖的身体、疯狂的跑动，表现出农村女子对于文化的渴求和当时乡村文化的衰落。

我们都知道，传统小说主要承担的是讲故事的功能，现在，随着时代的发展，影视剧成为故事的超级制造者。所以，当代小说需不需要讲故事，是一个值得探讨的问题?

阅读曹寇的小说，第三个感觉是小说谜局的设置。刚开始阅读曹寇的小说时，会有一种错觉，你不知道作者要把你带到哪里去。就像《风波》中的女人是谁，究竟来干啥？开始都没有提到，一切都是隐隐约约、模模糊糊的。直到最后谜底揭开，我们才看到作品所昭示的那种个人与家庭命运的无常。

谜局的设置可以引发读者的好奇心，就像博尔赫斯，就让迷宫和镜子成为他小说里常用的意象。

阅读曹寇小说还有一个感觉是，想象空间的扩展。曹寇小说的语言虽然很简洁，但是，他给读者的信息量很大。他抛出的是语言的线头，通过这个线头，读者可探究到一个隐秘而巨大的世界。比如《风波》中，有文化的二爷听了广播后说时间到了，就进了城。还有那句，二姐在一百年前即溺死其中，而我这个弟弟也已叫了一百年，早已叫不动和不该叫了。这些话语都意蕴深厚，细细琢磨都很有深意，有的甚至是只可意会不可言传。

由此，我想到了海明威的冰山理论和中国画的留白，冰山理论是，能够被外界看到的行为表现或应对方式，只是露在水面上很小的一部分，而暗涌在水面之下更大的山体，则是长期压抑并被我们忽略的内在。揭开冰山的秘密，我们会看到生命中的渴望、期待、观点和感受，看到真正的自我。

中国画的留白可以引发人们的无限想象空间，而想象则是文学灵动的一面，是文学不可或缺的要素。

阅读曹寇的小说，总体感觉是对人怀有的悲悯。曹寇小说指向的都是一些无聊人物的无聊琐事，但不管多么无聊，人都得找到让自己活下去的依据。因为人不是与生俱来的，我们穷其一生所干的，就是使自己活得更像一个人。我觉得，这应该是进入曹寇小说的入口。

使自己活得更像一个人。读着这一句话时，我的心里便有了无端的沉重。对于一个普通人来说，意义太大、理想太远，唯有使自己活得更像一个人才是一个最实惠的盼望。就像曹寇小说中的“我”和与“我”相关联的各种人物。

这些人物使尽浑身解数扑腾着、挣扎着，但面临的总是鱼死网破的困境。

小说《鞭炮齐鸣》中，老光的人生就是化疗，一直在化疗。换言之，一切人生都是化疗，都是死路一条。而“我”不管是在乡下还是去深圳，都没有办法，无计可施，山穷水尽，处处绝路。《市民邱女士》中，作为犯下人命的城管“我”，面对邱女士的指责，道出那一个被逼无奈的背景：生存，仅仅是生存，生存是如此的费劲，不容我们有第二种选择。受害和作恶相辅相成，互为因果。

还有《风波》，国家发生大事的大背景下，小的家庭也是风潮涌动、不能平静。一家人在半夜鸡叫声中起来勤勉地劳作，每天还不得不像饿鬼一样舔着薄粥。失去的三毛钱便让一个少年痛彻心扉，久久不能释怀。当一名初中生是二姐最奢望的梦想，而另一个实现梦想的少女，却又不明不白、莫名其妙地死去。

曹寇的小说故事性虽不是很强，但每一个故事都简洁明快，干脆直接，像刀剑一样直抵人心。以前，小说大多是人们于困境中的无奈，和无奈中的挣扎。曹寇小说中的人物却由无奈滑向了无聊，即使挣扎也是软性的、没有力度的。阅读时，我们只感到弥漫在小说中的那种沉重、忧郁与悲伤。

我很欣赏曹寇说的一句话，“我觉得作家仍需打破文学城墙，下到四野，去探索，去找出路。”我觉得，我们每一个小说作者都应该寻找自己的出路。

拥有生命灵性的北地家具

“天苍苍，野茫茫，风吹草地见牛羊。”草原是辽阔的，也是美丽的。每天在草原上放牛牧马，回到毡包喝茶吃肉，牧民的生活像流水一样平静地进行着，但是这平静慢慢地让他们感到了单调与乏味。

生活需要装扮，需要色彩，需要丰富的心来增加诗意。生活在北方广袤草原的牧民，每天与蓝天对视，与白云交谈，他们的心从来都不乏浪漫与诗意。

不知多会儿，草原上响起了悠扬的长调、婉转的四胡；不知多会儿，毡包里摆上了画着花草树木、描着龙凤五畜的各式家具。

蒙古民族认定人和牛、马、羊、河水、青草一样，都是长生天的孩子。那么这装点着牛、马、羊、河水、青草的家具，在他们眼里也不只是一件没有生命的器物。

在《北方游牧民族家具文化研究》一书中，我也读到了这样的认同，万物有灵，家具一样拥有生命灵性。

那么家具有着怎样的生命，又被赋予了怎样的灵性？我从书中的家具样图中看到了现实中的牛、马、羊、骆驼，也看到了神话中的鹏、龙、雪狮、麒麟。牛、马、羊、骆驼是牧民日常生活中的亲密伙伴，是他们感情投射的主要对象，那么鹏、龙、雪狮、麒麟，这些凶猛的动物为何出现在牧民的家具上？

书中解释，生活于北地的牧民崇尚英雄，能够降服这些异常凶猛动物的人，就是英雄；能够畜养这些牲畜的人，也该是别人心目中的英雄。

以龙纹样为例，北地家具纹饰中，龙纹一改明清皇家龙纹的温驯和优美造型，重新回归狞厉和飞扬之美，甚至保留着龙生九子其他形式的龙纹如夔龙、螭龙、草龙纹等形象。单独龙纹的正面形象频繁出现，两只龙爪细腻生动，彰显龙的威武、龙的性格。

书中的大衣柜，所绘通天石柱上缠绕的龙纹，龙身大部分隐藏，龙尾龙首凸现，龙爪着重强调嶙峋刚劲，正面龙首怒目圆睁、张口嘶鸣，展示出一条犀利刚毅的猛龙形象。

总之，无论是面目狞厉的正面龙纹，呼风唤雨的云龙纹，还是口吐宝物的麒麟纹、行走的牛马羊纹，所有的动物纹样都被赋予表情，又都被置于特定的环境之中，即被故事化、性格化了。草原上的牧人认定牲畜是有灵性的，河套地区人干脆不叫牲畜，叫牲灵，万物有灵，包括一山一水、一草一木。

家具的装饰纹样不仅是牧民情感的投射，同时被牧民赋予了思想内涵。书中指出，家具的彩绘纹饰指向了北地民众的幸福观、艺术观和思维观等。

家具上成群的牛羊，随处可见的八宝，别具一格的吐宝鼠，是牧民对美好生活的向往，还有如意、五妙欲、和解图，也表达了人们对未来的憧憬和希冀。

正像书中所写的那样，无论汉民族还是其他民族，在家具上彩绘装饰纹样，都是在装点并美化着生活。

北地辽阔而苍凉，自然环境的单调需要人们用浓墨重彩去消解单调、渲染平乏，需要用想象的丰富去填补现实的苍白。正是这些装饰纹样，弥补了现实生活的缺憾，满足了人们追求平衡与补偿的心理愿望。北方游牧民族家具上的装饰纹样，是牧民希冀的延伸，也是对现实生活诸多困境的消解和安慰。

该书是中华人民共和国教育部人文科学研究规划基金项目的研究成果，作者赵一东从北方游牧民族家具文化产生的历史渊源起始，对北方游牧民族家具的形制、装饰方法、彩绘纹饰等进行了透彻的分析和清晰的论述，进而对北方游牧民族家具文化的形成做了深度的解读和论证。最后，还对北方游牧民族家具文化的美学形态进行了有益的探讨，并提出了自己的观点和学术主张，使得该书成为一部新颖的民族和宗教文化艺术方面的研究著作，也成为我国有关北方游牧民族家具研究方面的重要文献资料。

卡尔维诺的烟云

天空灰突突的，一大杆烟囱正在喷吐着烟雾，这烟雾横冲直撞，从开着的门窗或没有开着门窗的缝隙中钻到人们工作的办公室，钻入人们居住的家里。于是，办公室的桌子上、椅子上，家里的床上、柜子上布满了烟尘。这是卡尔维诺《烟云》中描写的场景。

卡尔维诺的烟云似乎已穿透了时空的遂道，侵入了我的生活。我的眼前也是灰突突、雾蒙蒙的，我也像《烟云》中的主人公一样不堪其苦。但是，人们却依然如故地生活着，他们对于这个灰突突、雾蒙蒙的环境早已习以为常，只有我独自忍受着烟云的折磨。

《烟云》中的我投奔到这个烟雾弥漫的城市，在一家名为《净化》的杂志社做编辑，但是，我却无法净化这个烟雾弥漫的环境。我租住的房子下面是一个啤酒店，当我躺在床上时，啤酒店的各种声音穿透夜空的层层迷雾来到我的耳边。当啤酒店的声音困倦地合上眼帘的时候，房东的自言自语又来陪伴我的睡眠了。就这样，我在各种声音的狂欢中度过了一夜又一夜。

白天，当我要穿上衬衫去上班时，却发现，衬衫的领子上满是猫爪子的煤黑印子。猫脏成这样也没有什么奇怪的，因为走廊的栏杆上、百叶窗的叶片上，以及屋里的书上都是烟尘，无处不在的烟尘，只要把手放上去，手就会变黑变脏。当我要责怪女房东，怪她不为我清理屋子时，却发现女房东置身于满是油垢和灰尘的厨房中。

我用笔描绘欧洲城市被烟雾吞食的阴暗场景，然而这文章却得不到认可。杂志社负责人要我传达的理念是，我们是大气状况最糟糕的城市之一，但是，也是最能胜任解决这个局面的城市。我们要把空气从烟、化学排放和燃烧制品中净化出来。但是，能解决吗？我怀疑着。终于，我看到了一辆辆骡子拉的车，这是洗衣工的车子，这些车子走在城市的街道上，把城市人送出的大包被烟尘染黑的衣服拉到农村，洗净后又送到城市人的手中。

我追随着骡车来到郊外，我看到了绿色的农田，看到了宽阔的草坪上展开的、洗净的衣物。

卡尔维诺向我们展示了现代工业对人的生存环境的挤压和侵占，当这种渐进的挤压和侵占成为一种惯性时，人们便失却了对于这环境的反抗。人们麻木了，对于身边脏黑的环境，对于盘踞于头顶暗黑的烟云，对于夜夜于耳边萦绕的各种噪音，都习已为常了。

存在的即是合理的，但是当这种存在像病毒一样侵入人的肌体时，还能说这存在是合理的吗？然而，如何消除这侵害，如何斩杀这病毒，似乎总是难以找到一个两全其美的办法。工业是人类制造的怪胎，当这怪胎有了自己的意志时，便不由人类来操纵了。它像那盘踞于人们头顶的烟云，渐渐地侵入人们的生活，侵入人们的肉体甚至心灵。

寻访万里茶道上的故事与传奇

两年来，我的脑海里一直萦绕着一个骆驼的形象，我往返于呼和浩特的各大图书馆、档案馆，寻找着与骆驼有关的信息。寻找中，归化城（呼和浩特）二十万峰庞大的骆驼集群强烈地震撼了我。这二十万峰骆驼中，十四五万峰常年来往于蒙古和俄罗斯各地，四五万峰骆驼赴新疆古城、伊犁、乌鲁木齐等地。庞大的骆驼集群震撼我的同时，这艰险的跨国行走也给了我一个警醒，我意识到，这一个史无前例的行走不应该迷失在浩瀚的沙漠，也不应该消逝于茫茫的草原。

闭上眼睛，我想象着当年二十万峰骆驼行走的壮观场面，可那一条驼道的艰险却是我无法想象了的。从驼道的起点归化城郊外的坝口子村出发，驼夫们就开始了异常艰险的行走。驼夫带着三四十斤重的穿戴，一人拉着二十峰骆驼，一天走七八十里路。行走于浩瀚的沙漠与戈壁中，带的水喝完了怎么办？遇到野狼怎么办？遭逢土匪怎么办？迷路了又怎么办？驼道上累累的白骨，告诫驼道上行走的驼夫，灾难随时随地都会发生，生死只是一眨眼的事情。

驼道是一条向死而生的秘密通道，在浩瀚的沙漠与戈壁上，这条秘密的通道就藏在领房人的心里，藏在那一首凄苦哀惋的驼调里。

从图书馆、档案馆卷帙浩繁的资料堆中抽身出来，我便开始了一个又一个驼村的寻找，我找到了驼道的起点坝口子村、茶叶之路第一村麻花板村、养驼大村厂汉板村和有着养驼大户的五路村。

走进驼村，我见到了在世的老驼夫和离世的老驼夫的后代子孙。古老的记忆在驼夫的讲述中慢慢复活了，我似乎看到了这些老驼夫当年行走的身影。正值少年、青年、壮年的驼夫们，五年、十年、二十年，一日一日、一年一年，将生命中最宝贵的年华投掷到这一段异常艰险的行走旅途中。他们与野狼搏斗、与土匪对峙、与干渴抗衡，有的走过漫漫的艰险之路存活下来，有的却永远地倒在行走的旅途中。

五百多家商号在大库伦、恰克图、乌里雅苏台、科布多等地盖起了宽敞的店铺、货栈和住房，二十多万商人跻身于国际商贸舞台。这是令世人瞩目的商业成就，而支撑这一巨大商业成就的是漫漫驼道上一步一步艰难行走的驼夫，也可以说，是数以万计驼夫以生命为代价的行走铸就了这气势恢宏的商业传奇。

民国初年，呼和浩特的养驼户还有五百余家，这些养驼户散布在现在的玉泉区、回民区、新城区、赛罕区的大街小巷，以及呼和浩特周边的麻花板、厂汉板、坝口子村、五路村等村落。

驼夫们拉着骆驼，从归化城各个驼村出发，走到驼道的始发点坝口子村，由这里走过茫茫的大草原，走到浩瀚的戈壁、沙漠。穿行于浩瀚戈壁、沙漠的驼夫们，在鸟兽绝迹的无人区开辟出一条秘密通道，这向死而生的秘密通道，成为连接蒙古国、俄罗斯的国际商贸通道。这条被归化城的驼夫们日复一日踩踏出的秘密通道，就是声名卓著的茶叶之路，也是被列入中、蒙、俄三国联合申遗项目的万里茶道。

驼村是沙漠之舟骆驼的孕育之地，万里茶道是继丝绸之路之后兴起的又一条横跨欧亚大陆的国际商贸通道，这或许是我走进驼村的主要因素，但真正打动我的却是那些接近暮年的老驼夫。我静静地聆听着老驼夫们颤抖着声音讲述着自己当年驼道行走的经历，我知道，这颤抖的声音会变得越来越微弱，而且不久之后便会嘎然而止，消逝在历史的烟尘里。

这些驼夫有的走到了莫斯科，有的走到了蒙古国，常年累月地行走于异国他乡，他们学会了俄语或蒙古语，当语言不成为障碍时，他们与当地的商人、牧民成了很好的朋友和兄弟。我听一些驼夫的后代说，俄罗斯和蒙古国的朋友还来看过他们的爷爷或是父亲，并给他们的爷爷或父亲带来了当地的礼物。

当年，有的驼夫由于这样那样的原因，去了俄罗斯或蒙古国后便再没有回来，永远地和家人失去了联系。若干年后，家人说起没有回来的亲人时，还由不住地叹息，他们不知道这远方的亲人到底是死是活，在异国他乡是否还有后代留存，要是有后代的话，他们的后代是否知道遥远的地方有着亲人的牵挂与注目。

商业贸易是货与货的交换，更是人与人的交流，人与人之间建立起的纯朴友谊，是交易双方在货币收益之后所获得的额外馈赠，这额外的馈赠虽不能以金钱来衡量与计算，但这额外获得的友谊却是驼夫一生最为珍贵的记忆，而人与人之间的这种纯朴友谊更能促使交易双方建立起更为牢固而长久的联系。

万里茶道上的许多驼村都在我的家乡内蒙古，听着这些耳熟能详的村庄的名字，我感觉特别亲切也特别激动。据不完全统计，呼和浩特有数十个驼村，或者远远大于这个数字。我只是选取了些有代表性的驼村进行了走访，对于驼村的抒写难免以偏概全。在今后的日子里，如果有可能，我想继续行走于寻找驼村的路上，还有那一条向死而生的秘密通道——万里茶道，对我也有着强烈的诱惑。

南方买茶到北边

万里贩茶万里难

武夷山买茶尖

雇上脚夫把茶担

一离茶山四十里

这才来到崇安县（今福建武夷山市）

再装小船转大船

九江（江西）到达汉口（湖北）边

驮马拉到花园口（河南）

接着渡过黄河岸

进太行雇骡脚

前往太谷和祁县（山西）

歇歇脚交货忙

茶砖驼运到口外（蒙古高原）

这是当年流传下来的描述茶叶之路的童谣，这童谣清晰地记录了茶叶之路的路线。

万里茶道是横跨欧亚大陆的国际商贸通道，这条繁荣了两个半世纪的国际古商道上，留下了几代人行走的足迹。在这来往不停的脚步声中，埋藏着多少不为人知的故事与传奇。这条古老而伟大的商道更值得去记录与抒写，因为发生在古老商道上的传奇与故事，对于今天的我们来说，是一种不可复制的精神财富。

归化城曾经有一个盲眼的领房人，这位盲眼的领房人带领着驼队在那条完全没有路的驼道上行走时，用耳朵听着风的声音，用手掌摸着沙子的样子、石头的形状。就这样，单凭着嗅觉和触觉，这位盲眼的领房人一次次地把驼队带出死亡之海的浩瀚沙漠与戈壁。我想，领房人一定是上天选定了的神奇人物，他们都获得了上天的神谕，才能听懂风的声音，摸到沙的脉搏。那一首藏着驼道密码的驼调，则是上天交给领房人的一把神奇的钥匙，领房人用这把神奇的钥匙为驼夫打开锁着秘密通道的暗门。有了这神秘的神谕，有了这神奇的钥匙，领房人便领着驼队一次次走出鸟兽绝迹、令人恐怖的死亡之海，走到阳光明媚、水草丰茂的地方。

随着领房人的相继去世，与领房人有关的传奇故事都变得支离破碎。这喻示了，一切珍贵的东西都不能轻易获得，就像茶叶之路上的历史文化、故事传奇一样，都需要用心用力地去寻找，虽然这种寻找注定扑朔迷离、神秘莫测，但寻找本身就是一个不可多得的奇幻之旅。我只有祝福自己与茶叶之路上一个个奇妙的故事相遇，也盼望抒写出的故事能够得到读者的喜爱。

村庄记忆

立于村后向北眺望，大青山像巨龙般绵延千里，护佑着山脚下的村庄、农人。村前是合林村的母亲河——永济渠，河水滋养了两岸的庄稼，也滋养了合林村世世代代的人们。大河北岸是贯通东西的大添路，顺着路向西是塞外历史名城呼和浩特，也是当年名扬海外的驼城和被称为塞外小北京的归化城；顺着路往东可去往历经辽、金、元的丰州城遗址和屹立千年不倒的辽代白塔，再往东北不远，便是响誉世界的大窑文化遗址。

合林村建于清初，因当时一户蒙古人从和林格尔迁来，取村名合林，又因乾隆年间被洪水冲毁，居民迁到原址一华里处建村，得名倒和林。

有着三百多年历史的合林村曾经有过古庙、古桥、古路、古树。据村里老人回忆，许多年以前，合林村村长也是周围八个村子的村长。当年，合林村的村长号召八个村的人在合林村四周建起两米多高的土围子，土围子的东西南北留有四个出口，东西两个出口处还建了照壁。合林村一村之长能够挚领八个村子，并号令八个村的人为本村建设土围子，充分说明了当年合林村村长所拥有的权威，以及合林村在周围三村五地所处的位置。至于为何要建设土围子，因为年代久远便无法考证了。

乾隆年间从归化城经巴栅儿、添密儿、美岱儿、石人湾、牛家川至德胜口开了一条由归化城通往北京的大京路。

合林村村南大添路的北面原有一条古路，应该就是这条大京路。据资料显示，大京路开通后，一时间车马如潮、络绎不绝。除了传统的骆驼队，在大京路上出现了大量的趟子车与老倌车。前者是马拉车，后者是牛拉车。从地理上看，合林村因为距离归化城较近，虽没有具备成为跌头（休息的地方）的优越条件，但是可以想象，当年紧靠大京路的合林村是何等得繁盛、何等得风光。当时，村里也发展起了三家旅店——东店、西店和达吉店。村里还出现了好几家养驼大户，饲养着许多峰骆驼。合林村的骆驼穿行在大京路上运送货物，而来往于北京与归化城的许多客商也曾把好奇的目光投向不远处的合林村。

古庙位于合林村的村北，据村里老人们回忆，古庙院子里的古树四五个人才能合围抱住。古庙里立着一块石碑，石碑上刻着建庙的时间与修建古庙时捐资人的姓名。

古桥、古路在村庄的改造中逐渐消失了，古庙、古树、石碑也被砍被毁而踪迹皆无。

古迹虽然消失了，古老的传统却世世代代传承下来。每年春节，合林村的老人要带领子孙祭灶，扫年，贴春联、年画、窗花，接神，拜年。在合林人的理念里，几百年来，灯山爷、三观爷护佑了村人的安康、吉祥、幸福、快乐。每年的元宵节晚上，合林村供奉的灯山爷、三观爷前，高跷、船灯、抬阁、脑阁……依次登场，而红火热闹的灯山爷和山观爷前总是香火缭绕，村人摩肩接踵争相跪拜祈福。

三观爷的三官即天官、地官、水官。相传，天官好喜乐，地官好人烟，水官好灯火。故而元宵节要纵乐点灯，仕女结伴夜游，而按着一年三百六十天，灯山爷要点够三百六十个灯盏。

不仅是春节、元宵节，还有端午节、中秋节、清明节……合林人将每个节日都过得有条不紊、有声有色。在一个个传统节日盛典中，合林人灵魂深处一切善良的本性和美好的品质得以抒发与升华，而一个个珠贝似的节日也为冗长而艰难的日子赋予了诗意与浪漫，增加了希冀与憧憬。

似水流年的日子里，合林人一年又一年迎来蓬勃的春、熬过火热的夏、收获丰盛的秋、挨过寒冷的冬。逐渐繁荣富强起来的合林村有了第一所学校、第一个商店、第一台电视、第一辆汽车、第一个大学生、第一个研究生……也有了第一部村志。

村志是村庄的记忆，合林村的村庄记忆靠的是世世代代的口口相传。爷爷传给父亲，父亲传给儿子，儿子传给孙子，几百年来，历经一代一代的传承，原本鲜活的记忆正在被时光溶解、岁月磨平。有了村志，村庄的记忆便有了一个可供存放的宝库。打开宝库，合林人看到了祖先淌着汗、流着泪、洒着血，在荒芜的土地上一点点地开垦农田、兴建家园，之后，一代又一代合林人在祖先开垦的农田、兴建的家园里繁衍生息……

第六辑

绵延的山峰

施战军：文学捡拾被历史遗落的宝贝

2014年9月7日，由内蒙古作家协会主办的内蒙古文学大讲堂迎来《人民文学》主编施战军主讲。作为新锐批评家，施战军以敏感精辟、鲜活生动的批评实践，有力地体现了文学批评的创造才情和学术魅力，他的著作《活文学之魅》《爱与痛惜》《碎时光》等也受到许多读者的欢迎。

施战军说，内蒙古的整个文学艺术创作在国内的位置一直都很高，尤其在民族地区横向比较起来的话，文学排头的位置从来没有丢过。

这块地域所产生的文学和我们一般认为的，有民族特色和多民族特色的创作不一样，这里特色是有的，但是，比这特色又多出来的一个东西，那就是属于人类永恒的梦，属于世界文学。心中不仅只有山川草木，同时怀着对于整个生命的敬畏心态进行创作的，必然是具有世界性的。

《世界文明史》中有这样一句话：文明就像一条筑有河岸的河流，在河流中间流淌着人们互相残杀的鲜血，而河流中间流淌的通常就是历史学家所记录的历史。但是，在河岸之上，人们建设着家园，寻觅着爱情，养育着儿女，吟诗歌唱，甚至雕刻图像。文明的故事就发生在河岸上，历史学家忽视了岸上发生的一切，那些被历史学家忽视的东西恰恰被文学艺术家捡了回来。

施战军说，从这里就可以看出，文学艺术究竟是干什么的。

施战军认为，历史是线性前行的，人文的角度是，历史在往前推演时，我们丢了很多好东西，我们要找回这些好东西。就像沈从文，专门寻找过去的故事，田园牧歌、风俗挽歌。还有鲁迅也由原先的线性历史逻辑，变成了对循环的历史怪圈的质询。历史线性地往前走总是快的，而循环的回溯过程中，我们会知道哪些东西为什么更珍贵或更顽固。

他认为，民族地区的作家记述边地的风物，表达对边地感情的文字特别多，大家看了也特别感动。但是，其中相当多的作品是景观化的认知，我们很难看到景观之上的气象。景象与气象之间怎么融合，这里能够见出一般作家和大作家的区别。

在表达民族情怀时，作家那种自骄自傲、自我显示的成分不但不能扩大民族精神的天地，反而缩小了人们对这个民族的认知。不论是描绘哪个地方、哪个民族的生活，实际上所写的都是人、人与世界的关系、人与其他生命的关系。

文学表达的是对所有生命的体恤之情，就像伟大的蒙古族母亲收养并无血缘联系的孩子，完全没有刻意，就是自然而然地对生命的怜惜和喜爱。

施战军说，许多作家的创作，经常会出现一种对于缩略物的沉迷，那就是写作自我的一点点喜怒哀乐。我们看到的作品基本就是三种题材：成长、乡村、城市。

写成长的，都写成了成长的碎片，没有一个长成的青年；写乡村的，写乡村里新的斗争，把所有的干部都设置成斗争对象；写城市的，基本上都是漂泊、无依无靠，还有千篇一类的情爱故事。这说明，作家内心里漂浮的东西太多，而沉淀下来的东西太少。

茅盾文学奖史上最年轻获奖者阿来

2015年12月13日，茅盾文学奖史上最年轻获奖者、四川省作协主席阿来来到呼和浩特，做客内蒙古文学大讲堂，为内蒙古的作家和文学爱好者讲授《消费主义时代的边疆与边疆文学》。

阿来于当日乘飞机来到呼和浩特后，休息了二十分钟就赶到会场。阿来说，非常高兴有机会与另外一个地方的同行交流自己对文学，尤其是边疆地方文学的一些基本想法。

阿来表示，边疆文学是汉族主体文学之外其他民族的文学，不过现在边疆的现实还在发生变化，因为不同的民族相互交流过程中，逐渐形成多民族共存共生、多民族共同表达、共同抒写的文学。

当遇着一个地域性题材或民族性题材时，我们的作家往往自动放弃对于普遍性的追求，只是想着增加一些特色而已。但是，我们真正的自身历史、自身现实的抒写不是单一的抒写，我们自身的精神建筑与我们对于自身情感的表达都是与今天全世界普遍的价值观联系在一起的。

在谈到消费主义时代时，阿来说，消费主义已经影响到了人们的吃穿住行，而且基本上形成了以城市为主体的消费，边疆和中国的农村一样，只是在紧追和附和。

在消费主义时代，边疆文学抒写面临的问题是什么呢？阿来认为，消费主义的特征是，不是它原来是什么样子，而是我希望它是什么样子的。写作者往往会受到这样的强烈暗示，也难免会揣摩别人希望自己的作品是什么样子的，而且大部分读者和评论家都在远离本土的城市，城市的强大的中心话语权势必会影响写作者的写作。我们要警惕的是，当前的消费主义正在对我们的文学造成一定的伤害。

一个时代带来些机遇，也带来许多新的挑战，边疆文学带来的挑战也是显而易见的。作家好比讲故事的人，在消费主义时代里，听众的耳朵变了，我们是坚持做以自己方式讲故事的那个人，还是为那些耳朵改变而改变自己呢？作家要有自己的文学自信。

阿来说，地方文学是有价值的，但是，大家都在找故事、找题材，对于民间的一些叙事方法却不太关注，其实，我们应该注意的是要拥有自己独特的表达。

说到读书，阿来提出，消费主义甚至规定读者应该读哪些书，但是，每一个人认知世界的方式是不同的，所以，每个人需要读的书也是不同的，文学是解决自己的问题，自己的问题要自己解决。

阿来认为，对于作家来说，还有什么比语言更重要的呢，只有有好的语言，故事才能有意思，人物才能有意思，所有的意思都是好的语言才能挖掘出来的。

阿来于1982年开始诗歌创作，20世纪80年代中后期转向小说创作。主要作品有诗集《棱磨河》，小说集《旧年的血迹》《月光下的银匠》，长篇小说《尘埃落定》《空山》，长篇地理散文《大地的阶梯》，散文集《就这样日益在丰盈》。2000年，年仅四十一岁的阿来凭借长篇小说《尘埃落定》荣获第五届茅盾文学奖，成为茅盾文学奖史上最年轻的获奖者。评委认为这部小说视角独特，有丰厚的藏族文化意蕴。轻淡的一层魔幻色彩增强了艺术表现开合的力度，语言轻巧而富有魅力，充满灵动的诗意，显示了作者出色的艺术才华。

讲座结束后，许多读者拿着《尘埃落定》让阿来签名，并和阿来合影留念。一些读者表示，许多年前读过阿来的作品，今天能够聆听阿来的讲座，受益匪浅。

从内蒙古走出的《文艺报》总编梁鸿鹰

从内蒙古走出去的梁鸿鹰，先是中宣部文艺局的公务员，后成为中国作协创作研究部主任，再以后又担任有着六十五年历史的《文艺报》总编辑。一路走来，梁鸿鹰始终与文学结缘，而他认为，与文学结缘是幸福的，也是美好的。2015年3月28日，梁鸿鹰从北京回到家乡内蒙古，做客由内蒙古作家协会主办的内蒙古文学大讲堂。

姥姥和妈妈点亮我的文学梦

1962年6月1日出生于巴彦淖尔市磴口县的梁鸿鹰，小学、初中、高中的学习生活都是在磴口县县城里度过的。第一年高考，他因为违心地选择理科，与大学梦失之交臂。到北京旅游回来后，父亲帮助他进入杭锦后旗奋斗中学复读。这一次，他顺利地考入了内蒙古大学汉语言系。

梁鸿鹰的父母都是教师，他说，他的文学梦是由他的母亲和姥姥点燃的。梁鸿鹰回忆说，他上学前后那段时间，患病在家休养的母亲，经常给他讲唐僧西天取经、豌豆公主、东郭先生、“洋铁桶”历险记、小兵张嘎的故事，而他的姥姥则给他讲牛郎织女等民间传说。上高中前后，梁鸿鹰狂热地爱上了上海《文汇月刊》、北大民刊《未名湖》，以及许多当代文学作品，他读刘心武、张洁、蒋子龙、徐迟的作品，也读张承志、阿城、韩少功、张辛欣的作品……

把文学作为人生理想

高考后的明确选择就是文学，此时文学已经成为梁鸿鹰的人生理想。1981至1985年，在内蒙古大学的学习生活忙碌而充实。温小钰、陈寿朋、李作南、鲁歌、齐冲天、韩公陶、马白、林方直、吴文堂、齐鲁青、高明霞、白贵、魏中林、班文中、郎宝如、杨新民、李佐峰，他永远记住了内蒙古大学，记住了这些老师的名字，他们的学养和风范更是让他至今难忘。大学毕业后，梁鸿鹰留在内蒙古大学汉语言系文艺理论研究室工作，听从温小钰老师的建议，到哲学系进修美学和西方哲学，承担了汉语系82级、83级马列文论部分教学任务。1986年冬被学校外派支教，到临河四中承担两个高中班的英语、语文教学任务，边履行“支教”使命，边复习考研究生，1987年考入南开大学中文系，攻读世界文学专业硕士研究生。

三年研究生的生活，使他的眼界大为开阔。他随兴趣阅读，二战以后特别是20世纪60年代以来的美国文学是他痴迷的研究领域，但是他毕业论文选择的是亨利·詹姆斯小说叙事与西方小说理论。凭着刻苦钻研的精神，在校期间，他获得了万荣芳外国文学研究奖学金。

由于成绩突出，他得到时为文化部副部长杨志今学长的举荐，于1990年夏顺利进入中宣部文艺局工作。至2012年2月，他先后在艺术处、理论文学处工作。其间，他参与了大量文件、讲话、报告的起草，还参与了三次文代会、作代会文件起草工作。草创和参与历届精神文明建设“五个一”工程评奖及组织工作，见证了中国一系列文艺政策的制定，见证了当代文艺的发展。

内蒙古文学发展势头很好

2012年2月，告别工作了二十多年的中宣部，梁鸿鹰来到中国作协创作研究部工作，参与组织过骏马奖、儿童文学奖、鲁迅文学奖的评选，负责过当代文学对外翻译推广，组织和主持了许多文学名家作品的研讨，发表了大量文学评论文章，举办过一些文学讲座，对文学的认识更加深入。2014年9月25日，在《文艺报》创办六十五周年这天，他进入这个报社工作。

梁鸿鹰当天演讲的题目是《当代视野下的文学走向》，当提到内蒙古文学的发展现状时，梁鸿鹰说，内蒙古文学有非常好的传统，而且，近些年来，内蒙古陆续推出了许多好的举措，使得内蒙古文学呈现出非常好的发展势头。另外，内蒙古文学有着很强烈、很鲜明的民族特色，虽然某些文学门类的创作有些欠缺，但是猛起直追的心态还是非常好的，未来，内蒙古文学一定会有好的发展。

梁鸿鹰说，他对文学的热爱之情还在增加，他认为：文学让我们想起生命的短暂，文学提醒我们宇宙的有限与无限；文学让我们想起在这个世界上，作为过客和羁旅者，我们是孤独的；文学也让我们想起自己是高贵的、聪慧的，因而也无比幸运。

当代小说“刺客”宁肯

作家宁肯被称为当代小说的“刺客”，刀法重拙有力；他又是先锋文体的实验者，不断用新的小说形式展现他眼中的世界。2015年5月26日，《十月》杂志副主编宁肯来到呼和浩特，为内蒙古学子讲授了《现实与主体及现代小说技巧》。

宁肯说，2010年写完《天·藏》，他就在考虑写作转型的问题，比如回到现实。宁肯讲的现实是两种现实，那就是他写的现实和他没写的现实。每个人都被裹挟在这样的现实中，这样的现实远比小说精彩得多，它引起了所有人的注意、所有人的目光，同时文学也常常被指责没有面对这样的现实。

宁肯谈到了余华的《第七天》，他说，余华的《第七天》是冲上去了，他觉得，这是个好兆头，但遗憾的是读者仍不满意，戏称《第七天》为“新闻串烧”。然而，实事求是地说，余华是做出了认真而严肃的努力的。

宁肯以自己的新长篇《三个三重奏》为大家分享了他的创作技巧，《三个三重奏》首发于《收获》，同名出版物登上新浪十月好书榜。

宁肯说，他之所以会走上写作这条路，很大程度上源于童年时的经历。小时候他喜欢下象棋，别人都下不过他，他觉得自己特别神奇。从那时开始，他就对自己特别着迷，对自己着迷的人，普遍也对世界着迷并充满好奇。他觉得好奇是一个人特别重要的品质，正是这种对自我的着迷和对世界的好奇，让他迷上了写作。

宁肯建议内蒙古作家，不能陷入普通人的生存逻辑，既然进入文学，必须是超越现实的。另外，现在是信息爆炸的时代，要从现实的巨大变换中看到文学的各种写作技巧。他认为，内蒙古有着独特的历史文化，作家要抓住这一写作资源。

宁肯，鲁迅文学院第十三届高研班学员，现为《十月》杂志社副主编；1982年发表诗歌处女作《积雪之梦》，“新散文”代表作家之一；代表作为《天湖》《藏歌》及长篇系列散文《沉默的彼岸》；出版有长篇小说《蒙面之城》《沉默之门》《环形山》《天·藏》，散文集《说吧，西藏》《我的二十世纪》《大师的慈悲》；曾获老舍文学奖、施耐庵长篇小说奖、《当代》2001年文学拉力赛总冠军、第七届北京文学艺术奖以及美国纽曼华语文学奖。

“短篇小说之王”刘庆邦的小说之道

从1972年开始写作到现在，四十余年间，刘庆邦创作了《断层》《远方诗意》《平原上的歌谣》《红梅》《遍地月光》等九部长篇小说，《走窑汉》《梅妞放羊》《遍地白花》《响器》等四十余种中短篇小说集、散文集。2015年4月8日，被誉为“短篇小说之王”的著名作家刘庆邦从北京来到呼和浩特，带来了一场精彩的文学盛宴。

情感是小说的根本支撑

谈起小说创作，刘庆邦指出，小说的本质就是虚构，就是务虚。实与虚的问题是一个作家进行文学创作所面临的首要问题，也是必须要解决的实际问题。当代中国小说家面临的一个困惑就是没能很好地处理小说创作过程中的虚实问题。小说写得太实，缺乏虚构、抽象的能力，反而显得太过平淡，而加入虚写，则会增强小说本身的飘逸感、空灵感和精神性，才能让小说读起来更具文学性而非新闻性。

讲座中，刘庆邦结合小说《神木》的创作经历解读了小说虚实运用的三个层面：即由实到虚、由虚到实和再由实到虚。实的东西是现实，虚的东西是理想。实的东西是有限的、雷同的，虚的东西是无限的、不断变化的。

在刘庆邦眼里，现实是实，想象是虚，一篇小说所包含想象的分量有多大，在很大程度上决定着这篇小说是否有活力。刘庆邦列举了虚实处理比较好的作品，如《老人与海》《阿Q正传》《边城》《务虚笔记》《年月日》等。

讲座中，刘庆邦坦言：文学与生命紧密联系，作家要有善良的天性、高贵的心灵、悲悯的情怀，生命的力量和生命的份量。刘庆邦认为，衡量一篇小说是否动人、完美，一个重要的标准，就是看这篇小说所包含的情感是否真挚、饱满。倘若一篇小说的情感是虚假的、肤浅的，就很难引起读者的共鸣。所以，写小说一定要把情感作为小说的根本支撑。

内蒙古创作资源独特

熟悉刘庆邦的读者都知道，刘庆邦的作品中，一半是煤矿，一半是乡村。刘庆邦于1951年12月生于河南省沈丘县，他由农民、矿工，最后成长为一名作家。当农民那段时间里，他学会了所有农活儿，割麦、锄地等都干过。后来一次偶然的机会，他当上了矿工。

“刘庆邦对短篇小说的长久偏爱几近忠诚，他的努力为这种文体作出了重要而积极的贡献。刘庆邦就像老实本分的手艺人，我们从他的短篇小说中看到了不受喧嚣干扰的专注、耐心与沉迷，看到那唯有保持在笨拙里的诚恳，以及唯有这种诚恳才能达到的精湛技艺。”这是刘庆邦获得首届林斤澜“杰出短篇小说奖”的颁奖词。作家王安忆评价说，读刘庆邦的文字，能体会到他对文字的珍爱，这是个如农民爱惜粮食般爱惜文字的人，从不挥洒浪费。

在提到内蒙古文学现状时，刘庆邦说，内蒙古有很多好的作家，创作实力雄厚，而且很重视文学创作。此外，内蒙古有着独特的民俗风情，是挖掘不尽的宝藏，他希望内蒙古作家创作出更多的文学精品。

赵玫：《博物馆书》的奥秘

每到一个地方参观游览，我总要到这个地方的博物馆去看一看，因为博物馆是一个地方的历史文化宝藏。所以，当这一本名叫《博物馆书》的书籍出现在我的面前时，我不能不惊讶，不能不惊叹了，这是博物馆的集合，也可以说是宝藏的集合。而更让我惊讶和惊叹的是，这里集合的不是一般的博物馆，而是我早已仰慕的全世界著名作家的博物馆。

多少年以前，我便有一个梦想，那就是到我仰慕的作家生活的地方，近距离地去接触他们书中描绘的那些奇妙故事发生的乡村、城镇与集市。

当《博物馆书》放置到我的面前时，那遥不可及的梦想似乎有了实现的可能，而随着书页的打开，我和我所仰慕的作家的距离在一寸寸地拉近，一步步地靠拢。

让我的梦想有了实现可能的是这《博物馆书》的作者赵玫，她不仅出版了《武则天》《上官婉儿》《漫随流水》等九百余万字的著作，还获得了首届鲁迅文学奖。日前，她从天津来到呼和浩特，我有幸与她有了近距离的接触。

赵玫说，她也喜欢博物馆，之所以一直喜欢博物馆，是因为博物馆具有地域象征性符号，也是当地文化与历史的某种沿革。所以无论她去到哪里，最想去的地方首先就是博物馆。

因为对博物馆的喜爱，内蒙古的我与远在天津的赵玫似乎有了一种小小的默契，那就是，从今天开始，从现在开始，我要在赵玫的引领下，去拜访我所仰慕的世界级作家们的故居——那一个个有着特殊意义的博物馆。

现在，摆在我面前的《博物馆书》，就是一个馆藏丰盛的博物馆，连书籍的装帧也似博物馆般古朴典雅，翻看中似乎置身于博物馆老旧的氛围中。

打开书页，第一眼看到的是我所喜欢的作家福克纳。赵玫说，她也喜欢福克纳，喜欢福克纳描述的南方景致，以及福克纳以这南方景致为背景编织的一个又一个生动的故事。那故事有《献给爱米丽的一朵玫瑰花》《喧哗与骚动》，也有《我弥留之际》《押沙龙，押沙龙！》。

我随赵玫来到福克纳的牛舍和马厩，那碎石铺成的小路很长，弯弯曲曲，路两旁是高大的雪松，还有高大的橡树。福克纳喜欢穿花格呢的西服上装，牵着他的马在这条小路上散步。

我们也来到了福克纳的树林、草场、花园，想象着被福克纳注目的叶、凝望的花，之后，这花、这叶就被赋予了高贵的灵性，在福克纳的作品中摇曳生姿。

福克纳生活的小镇叫奥克斯佛，因为福克纳，全世界的人都知道了这邮票一样大小的小镇。但赵玫说，小镇上的人们并没有真正认识到这位诺贝尔文学奖得主的不朽价值，这只能说，福克纳是属于世界的。

很喜欢赵玫第二个拜访的就是有着硬汉风格的海明威，赵玫称海明威为老海，我也很喜欢这一个亲切而好玩的称谓。

《老人与海》帮助老海拿到了诺贝尔文学奖，而我最早读到的也是老海著名的《老人与海》，之后，那一个与海浪搏斗的老人形象便再没有退出我的记忆，他成就了老海的硬汉风格。他的风格很少有人能够模仿，因为老海的经历与性格唯他独有。

爱猫也算是老海唯他独有的一个特性，尽管他生前亲近过、抚摸过的那些猫已经离开了人世，但是它们的后代却生生不息地延续下来，以一百六十只的高峰成为老海故居的一大特色。

我与赵玫在一百六十只猫的围观与打量中，穿过老海的花院，来到了老海的书房。我们看到了老海当年伏身写作的书桌，坐着的椅子，爱看的书籍，以及他写出巨著的那一台老旧的打字机。恍惚中，觉得老海并没有离开人世，他只是写作累了，到外面随便走走，而我们是在主人不在的情形下，偷偷地打量着这一个神秘的所在。

打量着，脑子里闪出了《丧钟为谁而鸣》《午后之死》《乞力马扎罗的雪》，一个个故事，一个个人物纷繁到来，分不清哪个是真实，哪个是虚幻。直到坐到老海的椅子上，仍然恍然若梦，觉得幸福的体验来得太快、太早，反而没有了幸福的感觉。或许这就是美的感觉，美要有时空的阻隔，靠想象来完成与升华。

抚摸着那一台制造伟大与奇迹的打字机，而那也只是一台普通的打字机，甚至有些太过老旧的感觉。想象着像老海一样敲打着键盘，一阵沉闷的响声，似打通了时光隧道，我分明看到了老海于远处遥望着我们，而那沉闷的响声，仿佛是他自远方向我们发出的一个暗语。那暗语是他人生一个隐秘的故事，还是他要告诉我们一个奇特的写作秘籍呢?

赵玫引领我站在了老海的阳台，远处是一个灯塔，我想象着老海眺望灯塔时的神情，那灯塔曾经照亮了老海的思想，也指引了老海的航向，使老海勇往直前，直至让自己成为那个众人眺望的灯塔。现在，老海离去了，老海的灯塔却依然矗立于远方，成为一代又一代人仰望的文学高峰。

一个地方可以盛产香蕉、盛产葡萄，但是，从来没有听说一个地方可以盛产女巫，而接下来，赵玫引领我走近的就是一个盛产女巫的地方。这个地方是写出名著《红字》的霍桑的家乡塞勒姆，在这里，十二位年轻女子被诬指为女巫而活活吊死。或许，人们无法想象，这样的悲惨历史也会被容许出现，但是，我们不得不相信，上演悲惨历史的地方不仅仅只有塞勒姆。

走在这一个迷漫着女巫气息的小镇，我怀念着那一个胸前绣着A字的美丽女子。她用自己无私与深邃的爱影响着、教育着小镇的人们，让他们走出女巫气息笼罩的阴郁与野蛮。

从霍桑的家乡塞勒姆走出来，我们都感觉到了疲累，这种疲累或许只是内心的沉重，因为那十二个年轻的生命，因为善良可以被整体排斥与整体拒绝。

接下来，还有许多奇妙的博物馆故事在等着我们，我会继续一往无前地走下去。我也期待着每一个喜欢博物馆的朋友与我一起出发，一起走进《博物馆书》，去欣赏博物馆的奥妙无穷。

特·官布扎布：《蒙古密码》的思想穿越

曾让人类和世界大吃一惊的蒙古民族来自哪里，如何冲出古时蛮荒？他们以怎样的生存形态进入成吉思汗时代，又如何走向复兴和崛起？这一系列谜一般的问题引发了许多人的好奇，而这许多谜一般的问题就藏在特·官布扎布创作的二十万字的文化散文《蒙古密码》里。

面对众说纷纭的论断，作者没有失去自己的独立思索，他从古老的传说中得到了蒙古民族起源的大胆推论，而随后的考古发现让这一大胆推论获得了现实的依据：远古年代，蒙古人作为东胡这一狩猎游牧群落的后裔，长期繁衍生息在呼伦贝尔草原的山林与大地，并在这里孕育了民族的雏型；随着人口的增加和时局的变迁，从公元8世纪中叶逐步向西漫延而去，再经过孛儿帖赤那所属的乞颜部落和其他诸部落几百年的发展壮大，最后在成吉思汗时代完成了这个民族的崛起和最终形成。

作者不但对蒙古民族的历史谜题进行了逐一解答，还总结出了蒙古民族最初进入历史的精神理念，即天生理念、团结理念、秩序理念。天生理念是古代蒙古人对祖先身世的梦幻解读，到了成吉思汗时代，天生理念被演绎成了保佑蒙古民族兴旺发达的至高神灵——长生天。团结理念源自折箭教子这一典故。感光生子的阿阑豁阿折箭教育儿子们团结的重要，之后这一理念像一条长长的哈达绵延在蒙古民族的心灵深处，成为他们处世生活的吉祥信条。秩序理念是成吉思汗十世祖孛端察儿蒙合黑提出的，被认为愚拙而遭到亲人抛弃的孛端察儿蒙合黑提出的“身必有首、衣必有领”的理念成为古代蒙古人的行为规范。

解读和诠释蒙古民族盛衰成败的背后密码，是总结和归纳它留给人类世界的历史启迪。那么，作者从蒙古民族的一系列历史事件中获得到了怎样的启迪？

从忽图剌汗被推立之后，带领俺巴孩汗的长幼宗亲及蒙古部族踏上复仇的征程，便开启了蒙古部族与塔塔儿人、金廷阿勒坛汗无休无止的复仇的序幕。从一系列血腥的历史事件中，作者看到了仇恨结出的恶果，他说，在我们地球上，最不该播种的是仇恨，最不该放大的也是仇恨，最不该追报不止的还是仇恨！仇恨是一堆血光之灾，它的燃烧必将导致热血生命的不断毁灭。作者认为，心灵的凝聚是一个民族坚不可摧的力量之源，一个民族的败落同样也是从心灵链条的断裂开始的。所以，草原上一个个被放大的仇恨，就成了砍断心灵链条的一把把利斧。

为什么会产生仇恨？《蒙古密码》一书给出的答案是，物质利益是一切矛盾冲突永远的根由。作者提出的两个至关重要的概念，那就是生存圈和无障碍对接。顺着作者的目光，从另一角度回望历史，我们看到，那个蛮荒而资源匮乏的年代，中心区域的这种富饶的物产和丰足的生存资源只有与周边贫乏的生存物资融汇在一起，只有做到这些生存资源的共同分享，才能满足生存圈之内所有人群生存发展的需求。这是历史的方向，是这个自然世界的大地山川给她的住民暗暗画下的命运指向。

仇恨不是人类的主动选择，而是恶劣生存环境下的本能驱使。生存条件的恶劣，生存物品的缺乏，人类本能地将生存放在了首位。以此推断的结果是，在争夺生存权的过程中，个体生命的行为自觉难以形成，团体人群的政治理想发育缓慢，于是生存用品的直接争夺和粗暴抢掠自然就成了人们难以克服的行为目标，这样仇恨就产生了，并且周而复始地循环开来。作者的观点是，人类的历史不是仇恨周而复始的循环，而应该是化解仇恨的过程。

随着生存圈的竞争，随着各个族群的此消彼长，成吉思汗从一次次被迫逃离慢慢走向了主动出击，最后迅速跨入历史的舞台，扛起了崛起与复兴的大旗。那么，成吉思汗带领他的族群走向复兴与崛起的关键性因素又是什么？

《蒙古密码》中提到了严守信誉一词，并称严守信誉是人类进入英雄主义年代的重要产物，是人类各个民族都曾踏实推崇的行为信条。成吉思汗成为登上世界历史舞台的英雄，关键性因素应该就是严守信誉。就像书中说的那样，团结是一切事业得以发展的人本基础，它是生命与生命的焊接，是意志与力量的聚合，但是，没有诚信，团结便失去了它的基石而土崩瓦解。所以，团结的前提还是诚信，是严守信誉。

历史从来都充满了偶然性、传奇性、非理性，其中个人性格情感因素以及特定情势的影响，在历史长河中起到的作用，真是既微妙又巨大。好的历史陈述，不能漏掉这无数富于戏剧性的血肉丰盈的细节。纵观《蒙古密码》一书，既没有失却大历史事件的描述，又没有放弃对历史事件中一些细枝末节的雕刻。成吉思汗成为领袖之初，为了庆贺众人前来追随，成吉思汗与母亲、合撒儿等在斡难河边的树林里举行宴会。此事件的结果是，别勒古台被主儿勤人砍伤肩膀，成吉思汗一气之下，不顾别勒古台的劝阻，折下两旁的树枝，抽出撞乳杵与对方厮打起来。作者从这一事件中，看到了年轻的成吉思汗成为领袖之初的不成熟之处，并认为如果成吉思汗完成了从一个智慧青年到民族领袖的角色转换，那么河边树林里这场宴会决不会有这样的结果。而处理通天巫阔阔出事件时，成吉思汗便充分显示了作为领袖的威严、果断，还有智慧与才华，让这一历史性冲突的大事件悄无声息地化解了。作者没有一味地去赞扬成吉思汗的伟大智慧与丰功伟绩，还展示了成吉思汗作为普通人的另一面。作者认为，在男权主导的社会中，女人们在承担生命繁衍的任务外，还被异化成了会说话的财富。战争中，这一畸形的奢华，也被认为是天经地义的事情，腾达起来的成吉思汗也不例外。

作者在自序中表示，愿以最大众的方式表达自己对历史及其风云故事的心灵认知，这部作品就是作者对蒙古民族历史进程的激情解读。通观《蒙古密码》，作者确实实现了这个愿望。如果说蒙古民族的历史是一座迷宫的话，《蒙古密码》的一章一节就是打开这迷宫的一把把钥匙。在对这一历史的叙述中，作者没有沉醉于简单的说教，而是把历史放置在更大的世界范围内，给予了真知灼见的剖析，让读者从一个个历史事件中，获得了启迪与警示，而书中十三卷条分缕析的解读，更是让思想穿越历史，揭开宏大历史的神秘面纱。

鲁奖获得者内蒙古第一人肖亦农

第六届鲁迅文学奖评选中，内蒙古作家肖亦农的长篇报告文学《毛乌素绿色传奇》获奖。这是自1997年鲁迅文学奖设立以来，内蒙古文学作品首次获得该奖项。

谈到肖亦农的小说，大都绕不开20世纪蜚声文坛的几部中篇小说，如《孤岛》《红橄榄》《灰腾梁》，这几部小说是在20世纪80年代末期《十月》杂志社一年之内连发头题推出的。时隔多年，肖亦农又出人意料地推出了如史诗般的长篇小说《天鹅泪》《黑界地》，尤其《黑界地》更是被评论界称为一部近代以来中国河套地区的土地史和农民史；一些媒介及书评甚至评价它是一部充斥着人类不幸和苦难的小说。肖亦农说，一部长篇小说除了故事的厚重，就是要有想法，和别人不一样的想法。只有不一样了，才可能成就一部大作品。肖亦农认为，文学之根应扎在人心之中，这样，文学的生命之树才会常青。知青经历是肖亦农人生的重要组成部分，许多基本的文学诉求都是在这个时期形成的，但他的作品有别于其他知青作家。

当达到一定高度时也产生了创作的难度，他苦苦寻找突围的方向，那就是深挖井。他瞄准了鄂尔多斯的历史文化，他以鄂尔多斯百年重大事件为主，其代表作为长篇小说《黑界地》，讲述的是鄂尔多斯地区清末民初的抗垦故事，创作完成后反响极佳，被列为建国六十年长篇小说五百部之一。

肖亦农说，一个作家熟悉自己生存的地方，对其历史文化应当熟稔于心，这是最基本的功课。但地域是有限的，而心灵是无限的，这方面我们可以学习前辈作家如康德、福克纳、托尔斯泰等。在小镇上的思考不影响他们对世界的认知，要拒绝浮躁，真正地沉下来，与世界对话。

《毛乌素绿色传奇》讲述了毛乌素沙漠的自然生态变迁，反映了鄂尔多斯市乌审旗人民几十年治理沙漠、建设绿色乌审的历程，精心刻画了半个世纪以来，出现在乌审旗土地上的宝日勒岱、殷玉珍、乌云斯庆、浪腾花、徐秀芳等治沙英雄的形象。作品在历史与现实的交融中，在客观塑造与主观体验的结合中，用大手笔、广视角抒写了毛乌素沙漠变为绿洲的人间神话，阐述了一个生存与发展、地球与人类、社会与环境的科学发展命题，能够引发人们绿色担当、居安思危的深度思考。作品饱含深刻的思想性和丰富的文学性，更具有深远的社会学、人类学、生态学价值。

随着鄂尔多斯的发展，肖亦农开始以写报告文学为主，他要为鄂尔多斯的发展留下文学记忆，他的长篇报告文学《毛乌素绿色传奇》集中了他对生态问题的思考。

在某种意义上，报告文学似乎给肖亦农带来了更大的影响，甚至是国际性的影响。2009年春天，肖亦农随中国代表团出访美国，美国的《海岸周末》杂志还将他作为封面人物。

目前，《毛乌素绿色传奇》已经被翻译成英、蒙古、藏、朝鲜等七种语言，现正在进行俄语的翻译。肖亦农说，“此次获奖不仅是对我个人的肯定，也是对内蒙古文学的肯定，更是对鄂尔多斯治沙精神的致敬。其实，内蒙古有许多优秀作家，也出了许多优秀作品，都可以冲击国家大奖。”

邓九刚：用脚丈量万里茶道的作家

三十多年来，他访问了上千名老商人和老驼夫，以及研究本土历史文化的专家、学者；他守望着呼和浩特驼城的文化根脉，创作《茶叶之路》等驼道系列著作；他倡导重走万里茶道，致力于复活国际商贸通道；他就是被誉为用脚丈量万里茶道的作家邓九刚。

追寻茶道文化遗迹

出生于呼和浩特的邓九刚，小时候听父辈说过，在后草地曾经有过一条商道从那里穿过。那是一条由商人和驼夫的双脚、商队中的骆驼与狗的绵软蹄掌、马匹角质的硬蹄踩踏出来的道路。邓九刚说，许多年后，驼道上的景象似美丽的童话深深地印在了他的记忆中。

20世纪80年代，邓九刚开始寻找这一条神秘的驼道。他骑着自行车走遍呼和浩特的大街小巷；坐汽车、火车去往山西的忻州、太原、祁县、平遥、太谷，直到湖北的汉口；他还骑马走遍了内蒙古西部的草原和沙漠。三十多年来，他访问了上千名老商人和老驼夫，以及研究本土历史文化的专家、学者，他采访的足迹一直延伸到了俄罗斯的莫斯科。

在落满尘土的历史文献的故纸堆中，在许多老人的回忆中，在法国、俄罗斯许多学者、专家的著述中，他找到了一个又一个证据，证明散布在大地上的驼道确确实实地存在着。这条驼道绵延了数百年，横亘在山西通往中原大地的山谷间，隐没在蒙古高原茫茫的草丛里，铺展在腾格里沙漠的沙海中，伸展在西伯利亚寒冷的荒野上。

作为一名作家，这条商道成为他最珍贵的素材仓库，他先后创作了《大盛魁商号》等驼道系列小说。邓九刚说，“关于茶叶之路的小说我肯定还会接着写下去，因为这个素材仓库对于我来说真的取之不尽、用之不竭。”

挖掘驼城历史根脉

归化城（现呼和浩特）曾经聚集着二十万峰骆驼。在整个清代，四通八达的驼道使归化城成为八方通衢之地。无论是中原、沿海、南方诸地，还是遥远的欧洲城市莫斯科，人们对归化城这个名字都不感到陌生。莫斯科人习惯把呼和浩特称作科科斯坦。四百多年的漫长时间里，在北京、天津、汉口、库伦（今蒙古国乌兰巴托）、恰克图（俄罗斯城市，俄语意为有茶叶的地方）……人们每天都可以看到来自归化城的驼队。北京、天津、汉口的老照片里都能找到骆驼的踪迹。

被邓九刚称为驼道的道路就是后来著名的茶叶之路，也就是中、蒙、俄联合申遗的万里茶道。

新华社在报道习近平主席访问蒙古国和中亚几国活动时有一段注读：

茶叶之路连接哪些地方？从18世纪中叶到20世纪初，在我国的北方草原有一条通向蒙古高原和西伯利亚腹地的茶叶之路。这条古代茶路的交通工具为骆驼，起点就在呼和浩特，途经乌兰巴托、恰克图等地，终点为俄罗斯贝加尔湖一带，横跨亚、欧大陆，绵延万里。这条商道，历经三百多年，创造了辉煌的

商业奇迹。（见2014年8月22日《中国文化报》）

邓九刚说，报道中特别提到了万里茶道与呼和浩特的关系，充分证明了呼和浩特在万里茶道上举足轻重的作用与重要意义。

他说，青年作家李樱桃新近出版的《走进最后的驼村》就是对古老驼道、驼村、驼夫的记录与抒写。

邓九刚深情地说，“我感恩于呼和浩特，我感激这座母亲城！我当然热爱它，当然要研究它！”邓九刚的新作《呼和浩特与“一带一路”》已经出版。他说，追寻呼和浩特历史，感受呼和浩持文化，立足呼和浩特创业，享受呼和浩特生活，算是写作《呼和浩特与“一带一路”》的感受。

复活国际商贸通道

自2012年在邓九刚的倡导下，第一届茶叶之路城市发展（二连浩特）中、俄市长峰会成功举办，开国际茶路市长峰会之先河；接着组织了百峰骆驼重走茶叶之路的大型活动，一百二十峰骆驼组成的驼队，穿越了七个省、自治区和直辖市，历时十四个月；第二年又以汽车自驾游方式，穿越亚欧十一国；2014年11月，第三届万里茶道与城市发展中、蒙、俄市长峰会在福建武夷山举行，三国五十多个城市的代表参会。

2012年，邓九刚的《茶叶之路》被国家社科联等部门评为全国百科优秀科普读物。同年，由中央电视台科教频道牵头，蒙古国、俄罗斯参与录制的九十集大型纪录片《茶叶之路》分期播出后反响强烈。2013年，邓九刚的《复活的茶叶之路》由甘肃文化出版社出版，同年，由中华文化促进会、香港凤凰卫视联合主办的2013年中华文化人物评选中，邓九刚获得本年度中华文化人物称号，他被称为是用脚丈量万里茶道的作家。

宣传美丽内蒙古

作为祖国正北方，连接俄、蒙的内蒙古，既是外国游客踏入中国的第一站，也是古茶叶之路的重要节点。邓九刚说，由于内蒙古所处的重要地理位置，万里茶道对于内蒙古旅游产业发展有着十分重要的意义。让他欣慰的是，2018年内蒙古借“一带一路”倡议，把万里茶道国际旅游线路打造成旅游精品。

2018年4月，由邓九刚牵头的重走万里茶道五周年纪念活动历时半年的宣传，引起了社会各界的广泛关注。邓九刚说，他只想为宣传内蒙古尽自己的绵薄之力，以让家乡内蒙古拥有更高的知名度、美誉度，让内蒙古在世界的舞台上展示更亮丽的一面。

田彬：大青山是我的创作根据地

《青诀》《狼烟血光》《青山风骨》是田彬创作的抗日三部曲，这三部作品都是以大青山抗日战争为题材，而《青诀》使田彬成为首次登上大型文学杂志《十月》的我区唯一长篇小说作家。一些评论家认为，田彬开创了大青山抗日创作的先河。

奶奶充当课外书

1950年，田彬出生在武川县的一个偏僻乡村，急躁的性格让他自小就有一吐为快的倾诉欲，而这样的倾诉欲让他选择了纸和笔。但是，闭塞的乡村里，很难看到所谓的课外书。田彬认为，自己的文学梦萌芽与读书关系不大，更多的时候是奶奶充当了他的课外书。田彬说，“小的时候奶奶给我讲的许多故事，大多进入我以后的文学创作中。”

田彬初中就读于当时的清水河县一中。“校图书馆的藏书，让我有了阅读小说的欲望。”田彬说。之后，田彬回到武川县老家，用两年时间在便宜的稿纸上用铅笔开始创作。

人生经历成为创作财富

有了外出读书的经历，让田彬对外面的世界充满了向往。1965年参加工作，他先后任内蒙古人民广播电视台记者，内蒙古广播电视报社总编，内蒙古日报社经营管理处处长，内蒙古新闻研究所所长，内蒙古作家协会秘书长、副主席等职。从一个农家子弟，到广播电视台记者，到国家机关干部，再到内蒙古作家协会副主席，田彬的人生履历是曲折的，也是丰富的。让人钦佩的是，他始终没有放弃所痴迷的文学创作，而一部部文学作品的问世，无不彰显着他对于文学创作的执着与坚守。

工人、记者、编辑、处级干部、商人……这些是田彬从事过的职业，也是他的创作财富。然而，田彬成为作家，老乡和朋友们都很惊讶，田彬说，“在他们眼中，我是一个商人、官人，而不是文人。尽管从很小的时候，就有过靠写作生活的想法，但此后所经历的一切似乎和文学写作不大沾边。”田彬曾在内蒙古师范大学中文系文学艺术创作研究班学习，并成为国家一级作家、中国作家协会会员。田彬的主要作品有中短篇小说集《人》《奇缘》《父子杀戮》《按摩女》等；长篇小说《桃花滩》《狼烟血光》《青山风骨》《长钩流月》《怪变》《青诀》《谍变》等。中篇小说《孙老胖进山》获首届内蒙古自治区文学创作“索龙嘎”奖；长篇小说《青诀》获第七届内蒙古自治区文学创作“索龙嘎”奖，并在《十月》杂志连载。

《青诀》《狼烟血光》《青山风骨》这三部作品都是以大青山抗日战争为题材，通过许多真实细节的描写，刻画出一个个栩栩如生的人物形象。

短短几年的时间完成三部长篇作品，如此高产的作家在我区并不多见，所以，一些评论家对田彬的文学现象进行反思，认为其开创了大青山抗日创作的先河。田彬也说，“大青山是我的创作根据地，正因如此我在选择抗战题材的时候，忽然感觉自己在文学创作上找到了突破口。”

展现农民百态众相

田彬曾经说，“小说是讲究故事的。研究人，塑造人，表现人，这就是我创作小说的目的。对我来说，不论在艺术世界抑或现实世界，吸引我的就是人。我的爱、我的恨也在其中。”

田彬有着一颗敢爱敢恨的心，他让自己的爱喷涌在故乡的土地上，用饱蘸深情的笔，抒写着故乡的人情风物、故乡人们的爱恨情仇。在酣畅恣意的乡土民情叙事中，艺术地展现出中国农民的百态众相，以及隐含在农民意识深处的民族风骨。

阅读田彬的小说，仿佛面对一幅幅优美的民俗画卷，婚俗、葬俗、礼俗、节俗、饮食起居风俗、算卦占卜风俗、烧香拜佛风俗、垒冰祈福风俗、围门辟邪风俗等。特别是对于葬俗的描写最为生动，从跪灵、哭灵、入殓钉棺、搭灵棚、守灵、送灵，一直写到出殡、下葬、起坟，宛如一幅北方农村的《清明上河图》。

在田彬的小说中，民俗风情不是一个独立的存在，它是作为底色运用到小说叙述中的，而小说故事就在这一个波澜壮阔的民俗风情画卷上铺展开来。于是，人们看到了丰富多彩的生活，看到了有血有肉的人物。鲁迅说，若作者的社会阅历不深，观察不够，那也是无法创造出伟大的艺术品来的。在官场、商界、文坛打拼了大半生的田彬，遭遇了太多坎坷、太多风雨，他把这苦难的历程当作生活丰富的馈赠、人生宝贵的财富，在文学创作的园地里描写出北方农村的风俗民情画。

庆胜：律师生涯是我文学创作的重要源泉

庆胜说，“我的律师身份和作家身份是密不可分的，没有律师的生活经历，就创作不出以律师生活为背景的小说。所以，我很喜欢自己律师的身份，它不仅给我很多挑战，还给我带来了丰富的人生历练；我也热爱我的作家身份，因为它是我童年的梦想，而编剧、导演则是我作家梦的延续。”

两部法律题材小说均获奖

《杰雅泰》在2012年第二期《民族文学·人口较少民族作品专辑中》被作为头题推荐。该小说刊发后，中国作家网刊登的《人口较少民族文学创作的新收获》一文中写道，《杰雅泰》更像一个侦探小说，警察杰雅泰在办案过程中，因刚直不阿被人陷害，反被立案侦查，冲动之下沦为逃犯。小说塑造了一个精神迷茫的警察形象。在情与理之间，主人公陷入痛苦的纠结，而主人公的困境也是所有理想主义者的困境。庆胜凭借小说《杰雅泰》，获得了第十一届内蒙古自治区文学创作“索龙嘎”奖。

2009年，庆胜的长篇小说《跨越世界末日》获得了第九届内蒙古自治区文学创作“索龙嘎”奖。这部小说讲述了一位来自穷乡僻壤的美女律师，处于世纪之交，没有受到拜金主义思潮的腐蚀，通过自己的努力奋斗，最终在城市中安身立命，并赢得了一定的地位，而以上两部获奖作品均以律师生活为题材。

庆胜1956年出生于内蒙古呼和浩特，父亲是鄂温克族，母亲是蒙古族。当过工人、刑警、大学教师、商人以及律师的经历，都为他的小说创作提供了大量的新鲜素材和源源不断的创作灵感，尤其是律师生涯，更是确立了他在法律题材小说创作方面的地位。此外，庆胜是一名特别优秀的律师，他曾打赢无数个疑难的诉讼案件。

出版二百五十万字的著作

长篇小说《第五类人》是庆胜的处女作，小说出版后，在呼和浩特和北京引起很大反响。《第五类人》主要讲述的是城市里边缘人的生活，小说把这些城市边缘人的形象塑造得活灵活现。《跨越世界末日》的出版，表明了庆胜驾驭文学语言能力的日趋成熟。小说通篇贯穿着黑色幽默，作者用大量的笔墨描写了受到末日说笼罩的人们，他们似乎都感染上了世纪交替的浮躁病，芸芸众生表现出了无所适从的焦虑状态。

内蒙古著名文艺评论家耿瑞在谈到该作品时说，作者在王倩妮这个人物身上实现了对世界末日的跨越，成就了一个崭新的白领或中产阶级的文学形象，同时也体现了作者强烈的拯救意识与文学自觉。

《萨满的太阳》是庆胜的第三部长篇小说。这部小说的风格与前两部小说截然不同，跨度之大很难让读者相信它们是出自一人之手，作者从城市里的边缘人、城市里面临末日时恐慌的众生，一下跳到了森林、草原和沼泽地里，跳到了那些不为人知的鄂温克族人群中。

《中国作家》主编艾克拜尔·米吉提曾在《撩开陌生森林神秘帷幔》一文中写道，这部长篇小说，让我们看到了真实的鄂温克族群体，描绘出鄂温克族本真的生活状态和强大的内心世界，修正了我们对于这个民族的模糊感知。

庆胜的小说的一个重要特点是，人物由弱势群体、少数民族边缘人、汉族边缘人、亚文化群体构成。他还用作品中塑造的人物的命运，来印证他的理论研究成果。“人选择命运不太可能，但可以选择方向。本人的人生跨度太大，以致连自己都想不通。”庆胜在自己的博客里这样写道。

自2003年开始文学创作，至今他已出版了约二百五十万字的著作。其中长篇小说《第五类人》出版后，内蒙古电视台草原往事栏目对他进行了专访。长篇小说《跨越世界末日》荣获第九届内蒙古自治区文学创作“索龙嘎”奖，长篇小说《萨满的太阳》荣获2012年内蒙古自治区精神文明建设“五个一工程”文学创作优秀奖。

庆胜不仅是内蒙古的著名作家、律师，上海复旦大学人类学博士生导师，他还是总导演、制片人、编剧。他先后拍摄了纪录片《遗落在亚欧大陆的神器》《拯救迷途者行动》（与内蒙古公安厅合作的禁毒片）。

安宁的爱情神话

《蓝颜/红颜》似一个粉红的诱惑摆在我的面前，她是安宁赠予我的。那天，坐在我面前的安宁是那样的安闲宁静，但安闲宁静的只是她的外表，她的内心却是无法安宁的。

爱情仿佛一个不老的神话，许多人都想追逐它的美丽，但是很少有人能品尝到它的甜美，因为爱需要全部的投入，全部的付出。所以，许多人在爱的逼视下退却了，安宁却为我们创造了一个爱的神话。

她把这爱的神话注入《蓝颜/红颜》，注入看似柔弱无骨却坚硬如铁的龙小白身上，让龙小白在无边的荆棘与荒漠中寻找爱情的美丽。

龙小白找到了一个叫苏锦安的男子，此后，苏锦安就成了龙小白活着的全部意义。她给在爱的逼视下退却的苏锦安写去四十九封情书，在自己无法抵达对方内心时，让这些情书帮助她去实现爱的理想。

“亲爱的，你是我赖以生存的、最后的氧气，是我躲不过的灾难性的幻觉。我要像一株盘根错节的大树，扎进你的心里，很深很深。你要将其拔掉，那么付出的代价，将不只是伤筋动骨，而是生命断掉，无法复生。你的五脏六腑，连同动脉血管，全部缠绕在我粗壮的根茎之上。你将我的枝叶砍掉，来年它们又会生长出新的枝叶。锦，你根本对我的爱，无计可施。你只能让它陪你到死，化为灰烬，进入坟墓。”

当读着这些灼热的字句时，我也随作者一起激动，一起被那个把爱情当作生命的龙小白撕扯、疼痛。

安宁相信爱情的存在，所以，在爱情成为奢侈品的今天，她还是执着地怀揣着这越来越稀薄的美丽。尽管是那般无力、无奈，但是哪怕爱情只是一座海市蜃楼，我们又怎能因为它的缥缈而舍弃它的美丽。

爱是无条件地付出，许多人都难以做到全心全意。尤其是现代社会，许多人在得失之间犹豫徘徊，在利益左右流连忘返。

龙小白却成了一个奇迹，她不计后果地与已娶妻生子的苏锦安纠缠在一起，只要苏锦安容许她爱，她就会为他牺牲一切，及至自己的生命。

她无私、忘我地将自己投入了一场看似轰轰烈烈，但注定有始无终的爱情，却依然义无返顾。

当苏锦安离她而去时，她近乎病态地收集着对方的所有信息。只因为一个叫陈仓的男人所到过的地方与苏锦安有关，她便急着去见这个秃头谢顶的男人，并且忍受他的言语粗俗。

她在给苏锦安的信中写道，“如果是与你有关的人呢？或者，与你身上曾经留下的岁月痕迹有关的人，我该不该去见。”这是龙小白去见这个男人的所有理由。

现代社会的爱情病态得近乎萎靡，许多时候，击中男女双方的不是满溢爱情的眼睛，而是对方一些银光闪烁的副产品，当高贵的地位与闪着光泽的金钱摆在面前时，爱情便失去了它应有的力度。

龙小白却爱得那样的干净、纯粹，她像一个不食人间烟火的仙子，她的爱没有沾上一点世俗的尘埃。“我要撕碎所有女孩的羞涩与拘谨，放肆地绽放给你。锦，所有这些疯狂的举止，只是因为我那么爱你，爱你到你不能够理解的程度，爱你到深深地依赖于你，就像鱼儿依赖海水，或者雪人依赖寒冬。离开了你，我只能枯竭而死。”

这是龙小白内心的表白，爱成了一种命定的无法逃离。她只想保有这份爱，哪怕在生活的暗影里躲藏一生，不要名分，不要承诺，只要苏锦安允许她爱。“我不要嫁给你，因为嫁给了你，我在你的床上，却再也不在你的心里。”

就这样，龙小白像一个爱情的偏执狂，一个为了爱情可以抛弃一切的疯子、天使、野兽。

只因为一个叫伊索拉的女人与苏锦安有些许交往，几年来，她几乎成了伊索拉博客最忠实的“粉丝”。

她关注她所去的地方，她乘坐的飞机的航班，她住过的宾馆名字，她所用的化妆品牌子，她经常会见的男人。

“锦，我就是你肌肤上游走的蓝色血管，你要向前行走，必须经过这个通道，所以你逃不过我锐利的眼睛。”龙小白执着地、忘我地爱着苏锦安，但是她所有美好的举动，换来的却是一场悲剧。

“锦，你是如此无情残忍的一个男人，你拿走了我的灵魂，便不再还我。你让我的身体独自枯萎老去，可是你不知道，你丢下的那个身体，它与我的灵魂，一样地美丽孤傲，高贵纯真。”

其实，《蓝颜/红颜》不仅是一部言情小说，它有着更深的寓意，苏锦安的背叛不仅代表了一个男人的背叛，更是对于真诚的背叛。

正像作者表白的那样，“沉浸在这个一面背叛一面忠贞的故事之中，无法自拔。以此记下，为我们曾经一路奔逃，寻不到出口的爱与生活。”

真诚的爱与生活是我们所向往的，但真诚仿佛已成了一种理想、一个神话，许多时候，我们宁愿生活在谎言与虚假里，自我陶醉。

《蓝颜/红颜》是作者感情的一个喷射口，作者有着太多的激情需要抒发，有着太多的感动需要表白，还有她的焦躁与担忧。

第七辑

多彩的世界

伊·呼和与《回乡种田》的破茧成蝶

入围中宣部、国家电影局“中国梦”主题精品国产电影展映的影片，全国共五十七部，《回乡种田》是内蒙古唯一一部入选的影片。之后，《回乡种田》在乌兰恰特大剧院上演，版权也被中央电视台收购，而这部影片的导演就是伊·呼和。

成为著名导演张艺谋的师弟

1960年，蒙古族的伊·呼和出生于巴彦淖尔市，当放映员和摄影记者的经历，让他对电影产生了浓厚兴趣。但是，那时的电影梦还不太清晰，只是怀着朦胧的向往。他所在的是一个文化单位，看着比自己年长、伏身案头工作的同事，每每都心生敬畏，他开始感觉到了拥有知识的重要。

当时，正值国家刚刚恢复高考，大学梦激励着每一个上进的年轻人，他发觉自己身边一下子多了些如他一样捧读的身影，他们索性成立起一个学习小组，找了老师来给辅导。伊·呼和说，那时，他每天都要早早地起来背英语。

功夫不负有心人，1981年，他终于考上了自己向往的北京电影学院摄影系，成了著名导演张艺谋的师弟。

上大学是伊·呼和人生的一大转折，终于可以不用工作，一心一意地学习了，他却没有因此而让自己放松下来。这个学习机会来之不易，此外，张艺谋等师兄对待学习的那股认真劲潜移默化地影响着他。那时他进入大学的感觉就是如饥似渴，他每天的生活就是在教室、图书馆、食堂三点一线上穿行。每当置身于图书馆，就感觉自己需要学习的东西很多很多，他不敢让自己有一丝的懈怠。一分耕耘一分收获，四年的大学里，他年年都是三好学生。

为内蒙古赢得第一个金鸡奖杯

1985年毕业后，伊·呼和分配到了内蒙古电影制片厂，担任了内蒙古电影制片厂电影《恋爱季节》的摄影师，这个故事讲的是四位北京知青从草原回城后的不同遭遇。这部影片获得中国电影1976至1986年十年电影节最佳故事片提名奖，这一次获奖是伊·呼和电影事业的一个起点，由这个起点出发，他向着更加广阔的电影世界前行。

1990年，伊·呼和拍摄的电影《骑士风云》被评为中国电影第十一届金鸡奖最佳摄影奖，这是他为内蒙古电影制片厂赢得的第一个金鸡奖杯，也是内蒙古民族题材电影争得的最高国家荣誉。

《骑士风云》之后，他创作的《悲情布鲁克》再次获得年度中国电影金鸡奖最佳摄影提名奖、中国政府华表奖最佳技术奖、东亚国际电影节观众观赏效果奖等奖项，而《悲情布鲁克》影片中所展示的动感极强、叙事极为流畅的经典画面被业界资深专家们称为“马上芭蕾”，影片叙事高潮“马上醉酒”一场戏，被评为中国电影百年经典段落之一。

1995年之后，为了拓展自己的影视艺术创作空间，也为了实现更高的目标，伊·呼和先后拍摄了《相爱在西双版纳》《张骞》《我认识的鬼子兵》《爱心》等影片；他为中国电视剧制作中心拍摄的中篇电视剧《红翻绳》，长篇连续剧《孙中山》《曹雪芹》，三部电视剧均获得了中国电视飞天奖、金鹰奖等多种奖项，尤其是为北京电视艺术中心拍摄的长篇连续剧《贫嘴张大民的幸福生活》，被列为继电视剧《渴望》之后又一部表现京味儿百姓生活的经典剧目，创造了国内各大电视台争相热播的轰动效应，同时也获得了多种奖项。

打造民族题材影视剧精品

伊·呼和是在草原上成长起来的优秀电影摄影师，作为一名有责任感的蒙古族艺术工作者，他觉得自己应该为草原人民做点事情，于是，他回到了内蒙古，利用自己多年积累总结的宝贵经验和丰富的创作理念，创作自己热爱的民族题材影视剧作品。他自导自拍的电视电影《风中的胡杨》获得第十届全国少数民族骏马奖、第二十三届全国电视剧飞天奖短篇电视剧二等奖等。近几年，他拍摄的十八集长篇电视连续剧《鄂尔多斯情歌》在内蒙古卫视、青海卫视播出，是国内第一部反映草原生态建设的现实题材作品，也是一部优秀的民族题材影视作品。

《回乡种田》是一部以鄂尔多斯市沿黄平原推进现代农业为素材的农村题材影片。讲述一个出身农村的女大学生从城市毅然返乡，以大学生村干部的身份和青春的热情积极投身于新一轮农村变革，推动持续几千年的传统农业向现代农业转变过程所引发的悲喜故事。以魏开河、柳萌、村支书高柱为代表的村干部们，积极开动脑筋，策划和组织着这次现代农业的改革进程，经过三年多的奋斗，杨柳湾村终于“破茧成蝶”，成为当地新农村建设的典型和示范……昭示了我国农村新一轮变革的必然，也必将对我国每年近八百万大学毕业生如何励志创业具有启迪意义。

这部影片由伊·呼和执导，国家一级作家张秉毅与伊·呼和联合编剧。影片不仅题材选自鄂尔多斯市农村的现实生活，全部镜头都在鄂尔多斯市实景拍摄，而且包括演员在内的主创人员也基本是内蒙古的创作人员。正像内蒙古电视台电视制作中心主任王品所说的那样，《回乡种田》电影人物特点非常鲜明。作品将内蒙古式的大气注入乡土题材电影，乡土是他的电影情结。

段庆民：《陪你一起看草原》

当年，被网络排名为草原十大金曲之首的《陪你一起看草原》火遍大江南北。很多人都学会了这首歌词意蕴深厚、旋律优美动听的歌曲，却很少有人知道这首歌的创作者——词曲作家段庆民。段庆民创作的歌曲《梦想起飞的地方》曾经荣获中宣部“中国梦”系列歌曲推荐曲目。

从小爱上诗词歌赋

段庆民的老家在兴安盟扎赉特旗，上小学一年级时，他就成了文艺宣传队的骨干。在文艺宣传队里，他不仅学会了唱歌、跳舞、说快板，还学会了口琴、二胡、笛子等多种乐器。

从小学到初中，一到排练节目时，他每天不是背诵就是背写快板书。也许是快板书说得多的缘故，他对诗词韵律产生了浓厚的兴趣。他还备了一个专门抄写诗词的笔记本，这个笔记本几乎收齐了唐诗三百首。这在那个图书紧缺的年代，是件很不容易的事情。

有一天晚上，他看见同学手里有一本泰戈尔的《园丁集》，这令他羡慕不已。好说歹说，只能借阅一晚，就这一晚，他整夜未眠，愣是把这本书一字不落地抄录下来。

上高中后，段庆民对诗歌的喜爱达到如痴如醉的境地，他尽可能地创造机会和条件博览群书。普希金、歌德、雪莱、拜伦、惠特曼、鲁迅、艾青、郭小川、舒婷等文学家和诗人的作品，他逐一细心研读。自初中时代起，段庆民就萌动了写诗的热情。

献歌好警察任长霞

高中毕业后，段庆民考上了内蒙古的一所警察学校。学校经常搞一些文体活动，他组织并参与了大量的宣传工作。

警校毕业后，段庆民参加了全国高等教育自学考试。之后，考取了律师资格证，成为一名职业律师。学习永无止境，中国政法大学本科毕业后，他又考取了研究生澳门科技大学交换生。他一边从事律师工作，一边坚持词曲的创作。在澳门科技大学攻读法学硕士学位时，来这里学习的都是全国各地法律界的精英，其中就有人民的好警察任长霞。

他为澳门科技大学创作的满怀激情的歌曲《自由地飞翔》，不仅受到了同学们的欢迎，更受到校领导的肯定和赞誉。在一个校董见面会上，大家争相表达着自己的心声。他向全班同学发出邀请，他热情地邀请同学们到内蒙古辽阔壮美的大草原来。

后来，许多同学陆续应邀来到大草原，却唯独没有同学任长霞的身影，因为任长霞已因公殉职。来大草原的同学聚在一起忆起任长霞，都感慨万分。那时，他便萌生了要创作一首歌曲的想法。酝酿了半年多，八月的一天，他在雨后的草原上徜徉，突然灵感迸发，一挥而就创作出了《陪你一起看草原》这首经典作品。

笔耕不辍词曲兼修

几年来，段庆民不断努力，笔耕不辍，创作出许多具有少数民族旋律特点的歌曲，这些歌曲已广为流传并产生了较大影响。他早期创作的《陪你一起看草原》《草原上的星》《在远方》《草原情怀》等，已由中国音乐家音像出版社出版（CD）发行。之后，他创作的歌曲《牧羊姑娘》荣获2008年全国优秀流行歌曲创作大赛华北赛区三等奖，《高原情歌》被选为2010年青海世界山地纪录片节颁奖晚会主题歌，并荣获中共青海省委第九届精神文明建设“五个一工程”优秀作品奖；《和你在一起》作为赈灾公益歌曲，被青海省电视台首选为公益歌曲曲目……由于音乐上的成就，2013年6月，段庆民被授予内蒙古自治区歌曲创作突出贡献奖。2014年，他先后受邀担任中央电视台《星光大道》节目评委、内蒙古电视台《星光快车》栏目电视选秀节目专业评委。

段庆民不仅是律师、诗人，还是国家一级词曲作家。他创作的歌曲包括美声、民族、通俗等类型的歌曲，特别是少数民族风格歌曲的创作更是别具一格。虽然取得了一些成绩，可在音乐创作之路上，他还在不断地努力着、探索着。

贾宏伟：守护民族文脉传承非遗之美

数十年刻苦钻研，他潜心于皮雕画的研发；为了守护民族文脉、传承非遗之美，他创立了国内第一家露天非遗博物馆；致力于驼道、驼村、驼夫历史文化的挖掘，他打造了万里茶道驿站，让沉寂几百年的驼铃再度响起。他就是蒙古族皮艺非遗项目自治区级传承人贾宏伟。

创新发展蒙古族皮艺

来到位于呼和浩特市段家窑村的莫尼山非遗小镇非遗艺术博物馆，就像走进一个色彩斑斓的画廊。贾宏伟将蒙古族皮艺的传承以博物馆的形式呈现出来，展出的许多珍贵的老皮件都是他多年来四处收集整理的。除了各个年代的老皮件，还有一幅幅制作工艺精美、让人爱不释手的皮雕画，这些都是由他和他的团队设计创作的。

贾宏伟说，他的祖辈、父辈都是以制作皮革制品为生的手工艺人，从小耳濡目染，他对皮艺制作产生了浓厚的兴趣。在内蒙古艺术学院就读期间，他刻苦钻研，学习了大量皮艺制作技艺。毕业后，他一直潜心于皮雕画的研发。在传承古老皮艺技艺手法的基础上，他通过专业系统的学习，融合现代理念创新蒙古族皮雕画，使得皮雕画既保持了古朴韵味及传统技艺，又融入了现代民族工艺技法，发展成为一种极具民族特色的收藏艺术品。

2003年，贾宏伟组织一些皮雕画艺人创立了“格日勒皮艺”团队，并制作出一系列皮雕画精品。最值得骄傲的是，2017年他带领“格日勒皮艺”团队创作了中央代表团向自治区成立七十周年赠送的贺礼《草原歌盛世》皮雕画和自治区回赠中央代表团的《民族大团结（安代舞）》皮雕画。贾宏伟说，为了创作《草原歌盛世》皮雕画，仅牛皮原料就找了一千多张。选好原料后，他和团队加班加点，历时四个多月，终于保质保量完成了任务。

作为蒙古族皮雕画自治区级非遗项目代表性传承人，贾宏伟深知责任重大。为了让蒙古族皮雕画制作技艺后继有人，他多次走进内蒙古各高等院校举办公益讲座，还为到莫尼山非遗小镇的游客，以及远道而来考察学习的年轻设计师和民族文化创业者提供免费学习机会。

打造中国首家露天博物馆

贾宏伟通过收集整理各个时期北方游牧文化的历史物证，深刻感受到非物质文化遗产保护和传承的重要性。他怀着对非遗文化的崇敬之情，想打造一个展示和传承非遗文化的平台。

从2017年10月开始，他率领团队先后走进古北水镇、太行水镇、西柏坡及陕西的袁家村等地考察历史文化。他多次与民俗方面的专家、学者及非遗传承人沟通交流，并带领团队沿大青山南麓实地考察四十余次，最后决定在大青山下建造中国第一家露天非遗博物馆——莫尼山非遗小镇。

贾宏伟说，为了建造莫尼山非遗小镇，他拿出了家里的所有积蓄，又多方联系筹措资金。贾宏伟的妻子格日乐说，莫尼山非遗小镇从景观设计到建造，贾宏伟投入了大量心血，经常几天几夜吃住在山上，家里的事情根本顾不上管。经过一年多的艰苦努力，2018年，莫尼山非遗小镇终于诞生。

占地面积五百亩的莫尼山非遗小镇背靠大青山，登高眺望，只见层峦叠嶂、泉水淙淙、绿树成阴，如世外桃源。依托当地得天独厚的自然资源和人文资源，实现“非遗+文化+绿化”的发展模式，贾宏伟将莫尼山非遗小镇打造成一个绿色生态文化旅游小镇。2019年，景观丰富秀美、文化内涵深厚的莫尼山非遗小镇获评国家AAA级景区。截至目前，莫尼山非遗小镇共接待来自俄罗斯、蒙古国等国内外游客五十余万人次。

如今的莫尼山非遗小镇包含许多游览区，非遗艺术博物馆、非遗研学基地、万里茶道驿站、游牧文化展示区、农耕文化机械陈列区、非遗曲艺表演区、阴山岩画白道沟、爱国主义教育基地……游客漫步于一个个游览区，能够深切地感受到民族文化的博大精深。尤其是非遗研学基地，吸引了许多中小学生学习非遗制作项目，通过参观和学习非遗项目，学生们了解了中国博大精深的传统文化，也体验到了非遗文化的魅力。

创立“万里茶道”驿站

随着国际商道“万里茶道”日益受到重视，贾宏伟强烈地意识到，作为“万里茶道”上不可或缺的重要元素——驼道、驼村、驼夫也变得弥足珍贵。这些年，他致力于“万里茶道”历史文化的挖掘整理，并在莫尼山非遗小镇创立了“万里茶道”驿站，传播“万里茶道”的历史文化。

2019年3月30日，贾宏伟发起了“重走古驼道·又见白道川”万人徒步行活动，受到社会各界的广泛关注。6月23日，莫尼山非遗小镇作为呼和浩特市优秀文旅企业参加了“万里茶道”文化旅游博览会，贾宏伟为到场的中俄蒙三国旅游部长及嘉宾介绍了“万里茶道”的历史和文化。一件件文物、一个个故事，它们既是“万里茶道”辉煌历史的见证，也是莫尼山非遗小镇文化内涵的一部分。

现在，莫尼山非遗小镇已经成为向全国乃至世界展示内蒙古独特魅力的文化高地和重要窗口。

孛·乌兰娜：中俄文化交流使者

三十多次带领中国学者、官员和企业家走进俄罗斯交流与考察，二十多次邀请俄罗斯专家、官员、媒体和企业家到访中国的城市与企业，她为两国不同领域的文化交流，为茶路旅游新方式、新线路做出了有益的探索，为了表彰她在这个领域所做的特殊贡献，俄罗斯联邦旅游署授予她俄中文化交流友好使者荣誉称号，她就是内蒙古草原茶路协会会长孛·乌兰娜。

从小与俄语结缘

乌兰娜姓孛儿只斤，据家谱记载，为成吉思汗黄金家族后裔。也许命中注定她此生与俄罗斯有着不解之缘，十二岁时，她在母亲的督促下学习俄语，后来在内蒙古师大附中上初、高中时，学的也是俄语。上大学时，孛·乌兰娜进入内蒙古师大外语系俄语专业学习，她标准的俄语发音引起了老师的注意，每次上课，老师都让她领读发音。那时，大学里还有各种俄语方面的文艺活动，比如唱苏联歌曲、演苏联话剧、跳苏联舞蹈，因为在俄语方面表现突出，她不仅是班里的学习委员，还是文艺委员。大学毕业后，李·乌兰娜进入内蒙古大学外语系，成为博士研究生班的俄语教师。

俄罗斯打拼四年

1992年，李·乌兰娜调到内蒙古国际贸易总公司工作。因为工作关系，乌兰娜多次去往俄罗斯、蒙古国。在国外，她随身带着笔记本，随时问，随时记，并尽量多说话。单位解体后，经过半年的思想斗争，她扔下五岁的儿子去俄罗斯做保健品销售。在人生地不熟、举目无亲的异国他乡，她半年走破三双皮鞋，接听了五千多个咨询电话，凭着全身心的投入与努力，终于和四百家药店建立了业务关系。

学习是没有止境的，李·乌兰娜一边销售保健品，一边进修俄语。在俄罗斯工作四年，她的俄语水平不但得到了提升，而且交了许多朋友。

为中俄文化交流牵线搭桥

2005年回国后，李·乌兰娜利用俄语和人脉优势，为促进中俄文化交流做了许多有益的工作。除了帮助一些经贸代表团多次赴俄考察和进行商贸活动外，2006年，她还应俄罗斯文化部长安德烈·萨维奇之邀赴俄，在故事片《成吉思汗的秘密》的拍摄中担任中方导演和演员的翻译，得到了俄方汉语专家的认可。

从2007年开始，李·乌兰娜进入中俄万里茶路文化研究及相关项目开发领域。在她和同伴们不辞辛苦的奔波下，2013年终于在俄罗斯为湖北省的茶企业搭建了销售平台，并通过努力把汉口老青砖茶成功赠给普京总统。2015年6月，内蒙古草原茶路协会与湖北省农业厅、十堰市政府成功举办了中俄万里茶路走进武当暨首届武当道茶博览会。

李·乌兰娜的辛苦付出得到了认可，她和内蒙古草原茶路协会多次受到俄罗斯联邦旅游署、伊尔库茨克市政府、恰克图市政府表彰。

额博：奔驰在摄影路上的草原黑骏马

三次驾驶摩托车千里骑行，横穿内蒙古八千里草原；深入人烟稀少的边境牧区采风，十二个春节在冰天雪地的草原蒙古包里度过，他就是内蒙古著名摄影家额博。他像草原上的黑骏马一样，永不停息地奔驰在摄影道路上。

从翻沙工到摄影记者

额博最早见到的照相机，是一个小伙伴手里的一台老式照相机。看着小伙伴随心所欲地摆弄着照相机，他做梦都想拥有一台。可幼年丧父的额博深知母亲抚养他们兄妹的艰难，初一时他就离开学校，承担起了家庭重担。小小年纪的他先后当过木匠、翻沙工和锅炉工，可繁重的体力劳动并没有磨灭他儿时的梦想。

每月的工资，除了家里的吃穿用度，他把余下不多的钱存起来，日积月累终于攒够了一百二十元，买了一台海鸥牌照相机。平生第一次拥有了照相机，额博特别高兴，他想着，要是每天的工作是拍照那该有多好，可那时的他还不敢有这样的奢望。

1975年1月，一个偶然的机会，热爱摄影的他如愿以偿地进入内蒙古立体摄影厂工作。

终于实现了儿时的梦想，额博浑身充满了干劲。他背上照相机进部队、下乡村、到工厂，不知疲倦地捕捉一个个美妙的瞬间。为了拍出更好的照片，他参加摄影培训班，刻苦学习调整焦距、构图、用光等知识。摄影培训结束后，他把学到的理论知识应用到实际拍摄中，使得拍摄技术有了很大的提升。

摄影技术的提升，给他带来了新的机遇，1980年，他成为内蒙古画报社一名摄影记者。

千里骑行拍摄牧民生活

额博认为，作为一名摄影记者，不能停留于浮光掠影，要拍摄出真正意义上“扎根大地”的作品。为了实现这个朴素的愿望，他先后三次骑着摩托车深入草原，拍摄牧民的生活场景。

独自一人行进在草原上，摩托车坏了他自己修，走得累了饿了就找蒙古包歇息。草原上的路不好走，有时还会遭遇野狼的袭击。有一次，眼看着天就要黑了，他骑着摩托车加紧赶路，可不巧摩托车抛锚熄火。天越来越黑，要是碰上狼群，他一个人无法抵挡。正当他焦急万分时，远处射来一束手电筒的光亮，迎着光亮，他看到了牧民憨厚的面容，那一刻，他感动得热泪盈眶。

几十年来，他追随着草原上的骏马、沙漠上的骆驼和旷野里嘹亮的牧歌，春夏秋冬，寒来暑往，足迹踏遍了内蒙古广袤的大地。

蒙古包里度过十二个春节

功夫不负有心人，通过几十年如一日孜孜不倦的追求，额博引起了业界的关注。

1987年，额博斩获内蒙古自治区首届十佳摄影奖，同年获得内蒙古自治区十佳记者称号。三年后，他相继获得了内蒙古自治区劳模、全国新闻出版先进工作者、全国百名优秀青年文艺家等荣誉称号。2007年，额博作为全国德艺双馨代表受到中宣部的表彰；2010年，额博获得内蒙古自治区党委、政府特殊贡献奖；2011年，获得乌兰夫基金首届民族文化杰出贡献艺术奖；2012年，获得内蒙古自治区杰出人才奖；2013年，获得中国艺术摄影杰出贡献奖，同年，获得中国文联优秀文艺工作者称号；2018年，入选内蒙古文化名人肖像展。

这些荣誉的获得，离不开背后艰辛的付出。为了挖掘蒙古族传统文化，额博在蒙古包里和牧民度过了十二个春节。他通过《内蒙古画报》连载“悠悠牧歌”、“走西口”摄影专栏，介绍了蒙古族游牧文化和走西口旅蒙商的历史文化，使这两个栏目成为区内外广受关注的专栏。

“通过坚强的劳动，你才能获得人生的尊重。”这是雨果的《悲惨世界》中的一句话，额博说，这句话就是他人生的写照。

用镜头记录美丽内蒙古

1994年，额博成为内蒙古摄影家协会主席后，每年组织国内外摄影家深入草原农村采风创作。摄影家们拍摄的当地自然风光和民族风情的照片，陆续在区内外报刊、影展发表或展出。通过摄影家镜头的记录，让外界更加了解美丽的内蒙古，从而提升了内蒙古的知名度。因为他们镜头语言的宣传与推广，一些贫困地区发展起了文化产业、旅游产业，农牧民也逐渐脱贫致富。

为了更大范围地宣传内蒙古，2012年1月25日，在额博的积极争取下，内蒙古摄影第一次走进联合国。这次主题为天堂草原的摄影展，开幕式上有各国驻联合国代表、各国驻美使节、美国文化艺术界名流、商界华裔等各界知名人士三百多人出席。通过镜头语言，壮阔的自然风光、多彩的民族文化、勤劳的草原儿女，展现在了世界各国人民面前；通过镜头语言，使得世界认识到内蒙古不仅有美丽的景色，也有悠久的历史和灿烂的文化；通过镜头语言，内蒙古走向了世界。

丁宽亮和他的“猴世界”

为了追寻美丽的精灵——金丝猴，十七年来，他背着沉重的摄影器材，只身一人于崇山峻岭间往返若干次，他就是内蒙古自然摄影师丁宽亮。2018年，他以金丝猴为主角拍摄的作品《你好，妈妈》获得第二十届德国国际自然摄影奖，斩获哺乳动物组亮点奖，成为第一位获此殊荣的中国摄影师。2018年5月11日，丁宽亮在德国慕尼黑著名小镇菲尔斯滕费尔德布鲁克参加了颁奖典礼。

闯入镜头的美丽精灵

1999年，爱好摄影的丁宽亮和其他几位摄影爱好者前往青海拍摄油菜花，途中，大熊猫栖息地的路牌吸引了他，他一时兴起就去了秦岭，可到了秦岭却没有找到大熊猫。

回到家后，他还是念念不忘拍摄大熊猫，于是一连三次去往秦岭。他没有想到的是，虽然这几次奔波都没有拍摄到大熊猫，但却发现了一个全新的拍摄领域。还记得那是一个秋天，那天天气特别好，阳光明媚，金色的树叶纷飞。

突然，他的视线里一下子出现了许多活蹦乱跳的金丝猴，他屏住呼吸，以最快的速度按下快门。这一次，他拍到了大约三十只迁徙的金丝猴。

这次意料不到的收获，让他欣喜若狂。金丝猴淡蓝色的面孔和优雅的姿态，反复出现在他的脑海里，让他始终无法忘怀。

艰辛危险的拍摄过程

偶然的邂逅却结下了不解之缘，此后的十七年，为了追寻金丝猴，丁宽亮的足迹踏遍了陕西秦岭、云南白马雪山、贵州梵净山，金丝猴生活的地方也成了他第二个生活的地方。

这些年来，他独自背着二十公斤重的摄影器材攀山越岭，仅秦岭便去了七十多次。到了山上后，他每天早上3时开始出发，经过四个小时艰难攀爬，到达金丝猴的栖息地。金丝猴的活跃期是早晨6到8时，觅食之后它们就会上树休息，大约要休息三到四个小时。这个时候，大金丝猴要互相梳理毛发，小金丝猴则在一起打闹玩耍，遇到这绝佳的拍摄时机，他连眼睛都舍不得眨一下，很多珍贵的照片都是这个时候拍到的。

金丝猴的听觉和视觉敏锐度远超人类，吃、住、行全都在树上，这就大大增加了拍摄难度。

到了金丝猴的栖息地后，他把树枝用胶带绑在身上，悄无声息地埋伏两个多小时。一个月里，他每天都爬山到金丝猴出没地等候，可只有四五次有幸遇到金丝猴。

多年来在深山拍摄，丁宽亮遭遇了各种危险。有一次，他正走着，突然从石缝中窜出一条蛇。他想起老乡的告诫，山上大都是毒蛇，他吓得动都不敢动，所幸蛇没有咬他。还有一次，他正赶往目的地，突然听到前方有响声，他爬上树用望远镜一看，原来是一只黑熊正在吃一头野牛，他提前绕路才躲过一劫。尽管遭遇了各种危险，可一想起可爱的金丝猴，他就常常忘记自己身处险境。

无法割舍的“金色世界”

丁宽亮在拍摄途中虽然遭遇过不少危险，但也遇到许多感人的场景，正是这些感人的场景让他选择了坚守。一只幼猴得病死掉后，悲痛的母猴在幼猴身边守候了十二天。当他看到母猴将幼猴抱在怀里一边抚慰一边给它梳理毛发时，不禁泪流满面。

他说，“如果连这样的动物我们都不去保护，还能保护什么？”

多年来在深山拍摄，丁宽亮吃尽苦头，然而他始终没有放弃，只想向外界展示这样一个温暖和谐的“金色世界”，希望唤起全社会对于环境保护和珍稀物种的关注。

孜孜不倦的摄影专家

常年的跟踪拍摄使丁宽亮成了金丝猴领域的专家，也让他见证了因为环境变化而给金丝猴带来的生存威胁。

他介绍说，世界上共有五种野生灵长类金丝猴：川金丝猴、滇金丝猴、黔金丝猴、怒江金丝猴和越南金丝猴，其中前四种都生活在中国，是真正诞生在中国的特有物种。金丝猴的珍贵程度与大熊猫齐名，同属国家一级保护野生动物。

2018年是丁宽亮第三次参加国际比赛，2017年他曾获得亚洲最佳自然摄影奖，其作品在美国国家自然历史博物馆展出，但自然摄影这个领域一直属于小众，丁宽亮也从未被大众所知。

德国国际自然摄影亮点奖自1999年创立以来，一直由德国国家摄影协会主办。此次大赛共收到来自世界三十九个国家九百三十四位摄影师的一万八千八十三幅作品，其中仅有八十七幅作品获奖。中国摄影师共有三幅作品获奖。

“我是来自民间的一个摄影师，我相信影像的力量，摄影是手段，保护自然和珍稀物种才是目的。我认为一个人一生做好一件对国家和社会有意义的事情就好了。”丁宽亮说。

目前，丁宽亮拥有川金丝猴、滇金丝猴、黔金丝猴的影像素材十五万幅，未来他还会继续追寻金丝猴的脚步，用图片和视频继续记录它们的灵动状态以及生活环境和生存困境。

陈刚：独步中国宣传环保

“我流浪了大半生，体会到只有流浪才能找到生活的真实。”这是西部歌王王洛宾送给独步中国第一人陈刚的赠言。二十四年前，怀揣千元“巨款”的陈刚，从家乡包头市达茂旗走出，默默地去实现自己独步中国的梦想；二十四年后，写下史上最具情怀辞职信“世界那么大，我想去看看”的河南女教师火遍网络。旅行的美丽，让旅行的路上从来不乏行走的脚步。

走遍四个极点

出生于包头市达茂旗农村的陈刚，经过不懈的努力，如愿以偿成为内蒙古一家报社的记者。一天，他在报纸上看到上海旅行家余纯顺的报道后，感觉这与他“读万卷书行万里路，撰写天下山水风情”的想法不谋而合。经过一番精心准备，1993年3月1日一早，他背起二十公斤重的行囊出发了。

陈刚行走的第一站是锡林郭勒大草原。数十天的徒步跋涉后，他的两腿肿了，脚上全是血泡。旅途劳累加上营养不良，从苏尼特右旗前往二连浩特的路上，他突然眼前一黑，一下子晕倒在沙漠里，幸亏路过的牧民看到及时搭救他才脱险。

在呼伦贝尔草原上，陈刚走到中蒙边境线上的新巴尔虎右旗额尔敦乌拉苏木境内。日落时分，他正走得精疲力尽，一抬头，猛然发现前方的山丘上有六七只像狼狗一样的野兽在走动，当时第一反应是狼来了。慌乱中，他记起长辈们说狼最怕火，于是赶紧从背包里掏出稿纸、报纸和火柴，并把随身带的一把蒙古刀绑在木棍的一端，等待与狼群决斗。幸运的是，狼群向草原深处走去了。等狼群走远后，他一屁股坐在草地上……

草原上的野狼、沙漠里的干渴，并没有将陈刚吓退，反而坚定了他继续走下去的决心。

在地球之巅珠穆朗玛峰，尽管胸闷、头疼得难以忍受，他还是咬着牙往上爬。每向上攀登一百米，他就要躺下休息半小时，越往上爬呼吸越困难，但他最终还是鼓足勇气登上了五千六百三十八米高的一处营地。

就这样，他从英雄的东方第一哨走到西陲第一哨，从南天一柱走到北极村，创下了走遍中国四个极点的纪录。

拜访西部歌王

1995年到达乌鲁木齐后，陈刚拜访了西部歌王王洛宾。

他记得，当时王洛宾的家里还是水泥地面，卧室里放着一张床，床上铺着山羊皮褥子，另一间屋里放着一架钢琴。

在攀谈中得知，王洛宾一直骑自行车出去买菜，然后回家做饭，他最喜欢吃的是附近军区招待所食堂里的拉条子（拉面）。

熟识后，陈刚和王洛宾提到了三毛。王洛宾说，他年长三毛三十多岁，娶了三毛，是对三毛的不负责任。

听陈刚说了自己的旅行经历，王洛宾欣然提笔，为他题写了：“我流浪了大半生，体会到只有流浪才能找到生活的真实。”

1996年，走到新疆伊犁的陈刚获得了一位姑娘的芳心，他们在呼和浩特组成了幸福的家庭。结婚后，妻子非但没有阻碍他独步中国的计划，还成为他行走中最大的支持者。

关注生态环境

长途跋涉后经过短暂的休整，陈刚又出发了。走到四川西昌时，他为一位去世前要求树葬的老人写了一篇新闻报道，报道刊发后，在当地引起很大反响，凉山彝族自治州政府专门开辟了树葬林……这件事让他意识到了生态的重要。

走到滇川交界处的泸沽湖畔，他第一次接触到环湖居住的摩梭人，这个民族男不娶女不嫁，一直沿袭着“晨离暮合”的走婚风俗。

第一次到达鄂温克族使鹿部落，他被这里保存完好的生态环境震撼了。这个部落只有一百七十人，他们怡然自得地生活着，一对百岁姐妹精神矍铄、神态安然。他对原生态下的环境和人群产生了浓厚的兴趣，此后的行走又有了新的内容，那就是关注生态环境。

重走茶叶之路

万里茶道是“一带一路”的重要组成部分，陈刚想通过行走为万里茶道出力助威。

2013年，他带领由百峰骆驼组成的驼队从二连浩特出发，重走万里茶道，往返内蒙古、山西、河北、北京、河南、湖北、四川和湖南，历时十八个月，行程一万六千多里。

2014年9月，他又在家乡达茂旗组建了一支重走古驼道骆驼队，继续担任队长，并带着这支驼队，在两年的时间里，五次重走草原丝绸之路古驼道（达茂—中蒙边境线）。为此，二连浩特市政府、内蒙古茶叶之路研究会、中国游牧文化旅游节组委会给陈刚颁发了荣誉证书。

截至目前，陈刚已走过二十八个省、市、自治区，徒步行程八万里，出版《生态鄂温克》等六部书籍；拍摄了三万多张照片，分别在呼和浩特、鄂尔多斯、包头举办了五次大型摄影展。行走中，他沿途为“希望工程”等开展一百多场演讲，动员社会力量救助了二十多名贫困学生。

这些成绩并没有让他止步不前，他计划用三年时间重走草原丝绸之路，而这次行走必将为他的旅行生涯增添浓墨重彩的一笔。10月初，他前往蒙古国，考察当地的生态环境，为下一步重走草原丝绸之路预热。

丁振东：环游世界三十多个国家

四次由不同的线路，自驾到达西藏；徒步环勃朗峰，穿越三个国家；登上非洲乞力马扎罗山，游览东非大草原；到达向往的南极，把足迹留在世界最南端。喜欢旅行，走过三十多个国家，内蒙古人丁振东用行动诠释了一个旅行达人的传奇故事。

登陆南极

丁振东儿时在书本上见过南极，那时他就特别向往。2016年3月，从喀纳斯回来，和“涛行天下”去云南走了一趟滇藏线、新藏线后，他就把目标定在了南极。

2016年11月12日，他乘坐的“午夜阳光”号游艇行进在冰山融化的冰块堆中，每走一段都惊心动魄。11月13日，游艇终于来到南美洲的最南端合恩角。合恩角风暴异常、海水冰冷，由此经过的许多船只都沉没其中。船上一位七十岁的冰川学专家曾经十三次路过合恩角，只因气候恶劣，始终没能登陆。当天

8时45分，船长宣布气候适宜可以登陆，大家高兴得手舞足蹈。他们乘坐橡皮艇，到达合恩角岛，观看了世界最南端的邮局和教堂，又和信天翁造型的地标合了影。

11月15日，游艇穿越了被称为魔鬼海峡的德雷克海峡后，于19日进入南极圈。南极半月岛有上千只企鹅，登陆半月岛后，他站在五米之外静静地看着企鹅的可爱样子。丁振东说，这是人家的地盘，咱得尊重人家。

南极长城站靠山面水，工作人员给后面的淡水湖命名为“西湖”，给正面的小山丘命名为“鼓浪屿”。

徒步环勃朗峰

登陆南极之后，丁振东选择到迈阿密打工换食宿，然后到古巴、墨西哥走了一趟。回家待了不长时间，2017年5月20日，他从伊朗出发，来到了法国边境小镇霞慕尼。霞慕尼坐落在欧洲屋脊阿尔卑斯山最高峰勃朗峰的山脚下，法国人亲切地称它为阿尔卑斯山的阳台。

7月21日，环勃朗峰徒步开始，总计一百七十公里，七天时间穿越法国、瑞士、意大利三个国家。徒步的前两天，天气很好，晴空万里，绿草如茵，鲜花盛开。可是，天气说变就变，一片云彩飘过来就下起了雨。雨淅淅沥沥地下着，一行人只好冒雨前行。爬到山腰时，雨过天晴，天空出现一道彩虹。登上山顶再看时，那缤纷的彩虹就在他的脚下。

雨刚停，又刮起了大风，人被吹得站都站不稳，可那景色真的是太美了，羚羊就在旁边的山上站成一排，好像在列队欢迎他们的到来。山下是绿油油的草原，再往上就是白茫茫的雪山，等到了山顶时，他看到了大片大片蓝幽幽的冰川。

登上三千八百四十二米高的主峰，寒风凛冽，空气也特别稀薄，但看到这么美丽的景致，连缺氧的感觉也忘记了，只顾拿着相机，把这美丽的瞬间完美定格。

征服非洲之王

8月1日，丁振东从霞慕尼小镇出发，前往坦桑尼亚乞力马扎罗山下的莫西镇，他要从这里攀登乞力马扎罗山。乞力马扎罗山素有非洲屋脊之称，许多地理学家称它为非洲之王。

8月4日9时30分，攀登非洲第一高峰乞力马扎罗山正式开始。前两天，虽然路不好走，可高原反应还不明显，到了第三天，高原反应明显起来，不仅头疼还恶心，到了饭点也不想吃，可想着下面的路更难走，只好硬往下咽。

海拔达到四千六百米时，高原反应一下子厉害了，可马上就要登顶了，难受也得忍着。晚上10时30分，简单地吃完宵夜，他和向导就开始冲顶了。头上戴着头灯，走在黑漆漆的山路上。走了一段，高原反应又来了，拿出水瓶喝了两口，再想喝时，水也冻成了冰。好在背包里有两盒饮料没冻住，走上一段喝一口压一压难受劲儿。可越往上爬，空气越稀薄，呼吸也越来越困难。

从晚上一直爬到早晨，终于到达山顶。站在山顶上，脚下的太阳像是一团燃烧的火，颤抖着的火苗往上升。火红的光芒照在冰川上，把冰川照得像是红色的玉石般晶莹剔透。他说，那一刻，只感叹大自然的奇妙，一路的艰辛一扫而光。

整整六天，没有电、没有手机信号，一心向着山顶攀登，他终于征服了非洲之王。

席慕蓉：草原是我心灵深处永远的怀想

如何让你遇见我/在我最美丽的时刻/为这/我已在佛前/求了五百年/求他给我们结一段尘缘/佛终于把我化作一棵树/阳光下慎重地开满了花/朵朵都是我前世的盼望……

20世纪80年代，席慕蓉的诗如一缕春风由南国之岛吹到了北国之滨。一边读着诗，一边想象着这位女诗人的样子，想象她该有着顾盼生情的眼眸、柔曼婀娜的身姿，我如她诗中所描述的那样，为了遇见她，也在佛前求了好多年。终于，席慕蓉从她的诗中走来，从她的画中走来，走到了热爱她的内蒙古读者面前。

2005年6月25日14时，内蒙古饭店音乐厅座无虚席，大家纷纷赶来聆听席慕蓉的演讲。

席慕蓉着黑衣连衣裙、豆青色马甲，短发，显得很精神。蒙古族血统使她生就了一张蒙古人的脸，高高的颧骨、挺直的鼻梁。

这次，席慕蓉是以中国首届草原文化百家论坛特约嘉宾的身份到来内蒙古的，但是她说她仅是一个旁听生。为此，她还作了一首诗：

在故乡这座课堂里/我既没有学籍也没有课本/只能是个迟来的旁听生/只能在边远的位置上静静观望/一丛飞燕草/如何茁生于旷野/一群奔腾而过的野马/如何/在我突然涌出的热泪里/影影绰绰地融入那夕暮间的霞光

席慕蓉的父亲生于锡林郭勒盟，母亲生于赤峰市，外婆是王族公主。她生于重庆市，父母给她起了个蒙古族名字叫穆伦·席连勃，意为浩荡的大江。由于战争原因，童年的席慕蓉一直随父母辗转迁移，每到一个地方，她都是一个外来者、转学生。面对一个个陌生的环境，小小的席慕蓉难以排遣心中的寂寞与孤独。于是，她用看书来打发时间。当她读到《古诗十九首》中“思君令人老，岁月忽忆晚”的诗句时，心里仿佛产生了共鸣。孤独寂寞的她从诗中得到了关怀。刚上初中时，她开始在日记本上写诗，通过写诗，她的感情得到了释放，心灵找到了慰籍。

1981年，她的第一部诗集《七里香》出版，令她没有想到的是，这部诗集一年之内再版了七次，她的诗如迅猛的风在年轻人的心中掀起了波澜。那时，几乎所有的年轻人都会吟诵她的诗。其中一首诗写道：

在年轻的时候/如果你爱上了一个人/请你/请你一定要温柔地对待他/不管你们相爱的时间有多长或多短/若你们始终能温柔地相待/那么/所有的时刻都将是一种无瑕的美丽/若不得不分离/也要好好地说声再见/也要在心里存着感谢/感谢他给了你一份记忆/长大了以后/你才会知道/在蓦然回首的刹那/没有怨恨的青春才了无遗憾/如山冈上那轮静静的满月

这是席慕蓉关于爱情的描述，诗中表达的是爱的奉献。

席幕蓉不仅是一位深受读者爱戴的诗人，还是一位才华卓越的画家。她说，绘画是她的专业，会感到压力；写诗却完全没有压力，是一种享受与释放。

席慕蓉在台湾的生活很舒适，每天画画、写诗。但是，自从第一次回到草原后，她的生活就完全改变了，在内蒙古缺席了四十六年的她开始疯狂地弥补这一缺失的记忆。1989年，她第一次踏上这片神奇的土地，以后每年都要回家一两次。几年来，她在内蒙古拍下两万张幻灯片，她把拍好的幻灯片拿回去放给朋友们看，向他们介绍内蒙古的风土人情。

回过草原的席慕蓉创作了歌词《父亲的草原母亲的河》，创作了散文集《我的家乡在高原上》等作品。草原是她激情赞美的地方，她也成了草原文化的传播者。许多人从她的诗里、画里、文章里了解了内蒙古，她为他们编织了一个绿色的草原之梦。

她也非常关心草原的生态环境，草原绿色减少后，沙化的场景让她很心痛，那时她是一个伤心的蒙古人。在她的眼里，每一片草地都是值得疼惜的，都应该用佛陀之心去对待。

草原有着博大的包容性，包容着每一位到来的人，席慕蓉是草原的女儿，草原更欢迎她的到来。

席幕蓉是这样解释家乡的，家乡是小时候爱过你、对你有期盼的那些人，那些人就是你的家乡。在她的眼里，家乡是她永远的梦土。草原始终是她魂牵梦绕的地方，也是她割舍不掉的一个永远的怀想，她用她的诗表达着她永远的追寻：

这里是不是那最初最早的草原/这里是不是一样的繁星满天/这里是不是那少年/在黑夜里骑着骏马/一再重回/一再呼唤的家园/如今要到哪里去寻找/心灵深处/我父亲深藏了一生的梦土/梦土上是谁的歌声嘹亮/在我父亲的梦土上/山河依旧大地苍茫

敬一丹：我在青城遇见你

2015年12月5日，央视著名主持人敬一丹携新作《我遇到你》做客内蒙古新华书店。上午10时，敬一丹微笑着出现在大家的视线中，齐耳的短发，休闲装，透着主持人的智慧与干练，却又不失邻家大姐的亲切温婉，大家又听到了《焦点访谈》里那个熟悉的声音。

写本书，对自己是个交代

从事媒体这个行业有一种幸福，因为职业体验可以和大家一起分享。如果不是做媒体的话，还没有这方面的便利。敬一丹在现场介绍了她的新作《我遇到你》，她说自己特别喜欢“遇到”这个词，我遇到了什么呢？遇到了你，这个你既是指人也是指事，既是指职业的平台，也是指我们的时代。敬一丹的作品让读者产生了很多共鸣，不少读者认为这不是敬一丹一个人的记忆，而是和广大读者共同的记忆。

敬一丹之所以选择用写作告别职业生涯，是因为写本书，对自己是个交代，跟观众和读者是个交流。《我遇到你》是职业生涯的小结。“我在写这本书的时候，没有想到会用这么长时间，可以与过去的观众与现在的读者进行这么广泛的交流。很享受这样的交流，这样面对面，没有隔着屏幕的交流，感觉特别亲切。”

我是看着你的节目一点点变老的

2015年4月，敬一丹从央视退休，退休后的敬一丹有了许多与观众面对面交流的机会，通过这样的机会，她听到了观众质朴的心声。“我是看着你的节目一点点变老的。”这一句朴实的话语深深地打动了她。二十多年来，这些观众一直在收看她主持的电视节目，陪伴着她。曾有一位老年观众告诉敬一丹，“我为什么会来和你交流，就是因为你那些年为我们说了话。”这句话让她思索作为一个媒体人的价值所在，让她明白观众最在意的、最肯定的是什么。她觉得，作为媒体人，她做了一件有价值的事情，那就是，放大了很多声音，传播了很多声音，放大的是弱者的声音，传播的是智者的声音。此外，通过《焦点访谈》中一个个的个案，让千家万户了解了舆论监督，并知道通过舆论监督来保护自己。将舆论监督由生词变成一个熟词，这里有她的努力和付出。“现在人们都非常自觉地运用舆论监督维护自己的权益，这说明我们所做的事是有用的，而一个人以自己的职业生涯来做一件有用的事情，是非常值得的。”敬一丹说。

喜欢内蒙古动听的蒙古语

敬一丹说，媒体的内容比传播方式更重要，大家最后选择的还是内容。作为主流媒体，依然要看重内容。每当有重大事件发生时，尽管新媒体传播铺天盖地，但人们对靠谱的内容还是特别期待，也特别关注靠谱的信息。所以，接近事实真相能够经得起时间考验的、靠谱的信息，才是大家最终选择的信息。

作为一名记者一定要做好内容，才能抓住读者的心。

对于刚接触新闻采访的小记者，敬一丹希望小记者采访时可以丢掉采访提纲，利用一切的机会当众讲话，永远保持好奇心，要用自己的语言说话，不要成为小大人。希望小记者们快乐地学习，健康地成长，做自己喜欢的事。敬一丹说，“我最喜欢的主持人就是来自内蒙古的白岩松，还喜欢内蒙古动听的蒙古语。”

用小崔减压法解压

读者互动环节，敬一丹在回答一位高中生的提问时说，高中生已经有了自己的选择和判断力，高中生除了完成繁重的学习任务，也要适当地关注新闻，因为新闻是了解世界的一个窗口。一位银行职员提问，看了《焦点访谈》的栏目心情特别压抑，作为主持人怎么调节情绪？敬一丹说，她和同事看了读者的来信后，许多时候都不由得拍案而起，心情特别沉重，中午连饭都不想吃。可是，不吃饭不行，下午还得干活儿。她就去看崔永元接到的读者来信，一看太好玩儿了，崔永元接到的都是读者寄来的轶闻趣事。她就开崔永元的玩笑，说他每天看着这么好玩的信还抑郁个啥。

与你相遇是一种缘分

由于出生年代的关系，很多时候她是没有选择权的。幸运的是，她遇到了自己喜欢的、适合自己的职业。当了媒体人后，她采访了很多人。她觉得，人海茫茫，能遇到、采访到这些人，也是天大的缘分。就像她采访的一群山区的孩子和两名乡村教师，他们都远离公众视线，但是，他们给她留下了深刻印象，从而成为她的采访对象，这就是遇到。她还采访了一些智者，他们对社会起着推动作用，是让她充满敬意的人，这也是遇到。再有，就是屏幕那边一家一家守候着《焦点访谈》的观众，都是她的遇到。她赶上了电视的上升期、发展期、巅峰期，她幸运地遇到了适合她的时代，这都是一种缘分。敬一丹认为自己很幸运，在广播发展最好的时候入行，并亲历了电视的黄金时代。然后一个行业不能长时间后无来者，能遇到也是幸运。

正像《我遇到你》一书中写到的那样：斗转星移的岁月，熙熙攘攘的世间，会遇到什么？得有多少恰好，得有多少偶然，才能遇到，这就是缘分。如果，不是那一年，那一天，遇到那样的人、那样的事，我也就不会是今天的样子。

退休后做自己喜欢的事

作为主持人，敬一丹以真诚、朴素、知性的主持风格赢得了全国广大观众的喜爱，并多次荣获全国十佳电视节目主持人金话筒奖。

敬一丹说，她现在还处于退休后的一个间隔期。

新媒体的变化，现在已不是用日新月异，而是要用瞬息万变来形容了。出这本书的时候，责编建议她做一个公众号，她还反问公众号有什么用。

现在，她不但有公众号，新出的书中还加了二维码，读者扫码就可以加她的公众号，还可以看到文章提到的一些栏目的原始影像资料。此外，她还为中央人民广播电台录制了长篇播出节目。有人曾对她说，六十岁到七十岁是人生最好的年华，因为有时间、有精力做自己喜欢的事情，她也将一直做下去。

电影大师如何拍出第一部电影?

电影大师如何走上电影之路，如何拍摄出第一部影片？作为第二十六届中国金鸡百花电影节一项重要活动，电影大师与青年导演对话论坛于2017年9月14日下午在呼和浩特举行。通过与大师的交流，内蒙古年轻的影视人获得了启示，也增加了信心。

谢尔盖·彼德罗夫：选择演员是成功的第一步

来自俄罗斯的谢尔盖·彼德罗夫当导演之前做过很多工作。他拍的处女作，讲述的是一个十四岁女孩初恋的故事。对于他来说，最困难的是挑选演员，他最终选中了一个十四岁的女孩。当时拍摄条件很恶劣，他们战胜了重重困难，这个女孩也慢慢地进入状态，拍出了最真实的自己，他对拍摄很满意。

这部电影后来获了很多奖项，他的导演之路也就此开启。他想告诉大家的是，成功地选择一名演员非常重要。

代表作：《高加索的俘虏》《斯佐的爱》《熊之吻》《蒙古王》

王童：脚踏实地是基础

王童十多岁就爱上了电影，长大后进入一家电影制片公司，从最基本的美工做起，做了一百多部电影的美工，后来又做了美术指导。一次，公司要选一个年轻的导演，选了一个月，最后选中了他。

王童认为，脚踏实地是基础，要先做功课，目标太清楚反而会挡住学习的脚步。就像他，开始并没有想到要做导演，只是想做好美工，最后却成了导演。

代表作：《稻草人》《无言的山丘》《策马入林》《假如我是真的》

刘伟强：多拍片积累经验

刘伟强开始在一家电影摄制公司当摄影小工，整天拿着机器很苦很累，但还是坚持了下来，后来由于表现好当上了摄影助理，二十三岁时成为一名摄影师。一个偶然的机会，他当上导演，并拍摄了第一部电影。此后，他拍了很多影片，也获了很多奖。他认为，年轻导演有机会就多拍片，拍得多了就有经验了。

代表作：《风云雄霸天下》《无间道》《头文字D》《伤城》《建军大业》

朱延平：影片也有命运

朱延平开始是做编剧，给老师写剧本。他写的剧本很受欢迎，使得老师片约不断。老师忙不过来，就让他帮着拍电影，而且只让他拍喜剧。选演员时，一个不知名的演员毛遂自荐，他就选用了。拍片时，这个演员的表演让他笑得流出眼泪，连配音演员也笑得不能工作。电影上映后，许多人都赶来观看，这个演员也因为这部片子一夜走红。所以，每一部影片都有自己的命运，但努力是必要的。

代表作：《异域》《七匹狼》《新乌龙院》《大灌篮》《刺陵》

陆川：守住自己的心

陆川开始是写剧本的，看了姜文演的《红高粱》特别喜欢，就想做导演。他去找姜文没有见到，之后接到姜文的电话非常激动，感觉心跳停止了一秒钟。第一次和姜文见面，跟面试一样。不过，他和姜文聊得很好，姜文也答应演他的戏。他拍《寻枪》时，前后改了十四次。他认为，无论怎么改，一定要守住内心最想表达的东西，还有就是拍出和别人不一样的，属于自己的东西。

代表作：《可可西里》《南京！南京！》《王的盛宴》《九层妖塔》

黄建新：遇到困难不放弃

黄建新做导演之前给报社拍图片，那时正赶上唐山大地震，他拍了一个多月，拍出的照片好多报纸都刊登出来了。无意中，他找到一个旧摄像机，拍了一部医疗类纪录片，后来这个纪录片被电视台采用了。正是这些准备，这一段经历，让他与电影结缘。他说，年轻人要珍惜每一次厚积薄发的机会，遇到困难不能放弃，要坚持。

代表作：《黑炮事件》《站直啰别趴下》《埋伏》《背对背脸对脸》

后 记

散文集《心灵的牧场》共分为7辑，第一辑“清凉的草原”，描写了呼和浩特的历史文化和民俗风情，像《马可·波罗眼中的丰州古城》《云中古郡演绎黑水泉传奇》，分别描写了丰州古城和云中黑水泉的历史文化脉落。第二辑“记忆的苔藓”则偏于情感抒发和生活感悟，像《跨越时空的温暖》《不要和陌生人说话》，都是生活中的一些小事触发的感悟和感怀。第三辑“绿色的呼吸”和第四辑“飞鸟的庄园”以及第五辑“葱茏的田野”，是我在内蒙古大学文学创作研究班和鲁迅文学院作家高研班学习时，对于文学的一些思考和对自己文学创作的反思。第六辑“绵延的山峰”和第七辑“多彩的世界”，则大多是对著名作家以及区内外文化名人的采访。

这部散文集尽管内容庞杂、结构松散，却是我真实生活的展示和真诚情感的表达。

我在内大文研班上了三年学，三年来一边工作一边学习，付出了辛苦也收获了知识。《文学是什么？》《对当下文学现象的思考》等文章，有的就是内大文研班上学时交的作业。这些文章现在看来虽然略显幼稚，但也证明，我在文学之路上一直没有停止过思考。特别感谢内大文研班，三年的学习让我对文学有了更高的认识。

在鲁迅文学院学习期间，我也想着郑重其事地写一部读书笔记，却最终没能实现，我把参加同学研讨会的发言收集起来，也算是对鲁院的一份珍贵记忆。鲁迅文学院学习期间，教学研究部张俊平老师担任我们班的班主任，我特别邀请张老师为此书作序，张老师欣然答应，令我非常感动。特别感谢特·官布扎布老师、安宁老师为此书写了推荐语，老师们的鼓励，使我信心倍增。

此书的出版得到了呼和浩特文化人才（库）百人百组百万人带动工程组委会办公室的支持，在这里一并谢过。

在报社工作时，我有幸采访到了区内外一些著名作家和文化名人。著名作家对文学的认识与解读，文化名人独特的经历，对处于迷茫中的年轻人和文学爱好者来说，是一份宝贵的学习资料，所以收集于此与大家共勉。

呼和浩特历史悠久、民风淳朴，我至今记着，飘荡在村巷里的家乡饭菜的香甜，这香甜的记忆一直陪伴着我、温暖着我，那是无法忘却的家的味道。无法忘怀、时常惦念的还有老师同学、亲人朋友，这爱的丝线在心上缠缠绕绕，我把这爱的丝线编织起来，献给读者也送给自己。

李樱桃

2019年8月2日于呼和浩特